I0657991

DER LEBENSRETTER

NORCROSS SECURITY BAND 8

ANNA HACKETT

Der Lebensretter

Copyright 2023 by Anna Hackett

Aus dem Englischen übersetzt von Lena Springer

Umschlaggestaltung: Lana Pecherczyk

Bildquelle: RplusMphoto

ISBN (ebook): 978-1-922414-95-3

ISBN (Printversion): 978-1-922414-96-0

Originaltitel: The Medic

ISBN (ebook): 978-1-922414-50-2

ISBN (paperback): 978-1-922414-51-9

Dieses Buch ist ein Werk der Fiktion. Alle Namen, Personen, Orte und Begebenheiten sind entweder der Fantasie der Autorin entsprungen oder werden fiktiv verwendet. Jede Ähnlichkeit mit existierenden Personen, Ereignissen oder Orten ist rein zufällig. Kein Teil dieses Buches darf in gedruckter oder elektronischer Form vervielfältigt, eingescannt oder verbreitet werden.

KAPITEL EINS

Sie lehnte sich an die Bar und nippte an ihrem Drink.

Es war Sprudelwasser in einem Cocktailglas. Sie hätte zwar nichts gegen einen richtigen Cocktail gehabt, aber sie war im Dienst.

Siv Pedersen nahm einen weiteren Schluck, warf einen Blick auf ihre Uhr und verzog das Gesicht zu einer langen Miene.

„Netter Gesichtsausdruck", sagte eine amüsierte Männerstimme in ihrem Ohr. „Sieht nach ‚mein verdammter Nichtsnutz von Freund kommt mal wieder zu spät' aus", kam es aus dem In-Ear.

Sie schnaubte. Es gab keinen Freund – sie spielte nur die Rolle einer versetzten Frau in einer Bar, um ein Auge auf ihre Zielperson zu haben. Der Typ aß gerade ein englisch gebratenes Filetsteak an einem Tisch an den Fenstern des schicken Steakrestaurants.

„Er ist es nicht wert, Siv", sagte die Stimme. „Ein

Mann sollte niemals eine so wunderschöne Frau wie dich versetzen."

Sie verbarg ihr Lächeln vor den anderen Gästen des Restaurants.

„Hör auf, mit unserer neuesten Rekrutin zu flirten, Oliveira", ertönte die düstere, bedrohliche Stimme ihres Bosses Vander Norcross.

„Ich lebe mittlerweile monogam", sagte Ace Oliveira. „Ich sorge nur dafür, dass sich unser Neuling willkommen fühlt."

Ace stand außerdem kurz davor, Vater zu werden. Er und seine Verlobte Maggie erwarteten schon sehr bald ein Baby. Der Technik-Guru von Norcross Security konnte nicht aufhören, Schnappschüsse von Maggies beeindruckend großem Bauch zu verschicken.

Siv fühlte sich tatsächlich willkommen. Sie hatte eine Veränderung gebraucht, und der Umzug von Norwegen nach San Francisco, um für Norcross Security im privaten Sicherheitsdienst zu arbeiten, erwies sich als gute Entscheidung.

Ihre Hand umklammerte ihr Glas fester und sie schlug die Beine übereinander. Nachdem sie aus dem norwegischen Militär ausgeschieden war, war ihr Leben nicht mehr stimmig gewesen. Sie hatte ihre Zeit in der Armee geliebt, aber sie hatte gewusst, dass es Zeit für eine Veränderung war. Leider hatte sich das zivile Leben anfangs als schwieriger erwiesen, als sie erwartet hatte. Sie hatte keinen Job gefunden, der ihr Spaß machte. Und als ihr Ex, ein Mann, der ihr seine Liebe beteuert hatte, sie verließ, um eine Society-Schönheit mit Beziehungen zu heiraten, hatte Siv beschlossen, dass sich etwas ändern musste.

„Siv, die Zielperson beendet gerade ihr Essen." Mit einem Schlag war Aces Stimme ganz sachlich.

Sie drehte sich ein wenig zur Seite und ließ ihren Blick durch das Restaurant wandern. In Mastro's Steakhouse war es heute Abend ziemlich ruhig, aber ein Kellner trug gerade eine riesige Fischplatte zu einem Tisch. Ihr Blick fand den Mann, der direkt dahinter saß.

Anthony Patterson Robson der Dritte. Tony für seine Freunde.

Es war ein prätentiöser Name für einen mittelmäßigen Mann. Er war Analyst bei einer Technologiefirma in San Francisco und hatte beschlossen, dass ein anständiger Lohn für harte Arbeit unter seiner Würde war. Stattdessen hatte er den Entschluss gefasst, sich im Bereich der Wirtschaftsspionage zu versuchen.

Zu Tonys Pech war Norcross bei seinem Arbeitgeber Nova Tech für den Sicherheitsdienst zuständig.

„Er steht auf", murmelte Ace.

„Siv, bist du bereit?", fragte Vander.

„Ich kümmere mich darum." Sie lockerte ihr Haar auf. Es war braun, mit goldenen Highlights. Sie trug mehr Make-up als sonst, was ihre blauen Augen betonte.

Tony kam auf sie zu. Er sah zwar einigermaßen gut aus, wirkte aber langweilig, und seine Kieferpartie war viel zu schmal. Er erinnerte sie ein wenig an ihren Ex. Als Tony sich näherte, setzte Siv ihren Plan in die Tat um.

„Verdammter Scheißkerl." Sie knallte ihr Handy auf den Tresen, hob ihr Glas an und schaffte es, feuchte

Augen zu bekommen. Sie färbte auch ihren Akzent etwas amerikanischer. Das fiel ihr nicht schwer. Ihr Vater war zwar Norweger, aber ihre Mutter war ein echtes *California Girl*. Das Leben in Norwegen hatte Christie Pedersens Akzent nie gemildert.

„Verzeihen Sie – geht es Ihnen gut?"

Obwohl er kurz davor stand, seine Kontaktperson vor dem Restaurant zu treffen, um ihr eine Speicherkarte mit Daten zu übergeben, blieb Tony vor Siv stehen.

Die andere Schwäche dieses Mannes waren langbeinige Blondinen.

Sie verlagerte ihre Beine und beobachtete, wie sein Blick an ihr nach unten wanderte. Sie trug einen kurzen, silbergrauen Rock und eine Seidenbluse in tiefem Smaragdgrün. Ihr Haar trug sie offen und sie warf es sich über die Schulter.

„Jetzt schon." Sie schenkte ihm ein Lächeln. „Mein Freund, besser gesagt *Ex-Freund*, hat mich gerade zum letzten Mal versetzt."

Tony lächelte und warf einen weiteren Blick auf ihre Beine. „Es fällt mir schwer, zu glauben, dass irgendein Mann Sie versetzen würde."

Sie lachte. „Ich bin Eve." Es war ein guter Deckname, denn ihr richtiger Name klang ähnlich, nur mit einem S vorn.

„Eve. Hören Sie, ich muss kurz nach draußen, um einen Geschäftspartner zu treffen, aber hätten Sie Lust, mich auf einen Drink irgendwohin zu begleiten?"

Sie tat so, als würde sie über das Angebot nachdenken. „Wissen Sie was? Warum zum Teufel nicht?" Sie sprang vom Barhocker und griff nach ihrer Handtasche.

„Ähm, großartig." Tonys Lächeln wirkte ein wenig verkrampft. „Ich muss nur noch ein paar Unterlagen an meinen Kollegen übergeben und dann habe ich sofort Zeit."

Und wie du das musst. Sie wusste, dass der Mann es nicht riskieren konnte, die Dateien übers Internet weiterzugeben, weshalb er sie auf eine Speicherkarte kopiert hatte. Sie lockerte wieder ihre Haare auf. „Klar doch. Ich frische kurz mein Make-up auf, während Sie Ihre Arbeitssache erledigen."

Tonys Lächeln hellte sich auf. „Großartig." Er deutete mit einer Hand in Richtung des vorderen Teils des Restaurants.

Sie ging vor ihm her und schwang ihre Hüften ein wenig mehr als sonst. Sie konnte förmlich spüren, wie sein Blick an ihr klebte.

Männer. So berechenbar.

Ihr Ex, Johan, war es gewesen. Nicht am Anfang. Nein, am Anfang hatte er ihre Stärke geliebt. Er hatte ihr gesagt, dass er stolz auf ihre militärische Karriere sei. Dass er dabei war, sich in sie zu verlieben.

Bis sich alles änderte.

Sie wusste, wann es angefangen hatte. An einem Abend in Oslo mit ein paar Freunden. Ein Betrunkener hatte mit Unflätigkeiten um sich geworfen und die Frau, die ihr gemeinsamer Freund Espen mitgebracht hatte, am Arm gepackt. Die Frau war verängstigt und zutiefst erschüttert gewesen. Siv hatte den Mann in etwa drei Sekunden zu Boden gebracht und ihn dann an die Türsteher des Nachtclubs übergeben.

Sie hatte gedacht, Johan wäre auch in diesem

Moment stolz auf sie gewesen. ‚Innerlich stinksauer' hatte es eher getroffen. Als sie in seine Wohnung zurückgekommen waren, hatte er ihr einen Vortrag darüber gehalten, dass sie ihn in Verlegenheit gebracht hätte. Dass er hier der Mann sei, nicht sie. Dass er derjenige sei, der die Frau hätte beschützen müssen.

Siv öffnete die Tür des Restaurants und verdrehte die Augen. Sie konnte sich selbst die Tür aufmachen, selbst Auto fahren, selbst ihre Einkaufstüten tragen und sich auch selbst verteidigen. Schutz war nicht das, was sie von Johan gewollt hatte.

Drei Wochen später hatten sie sich getrennt und einen Monat danach war er mit einer eleganten, gut gekleideten Mittzwanzigerin verlobt gewesen, deren Vater eine Reederei besaß. Siv hatte herausgefunden, dass er seine neue Verlobte gevögelt hatte, während er noch mit Siv zusammen gewesen war.

Er hatte ihren Stolz verletzt und sie war wütend darüber, dass sie nicht gemerkt hatte, wie er sie betrogen hatte. Zur selben Zeit hatte sie zum Glück auch festgestellt, dass sie nie in Johan verliebt gewesen war.

Sie wollte in einen Mann verliebt sein, der sie anbetete und respektierte. Aber sie begann langsam, zu erkennen, dass die Liebe nichts weiter war als ein dummes Märchen, das sie in Filmen benutzten, um Geld damit zu machen.

Alles nur erfunden.

Schon die katastrophale Ehe ihrer Eltern hätte sie das eigentlich lehren müssen. Und das Verhalten ihres Vaters, der danach die Frauen gewechselt hatte wie andere Leute ihre Unterhosen.

Siv brauchte keine Liebe. Eine heiße Nacht hier oder da reichten aus. Sie brauchte nur sich selbst – nicht jemanden, der versuchte, ihr Selbstbewusstsein, ihr Selbstvertrauen und ihren Stolz zu mindern.

„Es dauert nur eine Sekunde, Schätzchen", sagte Tony.

„Kein Thema." Sie kramte Lippenstift und Puderdose aus ihrer Handtasche.

„Saxon parkt in einem Fahrzeug vor dem Haupteingang", sagte Ace. „Und der Kontakt ist auf dem Weg zu euch."

Sie neigte ihren Schminkspiegel leicht und sah darin, wie ein Mann die Straße entlang geschritten kam. Obwohl es ein lauer Abend war, trug er eine Windjacke. Der Mann ging schnell, als wäre er auf dem Weg zu einem wichtigen Termin. Als hätte er Betriebsspionage zu betreiben.

Tony richtete sich auf und wirkte nervös. Siv frischte ihren Lippenstift auf.

„Sind Sie Mr. Black?", fragte Tony den Mann.

„Keine Namen. Haben Sie die Karte?"

Tony nickte.

„Wer ist die Frau?", fragte der Mann.

„Meine Beschäftigung für die nächsten Stunden."

Oh, bitte, tu doch nicht so selbstgefällig. Siv verdrehte wieder die Augen.

Für eine Sekunde kam ihr ein anderer selbstgefälliger, überheblicher Mann in den Sinn. Und sein unverschämt attraktives Gesicht und sein sexy Lächeln.

Nein. Siv blockierte diesen Gedanken. Sie würde nicht ihre Zeit damit verschwenden, über den Sanitäter nachzudenken, der Norcross Security manchmal aushalf. Genauer gesagt, würde sie keine Zeit damit verschwenden, über *irgendeinen* Mann nachzudenken.

Sie drehte sich um und sah, wie Tony die Speicherkarte vor sich in die Luft hielt.

„Eigentlich", sagte sie, „bin ich hier, um die Informationen an mich zu nehmen, die Sie gestohlen haben, Tony, und dieser netten, kleinen Betriebsspionage ein Ende zu setzen."

Tony runzelte die Stirn und sah sie verwirrt an.

Mr. Black zählte schneller eins und eins zusammen. Er wollte türmen, aber Siv reagierte blitzschnell.

Ihr Tritt traf ihn in den Bauch.

Der Mann gab einen schmerzhaften Laut von sich und krümmte sich. Oh, ja, der hohe Absatz musste wehgetan haben.

Sie drehte sich zu Tony zurück, schnappte sich die Speicherkarte, packte dann den immer noch perplexen Kerl am Arm und zerrte kräftig daran. Im nächsten Moment ging sie leicht in die Knie und er segelte über ihren Kopf hinweg und knallte mit dem Rücken auf den Asphalt.

Siv steckte die kleine Karte in ihren BH. Saxon Buchanan, ein blonder Gott von einem Mann im maßgeschneiderten Armani-Anzug, kam auf sie zu.

Er beäugte die beiden Männer. „Du machst keine halben Sachen."

„Nein", antwortete sie.

„Gute Arbeit." Er hievte Tony hoch. „Ich denke, wir werden uns ein wenig mit den beiden unterhalten und dann –" Saxons Augen weiteten sich. „Siv, pass auf!"

Plötzlich spürte sie ein brennendes Stechen in ihrem Brustkorb. Sie drehte sich um und sah Mr. Black, der ein Taschenmesser in der Hand hielt.

Sie versetzte ihm einen Tritt, wich einem weiteren Messerhieb aus und blockte seinen nächsten Schlag ab.

Saxon stürzte sich auf die beiden und drängte Mr. Black zu Boden, bevor er die Arme des Mannes auf dem Asphalt fixierte. Siv ging in die Knie und setzte sich auf Mr. Blacks Beine. Der Mann wand sich unter ihr und Saxon.

„*Fuck.*" Saxon hob eine Hand. Blut trat aus einem Schnitt in seiner Handfläche.

„Hat er dich erwischt?"

„Ja." Saxons Blick senkte sich und seine Stirn legte sich in Falten. „Aber nicht so schlimm wie dich."

Siv sah nach unten.

Oh, verdammt. Ihre Bluse war mit Blut getränkt.

„NA ALSO, Bish, jetzt bist du versorgt." Ryder Morgan drückte einen Verband auf die nun gereinigte Wunde am geschwollenen Fuß des älteren Mannes. „Du musst deine Medikamente nehmen und deine Füße eine Weile schonen."

Der obdachlose Mann nickte. Sein Haar war verfilzt und sein Bart völlig verfilzt. Er lächelte und zeigte Ryder ein paar Zahnlücken.

„Danke, Ryder. Du bist der Beste, Mann."

Ryder lächelte und zog seine Handschuhe aus. „Hast du noch die Schuhe, die ich dir gegeben habe?"

„Klar." Bish nickte und holte die Müllsäcke mit seinen Sachen aus der Ecke des Behandlungszimmers.

Frustration machte sich in Ryders Brust breit. Er wusste, dass er nicht jeden retten konnte, der durch die Türen der Anderson Free Clinic im Tenderloin kam.

Das Tenderloin bestand aus fünfzig Häuserblöcken, die zwischen einigen der wohlhabendsten Wohnviertel von San Francisco eingekeilt waren. Aber hier regierte die Armut. Überall standen billige Wohnhäuser und Hotels, es wurde offen mit Drogen gehandelt, und auf diesen Straßen lebte mehr als die Hälfte der Obdachlosen der ganzen Stadt.

Bish traf Ryder immer besonders hart. Der Mann war ein Kriegsveteran und hatte als Jugendlicher in Vietnam gekämpft. Er war nach Hause zurückgekehrt, hatte es aber nicht geschafft, zu einem guten Leben zurückzufinden. PTBS und andere psychische Probleme hatten dazu geführt, dass Bish auf der Straße gelandet war.

In ein paar Wochen würde er wieder in die Klinik kommen, mit aufgeschnittenen Füßen, die durch seine schlecht behandelte Diabetes und die Arschlöcher, die seine Schuhe stahlen, noch schlimmer wurden.

Bish kramte in einem der Säcke und holte ein Paar von Ryders alten Laufschuhen hervor. „Hier sind sie." Er stopfte sie zurück hinein. „Wir sehen uns dann, Ryder."

Ryder unterdrückte einen Seufzer. „Ja, Mann. Hey, hast du Robbie in letzter Zeit gesehen?"

Bish runzelte die Stirn und schüttelte den Kopf. „Nein. Schon eine Weile nicht mehr."

Ryder auch nicht. Robbie war ein weiterer Veteran,

den Ryder im Auge behielt. Er war jünger als Bish, aber älter als Ryder. Wie Ryder war auch Robbie Kampfsanitäter gewesen und hatte im Golfkrieg gedient.

Wann immer er konnte, kaufte Ryder Robbie etwas zu essen und sie tauschten Kriegsgeschichten aus.

Im Gegensatz zu Bish hatte Robbie eine Familie, die sich um ihn kümmerte und verzweifelt versuchte, ihm zu helfen. Aber am Ende landete er immer wieder auf den dreckigen Straßen des Tenderloin. Vor allem, wenn die Dämonen zu laut wurden und die Verlockung der Drogen zu stark.

Ryder sank mit dem Rücken gegen die Wand und schloss die Augen. Ja, er konnte sie nicht alle retten, aber es war trotzdem ein schreckliches Gefühl.

Vor dem Behandlungszimmer hörte er das eindringliche Weinen eines Babys, das Stimmengewirr einer Unterhaltung und jemanden, der schluchzte.

Die Klinik war immer gut besucht und bot kostenlose medizinische Versorgung für die Benachteiligten und Schwachen von San Francisco. Das Tenderloin konnte hart und rau sein, und Ryder trug seinen Teil dazu bei, den Menschen hier einen Lichtblick zu schenken.

Seine restliche Zeit verbrachte er als Sanitäter auf der Feuerwache Nr. 2 in Chinatown, aber für heute Abend war seine Schicht fast vorbei.

Er konnte es kaum erwarten, nach Hause zu fahren, zu duschen, sich einen runterzuholen und ein Glas Wein zu trinken. Er trank gern einen guten Bourbon mit seinen Brüdern und Freunden, aber Ryders wahre Schwäche war ein vollmundiger Napa Syrah.

Eine der Krankenschwestern kam an der Tür vorbei.

„Iris, ich mache jetzt Feierabend", rief er.

Die Frau mittleren Alters musterte ihn. Sie hatte einen gepflegten Afro und hohe Wangenknochen und trug einen rosa Kittel, der gut zu ihrer dunklen Haut passte. „Hau besser ab, bevor wieder ein Notfall durch die Tür kommt."

Ein Notfall war in der Regel eine Schusswunde, eine Messerstecherei oder eine Überdosis.

Er hob sein Kinn. „Wir sehen uns in drei Tagen."

„Ich werde deinen heißen, weißen Arsch vermissen, während du weg bist."

Er schenkte ihr ein Lächeln. „Iris, keine sexuelle Belästigung am Arbeitsplatz."

Sie wackelte mit den Augenbrauen. „Ich habe noch gar nicht angefangen."

Er winkte ihr zu und sah, wie ihr Gesicht ernst wurde, als sie sich auf den Weg machte, um Eltern abzufangen, die ein lethargisches Kleinkind im Arm hielten.

Sie schäkerten immer miteinander. Es war ihre Art, mit der düsteren Realität fertig zu werden, die sie jeden Tag in der Klinik zu sehen bekamen.

Ryder machte sich auf den Weg in den winzigen Umkleideraum im hinteren Teil der Klinik, der gleich neben dem noch winzigeren Pausenraum lag. Er schnappte sich seinen Rucksack aus dem Spind und beschloss, gleich in seiner blauen OP-Kleidung nach Hause zu fahren. Heute waren seine Sachen zumindest nicht mit gefährlichen Substanzen beschmiert.

Sein Handy klingelte.

Wahrscheinlich einer seiner Brüder – Hunt oder Camden.

Er tippte auf Cam. Der jüngste Morgan-Bruder war erst vor ein paar Monaten aus dem Militärdienst entlassen worden und hatte sich noch nicht wieder an sein Leben als Zivilist gewöhnt. Aber er schien sich gut in seinem Job im privaten Sicherheitsdienst zurechtzufinden und mochte seine Arbeit bei Norcross Security.

Hunt war Polizist und hatte sich kürzlich in eine sexy, blonde Künstlerin verliebt. Im Moment war er daher nicht allzu oft für Bier und Burger mit seinen Brüdern zu haben. Nicht, weil Savannah ihn nicht gehen ließ, sondern eher, weil er sich nicht von ihr losreißen konnte.

Ryder zog sein Handy aus seiner Hosentasche. Vander Norcross' Name stand auf dem Display.

Mist. Vander war ein Freund, aber wenn er anrief, bedeutete das normalerweise, dass jemand verletzt war. Ryders anderer Nebenjob war es, die Jungs von Norcross Security zusammenzuflicken.

„Vander."

„Hi, Ryder. Ich bin fast bei der Klinik. Wir brauchen deine Hilfe."

„Geht es allen gut?" Ryder marschierte zurück hinein und winkte seinen Kollegen zu.

Ein Mädchen mit dunklen Augen, vielleicht drei Jahre alt, saß in einem der Wartestühle und sah ihn. Sie trug einen niedlichen, gepunkteten rosa Schlafanzug, und ihre Eltern standen nicht weit von ihr und wiegten ein weinendes Baby. Ryder zwinkerte ihr zu und zog einen Lutscher aus seiner Tasche. Dabei wanderte sein Blick zum Vater. Der müde Mann sah die Süßigkeit, nickte und schenkte Ryder ein schwaches Lächeln.

Ryder reichte dem kleinen Mädchen den Lutscher und zerzauste ihr dunkles Haar. Sie lächelte ihn an.

„Nichts Lebensbedrohliches", sagte Vander. „Aber jede Menge Blut."

Vander klang wütend. „Cam?"

„Nicht Cam. Er hat heute Nacht frei. Saxon hat eine Schnittwunde an der Hand, aber Siv hat das Schlimmste abgekriegt."

Bei dem Gedanken, dass die groß gewachsene, sexy Siv verletzt sein könnte, zog sich Ryders Magen zusammen. „Wie schlimm ist es?"

„Nun, sie flucht viel auf Norwegisch."

Ryder trat auf den Bürgersteig vor dem Eingang. Die Nacht war ein wenig schwül geworden, aber seine Gedanken kreisten nun um Siv Pedersen.

Er hatte sie vor ein paar Wochen bei Savannahs Vernissage kennengelernt. Siv war eine heiße, knallharte Frau mit einem wunderschönen Körper. Er hatte kein Problem, ein Bild von ihr heraufzubeschwören. Sie war groß und durchtrainiert und ihre militärische Ausbildung war an ihrer Körperhaltung erkennbar.

Sie hatte braunes Haar mit goldenen Strähnchen und blaue Augen wie ein wolkenloser Himmel.

Und einen finsteren Blick und obendrein ein loses Mundwerk.

Sie hatten getanzt, er hatte versucht, sie mit seinem Charme zu verzaubern, und sie hatte ihn umgehauen – im wahrsten Sinne des Wortes. Mit einer einzigen, geschmeidigen Bewegung hatte sie ihn auf der Tanzfläche auf den Rücken gelegt.

Ryder war scharf auf sie. *Sehr.*

In den letzten Wochen hatte er einige Angebote abgelehnt, weil die einzige Frau, die er noch zu wollen schien, eine taffe Brünette und ihres Zeichens ehemaliges Mitglied einer norwegischen Spezialeinheit war.

Er hatte sie ein paar Mal im Büro von Norcross gesehen, aber sie war ihm immer demonstrativ aus dem Weg gegangen.

Ryder schmunzelte. Nun, heute Abend konnte sie ihm definitiv nicht aus dem Weg gehen, obwohl er nicht begeistert war, dass sie verletzt war.

Ein schwarzer BMW X6 kam ruckartig vor ihm zum Stehen. Ryder öffnete die Beifahrertür des Geländewagens und sah Vander hinter dem Lenkrad.

„Hey." Ryder schlüpfte hinein. „Was ist passiert?"

Vander fuhr los. „Es war ein einfacher Betriebsspionageauftrag. Wir haben nicht damit gerechnet, dass der Typ ein Messer zieht."

Vander kümmerte sich um seine Leute. Er war nie glücklich, wenn einer seiner Mitarbeiter in Gefahr war oder gar verletzt wurde. Die meisten Menschen in San Francisco setzten alles daran, Vander Norcross nicht zu verärgern.

Zu Ryders großer Belustigung hatte er vor ein paar Monaten mitansehen dürfen, wie Vander und Ryders Cousine Brynn sich hart und heftig ineinander verliebt hatten. Anscheinend passierte so etwas sogar den ganz harten Kerlen.

Die meisten Leute fanden, dass Vander, seit er sich in Brynn verliebt hatte, ein wenig weicher geworden war. Ryder war allerdings der Meinung, dass das Vander sogar noch gefährlicher machte. Er würde alles tun, um die Frau zu beschützen, die er liebte.

Ryder hatte nie das Bedürfnis verspürt, „die Eine" zu finden. Seine Zeit mit einer Vielzahl reizender Damen zu verbringen, funktionierte für ihn, aber zu sehen, wie Vanders Brüder, Vander selbst und jetzt sogar Hunt sich einer nach dem anderen unsterblich verliebten ... nun, er begann, sich zu fragen, was es damit auf sich hatte.

Dann hatte er einen einzigen Blick auf Siv Pedersen geworfen und sofort hatte er das brennende Bedürfnis verspürt, herauszufinden, wie sie schmeckte.

Nun, erst einmal würde er dafür sorgen, dass sie nicht verblutete.

KAPITEL ZWEI

„**M**ach nicht so einen Aufstand." Siv unterdrückte ein Knurren, als Saxon die Mullkompresse fester an ihre Flanke drückte.

„Siv, du blutest überall. Wenn jemand aus deinem Team bei einem Einsatz bluten würde, was würdest du tun?"

Den Sanitäter holen, damit er denjenigen versorgte. Sie stieß ein Schnauben aus. Sie befanden sich im Behandlungsraum von Norcross Security. Vander hatte ein altes Lagerhaus umgebaut und darin das Großraumbüro eingerichtet. Es war ein Vorzeigeprojekt des modernen, industriellen Stils – glänzendes Holz, Akzente aus schwarzem Metall und Büros mit Glaswänden.

Vander sorgte dafür, dass das Behandlungszimmer immer gut bestückt war. An den Wänden standen Regale mit Kisten und Behältern mit Verbandszeug.

Siv rutschte auf der Liege hin und her. „Du blutest auch."

Saxon betrachtete das blutige Tuch, das um seine

Hand gewickelt war. „Gia wird stinksauer sein."

Saxon war mit Gia Norcross, Vanders Schwester, verlobt. Die kleine, temperamentvolle Brünette führte ihre eigene PR-Agentur und nahm kein Blatt vor den Mund.

Die Tür ging auf.

„Sieht aus, als hättet ihr beide euch in Schwierigkeiten gebracht", sagte eine Männerstimme betont langsam.

Sivs Kopf schnellte hoch. Sie bemühte sich, den Ausdruck in ihrem Gesicht neutral und ihre irritierende Reaktion auf Ryder Morgan unter Verschluss zu halten.

„Beweg deinen Arsch hier rein und mach, dass sie aufhört, zu bluten", brummte Saxon.

Ryder schlenderte herein. Der Mann ging nicht, nein, er bewegte sich mit einer Geschmeidigkeit, die eine Frau sofort darüber nachdenken ließ, wie gut er wohl im Bett war.

Dritt. Scheiße. Hör auf, ihn toll zu finden, Siv.

Er setzte seinen Rucksack ab. Er trug seine blaue OP-Kleidung, also kam er vermutlich direkt von der Arbeit, und irgendwie sah er unverschämt heiß darin aus. Sein dichtes, braunes Haar, das ihm nicht ganz bis zu den Schultern reichte, hatte er im Nacken zusammengebunden.

Er blickte auf und seine grünen Augen trafen ihre. Sie waren nicht dunkel, sondern hatten einen helleren Grünton mit dezenten, goldenen Sprenkeln.

Er lächelte sie an. „Wolltest du meine Hände so dringend auf dir spüren, dass du dich sogar dafür aufschlitzen hast lassen?"

Dieser Mann war genau die Art von charmantem Bad Boy, vor dem jede Mutter ihre Tochter warnte. Und ein ausgewachsenes Großmaul.

„Ja, ich habe den Bösewicht gebeten, mir ein Messer in die Seite zu rammen, damit ich endlich eine Ausrede habe, dich wiederzusehen, Morgan." Ihre Worte trieften vor Sarkasmus.

Ihr Ton trübte sein Lächeln nicht. Selbst ihre spitzesten Bemerkungen schienen an diesem Mann abzuprallen.

Er nahm zwei Latexhandschuhe aus dem Regal. „Saxon, zeig mir deine Hand."

Saxon hielt sie ihm hin.

Siv hatte schon oft schlimme Verletzungen gesehen – in der Ausbildung und im Kampfeinsatz. Sie zuckte beim Anblick von Blut und Wunden nicht zurück.

„Wasch sie gründlich aus und dann schmierst du das in die Wunde." Ryder drückte Saxon eine Tube in die andere Hand. „Danach klebe ich den Schnitt zusammen und dann verbinde ich dir die Hand." Er zwinkerte. „Und zu Hause kann Gia dann Krankenschwester spielen." Ryder wandte sich an Siv. „Und jetzt, meine norwegische Blume, zieh dein Oberteil aus."

„Ich erledige das in der Küche." Saxon verließ den Raum.

Siv starrte an die Wand. Das Militär hatte ihr jede Schüchternheit genommen, sich vor anderen Menschen auszuziehen. Sie versuchte, ihre Bluse anzuheben, aber ihre Flanke tat höllisch weh. Sie zuckte zusammen.

„Warte." Er lehnte sich näher heran.

Sie starrte auf eine Wand aus Brustmuskeln. Die

Reste seines Parfums nach Zitrusfrüchten, gemischt mit dem Duft eines gesunden, potenten Mannes, strömten in ihre Nase. Ihr Körper reagierte mit einem inneren Feuerwerk.

Siv biss die Zähne zusammen.

Sie war in die Staaten gekommen, um etwas in ihrem Leben zu verändern. Um Männer und die Probleme, die sie verursachten, hinter sich zu lassen. Warum spielte ihr Körper jedes Mal verrückt, wenn dieser eine Mann in der Nähe war?

Sie würde ihn nie wissen lassen, welche Wirkung er auf sie hatte. Sie kannte seinen Typ: gut aussehend, charmant, daran gewöhnt, dass ihm die Frauen zu Füßen lagen. Erst war sie von einem Mann wie ihm großgezogen worden, später war sie mit einem ausgegangen.

Sie blieb starr, als Ryder ihr die Bluse auszog. Eines musste sie ihm lassen, seine Handgriffe war zügig und professionell.

Er warf einen kurzen Blick auf ihren schwarzen BH und betrachtete dann stirnrunzelnd ihre Wunde, bevor er einen unglücklichen Laut von sich gab.

„Damit hast du dir aber keinen Gefallen getan."

„Das war der Schurke."

„Leg dich auf den Rücken." Er half ihr auf die Liege. „Ich hoffe, du hast es ihm heimgezahlt."

„Saxon und ich haben ihn auf den Asphalt befördert. Unsanft."

„Gut." Ryder öffnete etwas, dann hörte sie das Gluckern von Flüssigkeit. Er reinigte ihre Wunde und sie zischte, als es brannte.

„Tut mir leid, ich muss die Bakterien abtöten. Ich gebe dir etwas gegen die Schmerzen."

Sie stöhnte auf.

Er reinigte zügig ihre Wunde und die Geräusche, die aus seiner Kehle kamen, sprachen von Mitgefühl.

Siv warf einen Blick in sein Gesicht. Verdammt, wieso musste er so heiß sein? Er war keiner dieser gelackten Schönlinge. Nein, Ryder Morgan war durch und durch Mann: rau und sexy.

„Das meiste werde ich kleben können, aber ein Schnitt muss genäht werden", erklärte er ihr.

Sie nickte.

„Es wird eine kleine Narbe zurückbleiben, aber ich werde die Stiche so sauber wie möglich setzen."

Sie zuckte mit den Schultern. „Ich habe schon ein paar Narben."

Sein grüner Blick huschte zu ihr hinauf. „Ich auch."

Sie verdrehte die Augen. „Du klingst stolz."

„Ich kann sie dir zeigen, wenn du denkst, dass ich lüge. Dann können wir sie vergleichen."

Eine verräterische Hitze kribbelte in ihrem Unterleib, als sie sich vorstellte, jeden Zentimeter seines harten Körpers in Augenschein zu nehmen. Ihr Verlangen war wirklich außer Kontrolle geraten. Verdammt. „Kein Bedarf." Sie starrte an die Decke.

Ryder machte sich an die Arbeit. Er gab ihr Schmerzmittel und verteilte eine Salbe auf ihrer Haut, um die Stelle zu betäuben.

Saxon tauchte auf und Ryder klebte den Schnitt in seiner Hand.

„Ich fahre dann mal nach Hause", sagte Saxon.

„Danke für deine Hilfe heute Abend, Siv."

„Danke, Saxon. Ich hoffe, Gia nimmt dich nicht allzu hart in die Mangel."

Der Mann lächelte – langsam und sexy. „Das wird sie. Aber dann wird sie ein starkes Bedürfnis verspüren, sich um mich zu kümmern."

Siv verspürte ein … seltsames Stechen in ihrem Herzen. Es war offensichtlich, dass der gut aussehende Mann seine Verlobte anbetete. Wenn sie selbst hingegen in ihre neue, fast leere Wohnung zurückkehrte, würde dort niemand auf sie warten, der ein ähnlich starkes Bedürfnis hatte, für sie da zu sein.

„Wir sehen uns morgen", sagte Saxon. „Ruh dich aus, Siv." Er schloss die Tür hinter sich.

„Gut, dann wollen wir dich mal zusammenflicken." Ryder zog einen Hocker heran.

Siv hob wieder den Blick an die Decke, während er sich an die Arbeit machte. Er war sanft. Das überraschte sie. Sie hatte ihn für einen arroganten Charmeur gehalten, aber Vander ließ sich von niemandem blenden und er vertraute diesem Mann offensichtlich die Gesundheit und das Wohlergehen seiner Mitarbeiter an.

„Okay?", fragte Ryder.

Sie nickte. Ihre Finger gruben sich in ihre Handflächen. Sie war sich seiner Nähe so verdammt bewusst.

Sie konnte nicht widerstehen, nach unten zu schauen. Seine großen Hände strichen sanft über ihre Haut. Der Mann wusste, was er tat.

Er war an einem Arm tätowiert und ihr Blick wanderte an der schwarzen Tinte nach oben, die seinen kräftigen Unterarm bedeckte. Sie erkannte unzählige sich überlappende Schuppen und Schnörkel. Es sah aus, als wäre es ein Teil eines Drachens.

Sie betrachtete den blauen Stoff seiner OP-Kleidung und fragte sich, wie der Rest der Tätowierung wohl aussah.

„Ich wünschte, ich hätte es gesehen", sagte er.

Sie blinzelte. „Was meinst du?"

„Ich wünschte, ich hätte dich in Aktion gesehen." Er grinste. „Es gibt nichts Heißeres, als einer knallharten Frau dabei zuzusehen, wie sie einen Bösewicht zur Strecke bringt."

Sie starrte ihn an. Meinte er das ernst?

Er drückte ihr einen Verband an die Seite. „Halte die Wunde trocken. Ich sehe sie mir morgen wieder an." Er tätschelte sie sanft, was ein Kribbeln in ihrem Inneren auslöste.

Sie nickte und setzte sich auf.

Sein Blick senkte sich und sein Lächeln wurde breiter.

„Dein Rock gefällt mir." Dann drehte er sich um, griff in ein Regal und zog ein schlichtes, schwarzes T-Shirt heraus. „Allerdings ist deine schöne, grüne Bluse leider ruiniert."

Sie zog das große T-Shirt an. *Warum hatte dieser Mann eine so starke Wirkung auf sie?* In ihrem FSK-Team war sie für ihre kühle Beherrschung bekannt gewesen. Das Forsvarets Spesialkommando war die beste Spezialeinheit der norwegischen Streitkräfte.

Mit Johan war sie ein Jahr zusammen gewesen und bei ihm hatte sie nie dieses brennende Verlangen verspürt, ihn zu berühren. Ryder verwirrte sie. Sie hatte gedacht, sie hätte ihn durchschaut, aber er überraschte sie immer wieder. Sein kompetentes, professionelles Auftreten stand im Widerspruch zu dem eingebildeten Playboy, für den sie ihn eigentlich hielt.

„Das hast du gut gemacht, Siv." Er zog einen Lutscher aus seiner Tasche und reichte ihn ihr. „Ich werde dich jetzt nach Hause bringen und vielleicht kannst du versuchen, dich ein oder zwei Tage lang von Messerkämpfen fernzuhalten."

„Ich werde es versuchen", antwortete sie trocken.

Sie nahm den Lutscher an. Wovon sie sich eigentlich fernhalten musste, besser gesagt, von wem, das war Ryder Morgan.

AM NÄCHSTEN TAG kümmerte Ryder sich darum, die Vorräte im Krankenwagen aufzufüllen. Seine Schicht war fast vorbei und sie hatten einen höllischen Tag hinter sich. Einen Brand, mehrere Autounfälle, zwei Überdosen und einen Herzinfarkt. Er rieb sich den Nacken. Bei einem der Autounfälle hatten sie eine junge Frau verloren. Er atmete tief ein und aus.

Er wusste, dass er nicht jeden Patienten retten konnte, aber das hieß nicht, dass es nicht weh tat.

„Morgan."

Er sah auf. „Sir?"

Captain Shane Ferguson war ein gepflegter, gut trainierter Mann, dem seine Uniform gut stand und der die Feuerwache Nr. 2 mit fester Hand führte. „Ich wollte kurz mit Ihnen reden."

„Sicher. Dieser Wagen ist sauber und wieder bestückt." Ryder sprang hinaus und schloss die Hintertüren. „Worum geht es, Captain?"

„Ich möchte versuchen, Sie davon zu überzeugen, eine Vollzeitstelle als Sanitäter anzunehmen. Sie sind verdammt gut und wir brauchen die Hilfe."

Der Captain versuchte mehrmals jeden Monat, Ryder zu einer Vollzeitstelle zu überreden.

„Teilzeit passt mir gut." Als Ryder aus der Air Force zurückgekommen war, hatte er eine Weile gebraucht, um sich wieder einzugewöhnen. Der Druck einer Vollzeitstelle war nicht das gewesen, was er damals gebraucht hatte.

Jetzt hatte er viel zu tun mit seinen Schichten als Sanitäter, der Arbeit in der Klinik und den gelegentlichen Jobs bei Norcross Security. Ein Teil von ihm mochte es, in der öffentlichen Klinik etwas zurückgeben zu können.

Easton Norcross, Vanders älterer Bruder, war ein cleverer, milliardenschwerer Geschäftsmann. Er hatte ihnen allen geholfen, ihr Geld anzulegen. Früher, als Ryder beim Militär gewesen war, hatte er sein ganzes Geld angespart. Im Einsatz hatte er nicht viel gebraucht.

Jetzt besaß er ein Anlegerhaus in Chinatown mit sechs Wohnungen und ein paar Geschäften im Erdgeschoss. Eine der Wohnungen bewohnte er selbst, und wenn er wollte, könnte er mit den Mieteinnahmen gut leben und immer noch die Hypothek abdecken.

Aber zu heilen, Menschen zu helfen, die verletzt waren, lag ihm im Blut. Er konnte sich nicht vorstellen, nicht mehr als Sanitäter zu arbeiten.

„Ich mag meine Arbeit in der Klinik im Tenderloin, Captain. Diese Menschen brauchen auch Hilfe."

Kapitän Ferguson stieß einen Atemzug aus. „Ich verstehe. Dagegen komme ich wohl kaum an." Er legte Ryder die Hand auf die Schulter. „Wenn sich das jemals ändert, lassen Sie es mich einfach wissen."

„Danke, Captain."

Ryder beendete seine Arbeit und ging dann zu seinem Motorrad.

Die Triumph Street Triple war größtenteils schwarz, mit ein paar roten Akzenten. Sie war schnell, wendig und ein ganz klein wenig protzig, was ihm gefiel.

Er holte sein Handy heraus und fand die gewünschte Nummer. Es klingelte.

„Warum ist deine Nummer in meinem Handy gespeichert?", fragte eine knappe Frauenstimme.

Gott, er liebte diesen trotzigen Ton. „Weil ich es so wollte."

„Wie hast du meinen Code geknackt?", wollte Siv wissen.

„Geschäftsgeheimnis. Wie gehts der Flanke?"

„Gut."

„Siv, keine Lutscher für Mädchen, die mich anlügen."

Sie stieß einen Atemzug aus. „Es brennt ziemlich."

„Irgendwelche Rötungen?"

„Ein wenig."

„Ich will es mir ansehen." Er schwang ein Bein über sein Bike. „Bist du noch in der Norcross-Zentrale?"

„Nein. Ich habe einen Informanten in Chinatown getroffen."

„Da bin ich auch gerade." Nachdem er nach Siv gesehen hatte, wollte er versuchen, Robbie aufzuspüren. „Kannst du mich in der Klinik im Tenderloin treffen?" Er gab ihr die Adresse.

Eine Pause. „Gut."

Hmm, das bedeutete wahrscheinlich, dass ihre Verletzung schmerzhafter war, als sie zugeben wollte. „Hast du deine Schmerztabletten genommen?"

Wieder eine Pause. „Heute nicht. Sie vernebeln mir den Kopf."

„Nimm die Tabletten, Siv."

„Wir sehen uns in der Klinik." Sie legte auf.

Gestärkt durch den Gedanken, seine kratzbürstige Norwegerin wiederzusehen, gab Ryder Gas und fuhr in Richtung Klinik.

Das geschäftige Labyrinth aus Straßen und Gassen voller Dim-Sum-Lokale, Restaurants, Souvenirläden, Bars und Kräutergeschäften wich dem heruntergekommeneren Chaos des Tenderloin.

Obwohl er viel Zeit hier verbrachte, hatte er sich nie an den Müll, die Zelte und den Unrat gewöhnt, der die Bürgersteige säumte. Menschen lungerten an Straßenecken herum und Drogen und Geld wechselten für alle sichtbar den Besitzer.

Während er fuhr, hielt er Ausschau nach Robbie und kam an einigen seiner Lieblingsplätze vorbei. Es fehlte jede Spur von ihm.

Ryder fuhr vor der Klinik vor und nahm seinen Helm ab.

Ein paar Kinder, die an der Ecke herumlungerten, rannten zu ihm hinüber.

„Hey, Doc", sagte ein hagerer, weißer Junge namens Joey. Er war noch keine dreizehn und hatte einen Schopf dunkler Locken.

Sein bester Freund Caleb, kleiner, mit dunkler Haut und rasiertem Kopf, folgte ihm. „Yo, Ryder."

„Hey, Leute. Joey, ich bin ein Sanitäter, weißt du noch? Kein Arzt."

Der Junge zuckte mit einer Schulter. „Du trägst immer diese blauen Arztklamotten und hast dieses Abhör-Ding."

„Heute trage ich diese Uniform." Er zeigte auf sein Hemd. „Sanitäter."

Caleb legte den Kopf schief. „Ich glaube, ich könnte irgendwann auch ein Sanitäter sein."

„Ziehs durch." Ryder hielt ihm seine Faust hin und der Junge schlug mit seiner eigenen dagegen. „Es ist ein guter Job."

„Zu viel Blut und Kotze für mich." Joey rümpfte die Nase. „Ich werde ein knallharter Typ, wie dein Freund Norcross."

Ryder grinste. „Dann hast du noch viel vor."

Joey richtete sich auf. „Wir passen für dich auf dein Bike auf. Fünf Mäuse."

Der Junge erpresste Ryder regelmäßig damit, die Triumph im Auge zu behalten.

„Ich werde nicht lange hier sein." Er sah einen schwarzen X6 vorfahren. „Zwei fünfzig."

„Scheiße. Drei."

„Abgemacht."

Siv stieg aus dem Fahrzeug. Sie trug dunkle, ausge-stellte Jeans, eine weiße Bluse und einen braunen

Gürtel. Ihr Haar hatte sie zu einem Pferdeschwanz hochgesteckt.

„Heiliger Strohsack", murmelte Caleb.

Joey erblickte sie und stieß einen leisen Pfiff aus.

„Die gehört mir", sagte Ryder leise.

„Du Glückspilz", murmelte Joey.

„Ihr seid sowieso viel zu jung."

„Eines Tages werde ich es nicht mehr sein." Joey blähte seine Brust auf. „Dann suche ich mir auch eine Schönheit mit langen Beinen."

„Amen", sagte Caleb.

Siv kam auf sie zu. „Morgan." Ihr blauer Blick huschte zu den Jungen. „Sind das deine Freunde?"

„Ja, Joey und Caleb, das ist Siv."

„Seeve." Caleb spielte mit ihrem Namen auf seiner Zunge.

„Du bist echt heiß", verkündete Joey.

Ihre Lippen zuckten. „Danke."

„Hey, habt ihr Robbie irgendwo gesehen?", fragte Ryder sie.

Beide Jungen schüttelten den Kopf.

Mist. Langsam machte er sich Sorgen.

„Das letzte Mal, als ich ihn gesehen habe, hat er in Dan's Kitchen mit einem schicken Typen im Anzug etwas gegessen", sagte Joey.

Dan's war ein beliebtes Diner in der Gegend, das im Retro-Stil eingerichtet war. Der Mann im Anzug könnte Robbies Bruder gewesen sein. Ryder könnte Vander bitten, die Nummer des Bruders herauszufinden. Vielleicht war Robbie wieder eine Zeit lang bei seiner Familie untergekommen.

„Okay, passt auf das Motorrad auf." Ryder ruckte mit dem Kopf zu Siv.

Sie betraten die Klinik. Es war ein einstöckiges, unscheinbares Gebäude in einem schlichten Beige. Die Klinik lebte von Spenden und das Budget reichte nicht aus, um sie in irgendeiner Weise zu verschönern.

Er trat durch die Eingangstür, hielt sie für Siv auf und sah sich im Wartezimmer um. Es war nicht allzu viel los, nur wenige Leute saßen auf den Plastikstühlen. Eine ältere, schwarze Frau setzte sich gerade, flankiert von einer besorgt aussehenden Familie. Ein anderer Mann war blass und verschwitzt. Er war vielleicht Ende zwanzig und sah nicht besonders gut aus. Er saß vornüber gebeugt da und starrte auf den Boden.

Ryder warf einen Blick zum Empfang und entdeckte ein bekanntes Gesicht.

„Hey, Santiago, ist ein Behandlungszimmer frei, das ich für eine Minute benutzen kann?", fragte Ryder.

Santiago war ein kleiner, hagerer, gut aussehender Hispanoamerikaner und ein erfahrener Krankenpfleger. Er erhob eine Hand in Ryders Richtung und warf einen Blick auf Siv. „Ryder, das hier ist kein Hotel, und wenn es nur eine Minute dauert, sollte sie sich schleunigst einen Neuen suchen."

Siv prustete.

Ryder verdrehte die Augen und grinste. „Ich muss mir ihre Wunde ansehen."

Santiago lächelte. „Na dann. Zimmer fünf ist frei."

„Danke, Mann. Hey, hast du Robbie in letzter Zeit gesehen?"

Santiago runzelte die Stirn. „Nein. Schon eine Weile

nicht mehr. Das letzte Mal, als er hier war, hatte er viel Geld dabei. Sagte, er hätte jetzt einen Nebenjob."

Ryder hob die Augenbrauen. „Mir gegenüber hat er nie einen Job erwähnt."

„Wenn ich ihn sehe, werde ich ihm sagen, dass du nach ihm suchst. Vielleicht fragst du Jacko. Ich glaube, er hat Robbie behandelt."

„Okay, danke."

Ryder führte Siv in das Behandlungszimmer. Es war schlicht, mit schmuddeligen, beigen Wänden und einem fleckigen Linoleumboden, aber es war sauber und erfüllte seinen Zweck.

„Wer ist Robbie?", fragte sie.

Ryder deutete zu einer Liege. „Ein Freund. Er lebt auf der Straße und hat ein Drogenproblem, aber er ist grundsätzlich gesund. Ein Kriegsveteran. Ich behalte ihn im Auge."

Sie sprang auf die Liege und er spürte, wie sie ihn anstarrte.

Er blickte von einem Tablett mit medizinischen Instrumenten auf. „Was ist?"

„Ich versuche nur, dich zu durchschauen."

Er streckte seine Hände aus. „Was du siehst, ist, was du bekommst, meine bezaubernde Siv."

„Nein. Männer denken, sie seien einfach gestrickt, aber das sind sie nicht. Sie haben keine Ahnung, was sie wollen."

In ihrer Stimme lag eine leichte Verbitterung und Ryder hielt inne. „Hat dir ein Mann das Herz gebrochen? Soll ich ihn für dich verprügeln?"

KAPITEL DREI

Siv blickte auf ihre Hände, dann wieder auf den großen, gut aussehenden Mann vor ihr.

Heute eine andere Seite von ihm zu sehen, brachte ihr Gehirn zum Rattern. Das sexy, gefährlich aussehende Motorrad passte definitiv zu ihrem Bild von Ryder, dem Bad Boy und Womanizer. Aber die dunkelblaue Sanitäteruniform, wie er mit den Kids draußen auf der Straße gescherzt hatte und die Sorge um einen obdachlosen Veteranen …

Sie verfluchte Ryder Morgan dafür, dass er nicht in die Schublade passte, in die sie ihn stecken wollte.

„Kein gebrochenes Herz", sagte sie. „Das war ein Teil des Problems. Er hat vielleicht meinen Stolz ein wenig verletzt, aber mein Herz hat es kaum gespürt."

Ryder zog sich Latexhandschuhe an. „Ist er der Grund, warum du Norwegen verlassen hast?"

Innerlich ruhelos zuckte sie mit einer Schulter. „Zum Teil. Ich war aus dem Militärdienst ausgeschieden und hatte ein paar verschiedene Jobs ausprobiert, aber nichts hatte so richtig zu mir gepasst. Dann fand ich heraus, dass der Mann, der behauptete, mich zu lieben, mit einem neueren, unschuldigeren Modell vögelte. Ich wollte eine Veränderung."

Ryder hob ihre Bluse an und zog den Verband ab. „Nun, ich bin froh, dass du dir San Francisco ausgesucht hast, Siv."

„Ryder, ich bin nicht an Flirts, Dates oder einem charmanten Mann interessiert."

Er legte den Kopf schief. „Wie sieht es mit heißem Sex aus?"

Sie unterdrückte ein Lachen. „Du gibst wohl nie auf."

„Ich habe zwei Brüder, also habe ich gelernt, hartnäckig zu sein."

„Ich habe grundsätzlich nichts gegen heißen Sex." Der Sex mit Johan war gut gewesen. Vielleicht nicht gerade weltbewegend, aber gut. „Aber nicht jetzt, nicht, solange ich neu in meinem Job bin und eine Pause von den Männern brauche."

„Frauen wären also okay?" Er wackelte mit den Augenbrauen.

Sie stieß ein Lachen aus. Im selben Moment berührte er ihre Seite und sie atmete zischend aus.

„Du musst die verdammten Schmerztabletten nehmen, Siv. Da will sich eine Infektion einnisten. Ich werde dir ein Rezept für ein Antibiotikum besorgen."

„Gut."

Er reinigte ihre Wunde und verband sie neu.

Sie zog ihre Bluse herunter und setzte sich auf. Er zog sich mit einem kraftvollen Ruck die Handschuhe aus.

„Wo ist mein Lutscher?", fragte sie.

Er grinste und strich ihr eine Haarsträhne hinters Ohr. Wie durch Zauberei ließ er einen Lutscher dahinter erscheinen.

„Oh, sieh mal."

Sie schüttelte den Kopf und nahm den Lutscher.

Dann packte er ihr Kinn und sein Blick war heiß und leidenschaftlich.

Sie erstarrte und ihr ganzer Körper war in Aufruhr. *Dritt.* Sie konnte ihn nicht sehen lassen, wie heftig sie auf ihn reagierte. Sie war fertig damit, Männern Macht über sie zu geben.

Ihr Herz war nicht gebrochen, aber ein paar Dellen hatte es dennoch abbekommen. Einige stammten noch aus der Zeit vor Johan.

Und ein Mann wie Ryder Morgan würde eine Weile seinen Spaß mit ihr haben, bevor er sich dem nächsten hübschen, jungen Ding zuwandte, das ihm ins Auge fiel. Sie hatte die Frauen hier gesehen. Die Männer von Norcross hatten alle einen ausgezeichneten Geschmack, wenn es um ihre Partnerinnen ging. Gia, Harlow, Haven und, verdammt, sogar eine echte Prinzessin, sie alle waren umwerfend. Ja, Maggie war Hubschrauberpilotin und Vanders Freundin Brynn war Polizistin, aber insgesamt waren sie alle nicht so knallhart wie Siv.

„Mach mal langsam, Morgan."

„Wenn du deine Meinung über die Sache mit dem heißen Sex änderst, lass es mich wissen."

„Wenn du nicht noch einmal auf dem Rücken landen willst, dann nimm die Finger von mir."

Er hielt ihrem Blick stand, wich aber einen Schritt zurück.

Siv sprang von der Liege. Es war an der Zeit, Abstand zwischen sie und Ryder Morgan zu bringen und ihre Gedanken zu ordnen.

Er führte sie aus dem Behandlungszimmer. „Ich rufe dich morgen wieder an."

Sie gab einen Laut von sich.

Er runzelte die Stirn. „Wenn es schlimmer wird, rufst du mich an."

„Es wird nicht schlimmer werden."

Ein junger Mann in blauer OP-Kleidung verließ gerade einen der anderen Räume. Er war viel kleiner als Ryder, hatte aber breite Schultern. Tätowierungen zierten seine beiden muskulösen Arme und sein Kopf war rasiert.

„Jacko", sagte Ryder.

Der Mann hob sein Kinn. „Hey, Ryder." Er schenkte Siv ein anerkennendes Grinsen.

„Siv, das ist Jacko. Jacko, meine Freundin, Siv."

Siv nickte dem Mann zu.

„Hast du Robbie gesehen?", fragte Ryder. „Es ist schon länger her, dass ich ihn zuletzt gesehen habe."

Jacko runzelte die Stirn. „Nein, seit ein paar Wochen nicht mehr. Tut mir leid, Mann."

Ryder atmete tief durch. „Okay. Danke. Falls er dir über den Weg läuft, sagst du ihm, dass ich ihn suche?"

„Geht klar." Ein schmerzhaftes Stöhnen ertönte aus einem nahe gelegenen Behandlungszimmer. „Ich gehe besser wieder an die Arbeit."

Siv folgte Ryder ins Wartezimmer. Ein blasser Mann

taumelte aus seinem Stuhl. Er zitterte und schwitzte stark.

Sie runzelte die Stirn. „Hey, geht es Ihnen gut?"

Der Mann stolperte auf sie zu und krachte gegen sie.

Dritt. Sie fing ihn auf, bevor er zu Boden stürzte.

Ryder wirbelte herum und fluchte. Er half ihr, den Mann abzulegen.

„Santiago, Code Red", rief Ryder.

Sie knieten sich neben ihn, als der Mann begann, sich unter Krämpfen zu krümmen.

„Mein Gott, was hat er denn?", fragte Siv.

Ryder antwortete nicht. Er war zu sehr damit beschäftigt, den Puls des Mannes zu nehmen und sein Hemd aufzuknöpfen. Ryder war wie weggetreten und konzentrierte sich voll und ganz auf den Mann vor ihm.

„Scheiße, er kollabiert", rief Ryder. „Santiago!"

Ryder begann mit der Herzdruckmassage. Siv trat zurück und fühlte sich hilflos.

Plötzlich stürmte das gesamte Klinikpersonal herein. Ryder rief ihnen medizinische Ausdrücke zu, und kurz darauf hoben sie den Mann auf eine Trage und rollten ihn hinaus.

„*Verdammt.*" Ryder fuhr sich mit einer Hand durch die Haare. Sein Haargummi hatte sich gelöst und sein braunes Haar fiel um sein hübsches Gesicht.

Plötzlich fiel ihr auf, wie müde er aussah. Er hatte eine Schicht als Sanitäter hinter sich, dann hatte er sich um sie gekümmert und jetzt das.

Santiago tauchte auf. Er wirkte nicht glücklich. „Sieht nach vollständigem Organversagen aus."

„Was?", sagte Ryder. „Woher weißt du das?"

„Ist schon der zweite diese Woche." Santiago schüttelte den Kopf und fluchte. „Ich kenne den Kerl. Angelo. War schon vor drei Wochen hier – kerngesund. Für jemanden, der auf der Straße lebt, war er wirklich fit."

„Es kann kein Organversagen sein", sagte Ryder.

„Das letzte Mal war es genauso. Einfach kollabiert. Bis dahin keine gesundheitlichen Probleme."

Ryder runzelte die Stirn und starrte auf die Tür, durch die sie Angelo gebracht hatten. „Drogen? Vielleicht hat er etwas genommen?"

„Vielleicht." Santiago holte tief Luft. „Ich sehe besser mal nach ihm. Wir sehen uns später, Ryder."

Als Siv und Ryder nach draußen traten, war es viel wärmer, aber ihr war trotzdem kalt. Sie fragte sich, ob der arme Mann es schaffen würde.

„Geht es dir gut?", fragte sie.

Ryder atmete tief durch. „Ja. Es war nur ein langer Tag. Ich werde nach Hause fahren und mir einen Drink gönnen. Morgen ist ein neuer Tag."

Sie fragte sich, ob es für ihn wirklich so einfach war, abzuschalten.

Er schenkte ihr ein charmantes Lächeln. „Bekomme ich einen Abschiedskuss?"

„Nein."

„Eine Umarmung?"

„Nein."

Er lehnte sich nahe heran und sie sah die goldenen Sprenkel in seinen Augen. Verflucht, wieso musste er so verlockend sein?

„Wovor hast du solche Angst, Siv?"

Dass ich mich in dich verliebe und du mir wehtust.

Sie wusste nicht, woher diese innere Stimme kam, aber sie bewirkte, dass sie ihre Schultern hängen ließ. „Ich habe keine Angst, ich bin nur nicht interessiert."

Er grinste. „Lügnerin."

„Fahr nach Hause, Morgan." Sie ging zu ihrem Geländewagen. „Und lass etwas Luft aus deinem übergroßen Ego."

„Wenn ich Glück habe, träume ich von dir."

Sie packte ihren Lutscher aus und leckte ihn ab, bevor sie ihn sich in den Mund steckte.

Er stöhnte. „Böse Frau."

Sie umspielte den Lutscher mit ihrer Zunge.

Er gab ein in die Länge gezogenes Stöhnen von sich. „Du bringst mich um."

„Träum süß, Morgan."

Sie lächelte, als sie in ihren BMW stieg. Sie liebte die SUVs bei Norcross. Als sie losfuhr, sah sie, wie Ryder den Jungs, die auf sein Bike aufgepasst hatten, Geld zusteckte.

Aber sein Blick klebte an ihrem Wagen. Er vergewisserte sich, dass sie sicher wegkam.

Ja, bei Ryder Morgan waren gefährliche Komplikationen vorprogrammiert.

Komplikationen, die sie weder brauchte, noch wollte und die ihr geschundenes Herz nicht einzugehen bercit war.

IN DER KÜCHE der Norcross-Zentrale füllte Siv ihren Becher mit Kaffee. *Hmmm.* Der Duft kitzelte sie in den

Nasenlöchern. Sie genoss all die verschiedenen Kaffee-sorten und Variationen, die das Land, in dem sie nun lebte, zu bieten hatte.

Heute Morgen hatte sie Zeit mit ihrem Technik-Guru Ace verbracht, um von ihm verschiedenste Dinge im Bereich Überwachung zu lernen. Ihre Seite pochte, aber es war erträglich.

In der Nacht war sie ein paar Mal aufgewacht, meistens, weil sie sich auf ihre Wunde gerollt hatte. Und ein- oder zweimal deshalb, weil sie von einem gewissen Sanitäter mit grünen Augen geträumt hatte.

Schnell nippte sie an ihrem Kaffee und verbrannte sich prompt die Zunge. Sie fluchte auf Norwegisch.

Cam schlenderte gerade vorbei. „Das klingt nett, aber ich wette, das ist es nicht."

Sie nickte ihm zu und ihr fiel auf, wie sehr er seinem Bruder ähnlich sah. Eine intensivere Version, mit kürzeren Haaren und einer Narbe auf der Wange. Das, was er beim Militär erlebt hatte, stand ihm allerdings auch ohne die Narbe ins Gesicht geschrieben. Selbst sie hatte von den außergewöhnlichen Einsätzen der geheimnisvollen Ghost-Ops-Teams des amerikanischen Militärs gehört. Sie waren die Besten der Besten.

„Wenn meine Mutter mich hören würde, würde sie mir eine Standpauke halten", sagte Siv.

„Ja, Mütter ... ihrem mahnenden Blick entkommt man nicht. Meine hat ihren zu einer hohen Kunst entwickelt."

Siv nippte an ihrem Kaffee. „Dann stehst du deiner Mutter nahe?"

„Ja, Dad ist vor ein paar Jahren gestorben. Wir drei

passen auf sie auf. Sie ist hart im Nehmen. Das musste sie auch sein, denn sie war die Frau eines Cops und Mutter von drei Jungs, die alle zum Militär gingen."

Mrs. Morgan musste aus Titan gemacht sein.

„Sie ist ziemlich glücklich, jetzt, wo Hunt mit Savannah zusammen ist." Cam runzelte die Stirn. „Gott, ich hoffe, sie fängt nicht an, mich und Ryder damit zu nerven, uns auch mit einer Frau niederzulassen."

„Dein Bruder scheint mir nicht der Typ zu sein, der sich niederlässt."

„Er hat einfach noch nicht die Richtige gefunden. Ryder hat ein großes Herz, aber er versteckt es hinter seiner großen Klappe. Was ist mit dir? Stehst du deinen Eltern nahe?"

„Meiner Mutter schon. Sie und mein Vater leben beide in Norwegen. Sie sind schon seit Jahren geschieden. Meinen Vater sehe ich kaum. Er schickt mir jedes Jahr eine Geburtstagskarte."

Cam nickte.

„Normalerweise kommt sie einen Monat zu spät und ist in der Handschrift einer seiner Assistentinnen geschrieben. Seit meiner Mutter hatte er zwei Ehefrauen, eine jünger als die andere."

„Ah", sagte Cam.

„Meine Mutter ist Amerikanerin, hat sich aber in Norwegen verliebt. Sie liebt den Winter. Sie ruft mich alle paar Tage an und verzweifelt daran, dass ich in ein anderes Land gezogen bin." Siv nippte an ihrem Kaffee. „Und sie will, dass ich mich nicht mit irgendwelchen aalglatten amerikanischen Männern einlasse." Oder mit einem Mann wie ihrem Vater.

Am Ende des Flurs tauchten Vander und seine Freundin Brynn auf. Sie wohnten in einem großen Loft oberhalb des Büros. Die Polizistin trug eine blaue Bluse, die in eine marineblaue Hose gesteckt war, dazu einen braunen Gürtel, an dem ihre Pistole und ihre Polizeimarke befestigt waren. Ihr braunes Haar war zu einem Zopf geflochten und sie sah aus wie eine Frau, die sich durchaus zu verteidigen wusste.

Sie sagte etwas zu Vander, der ihr daraufhin ein Lächeln schenkte. Siv blinzelte. Sie hatte ihren Boss noch nicht oft lächeln sehen. Er zog Brynn zu einem Kuss heran, der weder kurz noch jugendfrei war.

Siv sah weg.

„Die beiden machen das ständig." Cam schüttelte den Kopf. „Ich hätte nie erwartet, dass Vander sich einmal verliebt, und schon gar nicht in meine Cousine."

„Siv?"

Als Siv sich umdrehte, sah sie das Paar auf sie zukommen. Brynn lächelte und hob eine Hand.

„Wie lebst du dich ein? Treiben dich die Jungs schon in den Wahnsinn?"

Vander zupfte an Brynns Zopf.

„So weit, so gut", sagte Siv. „Die Arbeit macht mir wirklich Spaß."

„Das ist toll", sagte Brynn. „Hör mal, ich muss jetzt aufs Revier, aber lass uns mal auf ein Bier gehen."

„Klingt gut."

„Ich würde dir gern zu einem sanften Einstieg verhelfen, bevor Gia oder Harlow dich gleich zu einem richtigen Cocktailabend mit den Mädels entführen."

„Ach, ja?" Siv hatte nie wirklich Zeit gehabt, mit Freundinnen auszugehen.

„Sie werden dich über alles ausfragen und sich in deine Angelegenheiten einmischen." Brynn schüttelte den Kopf. „Sie meinen es gut, aber ich habe dich gewarnt. Sie planen bereits, mit wem sie Cam verkuppeln wollen."

Cam gab ein genervtes Grunzen von sich.

„Gut, ich bin dann mal weg." Brynn stellte sich auf die Zehenspitzen und küsste Vanders Kiefer. „Wir sehen uns später, Norcross."

Brynn marschierte hinaus.

„Hey, Siv." Ace steckte den Kopf aus seinem Büro. „Da ist noch mehr, was ich dir zeigen will."

„Bin schon unterwegs." Sie nickte Cam und Vander zu.

Sie verbrachte die nächsten Stunden damit, sich alles zu merken, was Ace ihr erklärte.

Schließlich stand das Computergenie auf. „Das wars für heute. Jetzt treffe ich die Mutter meines Babys zum Mittagessen."

„Danke, Ace. Ich werde noch ein bisschen länger bleiben und mir ein paar Dinge genauer ansehen."

„Wenn ich zurückkomme, prüfe ich alles." Er zwinkerte beim Rausgehen.

Sivs Handy klingelte und sie sah, dass es ihre Mutter war. Sie rechnete kurz nach und stellte fest, dass ihre Mutter wahrscheinlich gerade mit dem Abendessen fertig war und sich in ihrer Wohnung in Oslo mit einer Tasse warmen Ciders auf der Couch eingerollt hatte.

Mit einem Lächeln hob sie ab. „Hallo, Mamma."

„Da ist ja mein Mädchen. Wie geht es dir, mein Liebling?" Christie Pedersen klang, als hätte sie ihr ganzes Leben in Kalifornien verbracht, obwohl sie ausgezeichnet Norwegisch sprach. Sie war Flugbegleiterin gewesen, als sie Sivs Vater kennengelernt hatte.

„Gut. Viel zu tun im neuen Job."

„Es macht dir Spaß dort. Das merke ich."

„Das tut es."

Ihre Mutter stieß einen tiefen Seufzer aus. „Ich vermisse dich, aber ich bin froh, mein Schatz. Ich bin wirklich froh, dass du diesen schmierigen, schleimigen Johan los bist."

„Mamma –"

„Ich sage es nur so, wie es ist."

Siv ließ sich in ihren Stuhl zurücksinken. „Ich war diejenige, die die Zeichen übersehen hat."

„Dass er *genau* wie dein Vater ist." Bosheit lag in ihrer Stimme, alt und verblasst, aber da. „Charmant, immer Ausreden parat, darauf bedacht, eine Show für die ‚richtigen' Leute abzuziehen." Sie schniefte. „Er hat dich nie zu schätzen gewusst."

„Ich weiß, Mamma. Ich habe dir gesagt, dass er mir wehgetan hat, aber er hat mir nicht das Herz gebrochen."

„Halte dich von den Männern fern, Siv. Sie sind es nicht wert."

Es tat Siv weh, dass ihre Mutter nie über Henrik Pedersen hinweggekommen war.

„Schon gut, ich habe nicht vor, mich mit jemandem einzulassen." Ein hübsches Gesicht mit grünen Augen tauchte in ihrem Kopf auf, aber sie verdrängte es. „Ich begnüge mich damit, den Anblick meiner neuen Arbeitskollegen zu genießen. Sie sind *så kjekk* und sehen sehr gut aus in ihren Anzügen."

Ihre Mutter schnaubte. „Es ist mir egal, wie gut sie aussehen –"

„Die meisten von ihnen sind auch frisch verliebt oder glücklich verlobt."

„Gut." Die Stimme ihrer Mutter wurde sanfter. „Ich vermisse dich, mein Schatz, aber ich bin froh, dass du glücklich bist und auf eigenen Füßen stehst."

„Ich auch."

„Ich bin stolz auf dich."

Diese Worte erwärmten Sivs Herz. „Bring mich nicht zum Weinen, Mamma."

„Ich wünschte, dein Vater würde dir das auch sagen", fügte ihre Mutter übellaunig hinzu.

Siv starrte blindlings auf Aces Bildschirmwand. Ihr Vater hatte Siv immer gesagt, sie sei nicht weiblich genug, nicht anmutig genug, nicht niedlich genug. Er war nie zu einem ihrer Sportwettkämpfe in der Schule gekommen. Als sie zum Militär gegangen war, hatte er keinen Hehl aus seiner Missbilligung gemacht.

Da sie ihn kaum sah, hatte sie sich von seiner Meinung nicht allzu sehr aus der Ruhe bringen lassen.

„Mamma –"

„Ich weiß, ich weiß." Ihre Mutter hielt inne. „Ich wünschte nur, Inger wäre hier. Dann könnte ich meine beiden Mädchen als schöne, erfolgreiche Frauen sehen."

Siv presste ihre Lippen aufeinander. Es war zwei Jahrzehnte her, dass ihre kleine Schwester gestorben war, aber Siv dachte oft an die kleine, lächelnde, blonde Fee zurück. Sie wünschte, sie könnte sich an Ingers

Stimme erinnern, aber es war zu lange her. „Ich auch, Mamma."

„Ich wollte dich nicht traurig machen. Ich lasse dich jetzt wieder an die Arbeit gehen."

„Okay. Hab dich lieb."

„Ich hab dich auch lieb, mein Schatz."

Siv legte auf und wandte sich dann wieder den Computerbildschirmen zu.

„Siv?" Vander erschien in der Tür. „Mein Büro."

„Sicher."

In Vanders geräumigem Büro am Ende des Flurs saß ein dunkelhaariger Mann mittleren Alters in einem Anzug. Siv analysierte ihn mit geübtem Blick: wohlhabend, Designeranzug und Uhr, beherrschtes, gelassenes Gesicht. Sie vermutete, dass er ein erfolgreicher Geschäftsmann war.

„Siv, das ist Peter Wilcox. Peter, das ist eine meiner Mitarbeiterinnen, Siv Pedersen."

Sie nickte. Der Mann erhob sich und reichte ihr die Hand.

Er sah erschöpft, müde und angespannt aus, als ob er Gefühle zurückhalten würde. Dank ihrer Zeit beim Militär war sie ziemlich gut darin, Menschen zu lesen. Sie hatte eine Reihe von Trainings absolviert und war auf Geiselnahmen spezialisiert, so dass sie die Fähigkeit entwickelt hatte, Menschen in Sekundenschnelle zu lesen.

„Freut mich, Sie kennenzulernen, Miss Pedersen."

„Bitte, nennen Sie mich Siv."

Er setzte sich wieder auf seinen Stuhl, während Siv ihre Hände in die Taschen ihrer Anzughose schob.

„Peters Bruder ist gestorben", sagte Vander. „Er will, dass wir der Sache nachgehen."

„Okay", sagte sie. „Hatten Sie bei der Polizei kein Glück?"

Peter rutschte in seinem Stuhl hin und her. „Der Gerichtsmediziner sagt, dass der Tod meines Bruders auf sein Leben auf der Straße und seine Drogenabhängigkeit zurückzuführen ist."

„Das tut mir leid."

„Er war in der Armee und als er nach Hause kam, hatte er Schwierigkeiten, sich wieder einzuleben. Seine Dämonen verfolgten ihn, zusammen mit einer guten Dosis PTBS. Seine geistige Gesundheit verschlechterte sich."

Siv dachte an die Leute, mit denen Ryder im Tenderloin zu tun hatte.

Peter griff sich in den Nacken. „Ich habe meinen Bruder geliebt. Wir haben alle immer wieder versucht, ihm zu helfen, aber er ist jedes Mal aufs Neue auf der Straße gelandet."

„Hat er Drogen genommen?", fragte Vander.

„Ja. Thomas hat damit experimentiert, aber er war kein klassischer Fixer. Manchmal wollte er die Dämonen betäuben." Peter schüttelte den Kopf. „Ich habe ihn vergöttert, als wir Kinder waren. Er war freundlich, sportlich, hatte immer ein Lächeln auf den Lippen. Aber nach seinem Dienst ... war er nicht mehr derselbe."

„Siv und ich sind beide ehemalige Soldaten, Peter", sagte Vander. „Wir verstehen das."

Peter nickte. „Thomas war bei bester Gesundheit. Ich aß jede Woche mit ihm zu Mittag. Stellte sicher, dass er alles hatte, was er brauchte." Peter seufzte. „Oder zumindest das, was er von mir annehmen wollte."

Sivs Herz zog sich zusammen. Wie furchtbar, jemanden zu lieben, aber ihm nicht helfen zu können.

„Das letzte Mal, als ich ihn sah, war er glücklich. Er sagte, er mache ein paar Gelegenheitsjobs und fühle sich gut. Er war fit wie ein Turnschuh und prahlte mit seinen täglichen Sit-ups und Liegestützen." Ein schwaches Lächeln ging über Peters Gesicht. „Das war der Grund, warum er seine Sucht nie ausarten ließ. Er mochte es, fit zu sein."

„Wie ist er gestorben?", fragte Siv leise.

Peter fuhr sich mit den Händen durch die Haare und brachte sie durcheinander. „Wir waren zum Mittagessen verabredet, aber er tauchte nicht auf. Ich suchte nach ihm, aber es gab kein Zeichen von ihm. Das war nichts Ungewöhnliches. Ich hoffte, dass er einfach beschäftigt wäre." Peter nahm einen zittrigen Atemzug.

„Aber das war er nicht." Der Mann hatte ihr Mitgefühl.

„Nein. Ein paar Tage später wurde seine Leiche hinter einem Müllcontainer an der Grenze zwischen Tenderloin und Theater District gefunden. Ich dachte, er wäre vielleicht angegriffen worden oder hätte eine Überdosis genommen."

„Aber so war es nicht?", fragte Vander.

„Nein. Ich habe seine Leiche identifiziert. Da war kein einziger Kratzer an ihm. Der Gerichtsmediziner sagte, dass er zum Zeitpunkt seines Todes keine illegalen Substanzen im Körper hatte, so dass wohl sein langfristiger Drogenkonsum dazu beigetragen haben musste, dass seine Organe versagten. Aber das ist Schwachsinn. Er war kerngesund."

„Hat der Gerichtsmediziner sonst nichts gesagt?", fragte Vander mit einem Stirnrunzeln.

„Nein. Dann hat er zugesehen, dass er mich loswird. Ich habe Beziehungen, also habe ich ein paar Gefallen eingefordert. Ich habe eine Kopie von Thomas' Autopsie vorliegen. Er starb an Multiorganversagen."

Siv runzelte die Stirn und ein Schauer lief ihr über den Rücken. „Ausgelöst durch?"

„Seinen Drogenkonsum, angeblich. Aber ich weiß ganz sicher, dass das nicht der Grund für seinen Tod ist. Ich habe keine rosarote Brille auf, wenn es um meinen Bruder und seine Probleme geht, aber ich bin überzeugt, dass ihm jemand das Leben genommen hat. Nach allem, was er durchgemacht hat –", Peter schüttelte heftig den Kopf, „– hat er ein solches Ende nicht verdient. Ich will Gerechtigkeit für meinen Bruder, Vander."

Siv sah das Funkeln in Vanders Augen. Ihr Boss würde niemals die Augen vor dieser Sache verschließen.

„Schicken Sie mir den Autopsiebericht. Ich setze Siv auf den Fall an."

Sie nickte. „Ich werde herausfinden, wer Ihren Bruder getötet hat."

Erleichterung machte sich in Peters Gesicht breit und er stand auf. „Danke."

Vander brachte den Mann hinaus und kehrte dann zurück.

„Wenn du etwas brauchst, lass es mich wissen", sagte Vander.

Sie nickte. „Das hat er nicht verdient."

„Nein, hat er nicht. Wir brauchen jemanden mit medizinischen Kenntnissen, um zu verstehen, was genau passiert ist."

Sie versteifte sich. Sie vermutete, dass sie bereits wusste, worauf das Gespräch hinauslaufen würde.

„Ich möchte, dass du dich mit Ryder in Verbindung setzt. Geh mit ihm den Autopsiebericht durch."

Verdammt. Sie hatte schon befürchtet, dass er das sagen würde.

Sie schenkte ihm ein Lächeln. „Natürlich."

Sie würde einfach ihren Job machen und dem Charme eines gewissen Sanitäters widerstehen.

KAPITEL VIER

Als Ryder durch die Türen von Norcross Security schritt, lächelte er vor sich hin. Er freute sich darauf, Siv zu sehen. Er freute sich sogar darauf, dass sie wieder ihre Krallen ausfuhr.

Er mochte ihre bissige Art.

Außerdem hatte Vander ihm getextet, dass er für einen Fall sein medizinisches Fachwissen benötigte. Es kam nicht oft vor, aber Vander zog Ryder manchmal bei bestimmten Fällen hinzu.

Saxon trat aus einem Büro und winkte ihm mit seiner bandagierten Hand zu. Seine Jacke hatte er abgelegt, aber er sah auch nur mit dem grauen Hemd und seiner Anzughose gut aus. Ryder hatte den Tag frei, also trug er nur Jeans und ein schwarzes T-Shirt.

„Wie gehts der Hand?"

„Verheilt gut." Ein zufriedenes Lächeln wanderte über Saxons Gesicht. „Gia hat beschlossen, dass ich zu Hause nichts anfassen darf. Also kocht sie die ganze Zeit und ich darf mich im Bett zurücklehnen und die Show genießen."

„Glückspilz."

Siv erschien am Ende des Flurs. Sie unterhielt sich gerade mit Vanders jüngerem Bruder Rhys. Sie trug eine schmal geschnittene, graue Hose und eine schwarze Bluse. Das reichte aus, um Ryders Schwanz zum Pochen zu bringen. Verdammt, sie war etwas Besonderes.

„Die da würde nicht zulassen, dass du dich zurücklehnst und die Show genießt", sagte Saxon trocken.

Ryder grinste. „Nope." Mit Siv würde es ein heißer, sexy Kampf werden.

„Wenn sie dich jemals nahe genug heranlässt, um sie zu berühren ... auf eine nicht-medizinische Weise."

„Ich bin kein reicher Kerl wie du, aber ich bin charmant."

Siv kam auf sie zu und als sie Ryder sah, legte sich ein finsterer Blick auf ihr Gesicht.

Saxon schnaubte. „Na dann, viel Glück."

„Meiner Flanke geht es heute schon viel besser", sagte sie.

„Hallo zurück. Das macht nichts, ich muss sie mir trotzdem ansehen." Ryder lächelte. „Wie geht es meiner bezaubernden norwegischen Blume heute?"

Sie sah ihn aus zusammengekniffenen Augen an. „Übertreib es nicht, Morgan."

Er trat einen halben Schritt näher. „Ich kann nicht anders. Immer, wenn ich dich ansehe, überkommt es mich."

„Ich kann dir helfen, das zu überwinden."

„Wirklich?"

Als sie näher kam, roch er frische Seife. Das gefiel ihm. Keine blumigen Düfte für Siv.

Ihr Gesicht wurde weicher, ihr Blick ruhte auf seinen Lippen. „Ja, kann ich."

Er atmete ihren Duft ein und ließ seinen Blick zu ihrem Mund schweifen. Ihre Lippen waren voll und sexy und brachten ihn auf alle möglichen Ideen. Alles, woran er denken konnte, war Siv.

Ihre Faust landete in seinem Magen und presste die Luft aus seinen Lungen.

Ryder beugte sich vornüber.

Siv lächelte. „Siehst du, jetzt denkst du an etwas anderes."

Er stieß ein schnaubendes Lachen aus. *Fuck*. Es war wahrscheinlich das Beste, ihr nicht zu sagen, dass er hart war. Allein der Gedanke, mit ihr zu rangeln, machte ihn an.

„Komm mit." Sie nickte in Richtung des Behandlungszimmers. „Lass uns die Untersuchung hinter uns bringen, dann gebe ich dir einen Überblick über den Fall, um den es geht – einen obdachlosen Veteranen. Ich weiß, dass du ein paar von ihnen im Auge behältst."

Er nickte. Wieder machte er sich Sorgen um Robbie. Der Mann hatte sich immer noch nicht bei ihm gemeldet.

Im Krankenzimmer knöpfte Siv ihre Bluse auf und zog sie aus.

Ryder erstarrte.

Ihr schwarzer BH war größtenteils durchsichtig, mit nur einem Hauch von Spitze an den Rändern. Er konnte ihre Brustwarzen deutlich sehen.

Scheiße. Er wettete, dass sie das mit Absicht getan hatte, um ihn zu quälen.

Er schluckte, nahm seine Aufgabe ernst. Er fühlte sich zu Siv hingezogen, aber er würde niemals zulassen, dass sie sich in diesem Raum unwohl fühlte.

Sie setzte sich auf die Liege und beobachtete ihn unablässig.

„Den hast du absichtlich angezogen." Er zog sich ein Paar Handschuhe an. So ein Mist. Seine Hände waren nicht gerade ruhig.

„Du hast keinen Einfluss auf die Wahl meiner Unterwäsche, Morgan."

Er beugte sich vor, um den Verband zu entfernen. Ihre Wunde sah heute viel besser aus. Er behandelte sie schnell und verband sie neu.

„Das sieht gut aus. Nimmst du die Antibiotika?"

Sie nickte.

Er bewegte sich ein wenig und plötzlich war sein Gesicht viel zu nah an dem hauchdünnen BH, der ihre festen Brüste liebevoll umhüllte. Er schluckte ein Stöhnen hinunter. Dann drehte er sich um, streifte die Handschuhe ab und richtete diskret seine schmerzende Erektion.

Als er sich wieder einigermaßen unter Kontrolle hatte, drehte er sich um.

Siv hatte ihre Bluse zum Glück wieder an.

„Bist du fertig damit, mich zu quälen?", fragte er.

Ihre Lippen zuckten. „Vielleicht." Ihr Gesicht wurde ernst. „Jetzt müssen wir meinen neuen Fall durchgehen."

Die Ernsthaftigkeit in ihrem Ton ließ ihn nicken. „Nach dir, meine norwegische Schneeblume."

Sie gab einen erstickten Laut von sich. „Schneeblume?"

„Ich kann mir gut vorstellen, wie deine Schönheit im Schnee gedeiht. Hartnäckigkeit, die die Kälte besiegt."

Sie verdrehte die Augen und ging hinaus.

Ryder lächelte. So viel Spaß hatte er seit … nun, eigentlich noch nie gehabt. Er folgte ihr nach draußen und sah Rome Nash den Flur entlang schreiten.

„Hey, Rome."

„Ryder." Der groß gewachsene Bodyguard trug einen dunklen Anzug und ein weißes Hemd. Sein dunkles Haar war kurz geschnitten und seine grünen Augen stechend und wachsam.

„Wie geht es Sofie?", fragte Ryder.

Rome blickte finster drein. „Gut. Ich bin auf dem Weg, sie zu treffen. Sie hat ein Fotoshooting."

Prinzessin Sofia von Caldova unterstützte viele Wohltätigkeitsorganisationen und gab im Zuge dessen viele Interviews und stellte sich für Fotoshootings zur Verfügung.

„Warum der finstere Blick?", fragte Ryder.

„Es werden *Nacktbilder*", murrte Rome.

„Ah." Sofie war nobel und blauen Blutes und sie kannte ihren überfürsorglichen Verlobten sehr gut. „Ich bin sicher, sie wird nicht zu viel Haut zeigen."

Rome richtete sich auf. „Das wird sie ganz bestimmt nicht, denn dafür werde ich sorgen." Mit einem knappen Winken marschierte der Bär von einem Mann davon.

Vander trat aus dem Konferenzraum und schüttelte den Kopf.

„Was ist das für ein Fall, bei dem du Hilfe brauchst?",

fragte Ryder. Er entdeckte Siv, die an der Wand lehnte und eine Akte in der Hand hielt.

„Eine Familie möchte, dass wir den Tod des Bruders untersuchen", sagte Vander. „Er war ein Veteran mit PTBS und anderen psychischen Problemen. Er hat es nicht geschafft, sich wieder in ein normales Leben einzuleben. Am Ende hat er Drogen ausprobiert und auf der Straße gelebt."

Ryder steckte die Hände in die Taschen. Eine Geschichte, die er viel zu oft sah. „Mit solchen Leuten habe ich in der Klinik ständig zu tun. Sie kommen mit dem normalen Leben nicht klar, selbst wenn sie eine liebevolle Familie hinter sich haben, die sie unterstützt. Die meisten von ihnen haben das allerdings nicht."

Vander setzte sich und Ryder folgte seinem Beispiel.

„Siv ist für den Fall zuständig", sagte Vander.

„Wurde der Mann ermordet?", fragte Ryder.

„Genau das müssen wir herausfinden", sagte Siv. „Der Bruder bestand darauf, dass der Tote trotz seines Drogenkonsums bei bester Gesundheit und fit war."

Ryder nickte. „Auf der Straße überlebt nur der Stärkste. Die Schwachen sind die Opfer. Einige der Jungs tun, was sie können, um so gesund wie möglich zu bleiben."

„Bei der Leiche seines Bruders wurde Multiorganversagen diagnostiziert", sagte Siv.

Ryder runzelte die Stirn. In seinem Kopf begannen die Alarmglocken zu schrillen.

„Was?", sagte Vander und musterte ihn aufmerksam.

„Wir hatten in letzter Zeit ein paar Fälle in der Klinik. Leute von der Straße, die wir kennen und die im

Allgemeinen bei guter Gesundheit sind, tauchten plötzlich mit Organversagen auf."

Siv ließ sich auf einen Stuhl neben ihm sinken. „Der Mann im Wartezimmer der Klinik ...?"

Ryder nickte. „Er hat es nicht geschafft. Laut meinen Kollegen in der Klinik ging es ihm noch vor ein paar Wochen gut."

Vander lehnte sich zurück. „Gift? Eine neue Droge?" „Vielleicht."

„Der Gerichtsmediziner war nicht interessiert", sagte Siv. „Er wies unseren Klienten ab und sagte, dass der Drogenkonsum seines Bruders schuld sei, obwohl er keine Überdosis genommen hatte."

„Ich habe auf der Feuerwache gehört, dass es im Büro des Gerichtsmediziners Probleme gegeben hat." Ryder runzelte die Stirn. „Ich erinnere mich nicht an die Details, aber er hat letztes Jahr die Zulassung verloren."

„Das könnte dazu beigetragen haben, dass Peter dort so abgespeist wurde", sagte Vander.

„Das oder die Tatsache, dass sich niemand wirklich für einen toten Obdachlosen interessiert", fügte Ryder hinzu. Das war eine traurige Realität, mit der er immer wieder konfrontiert war.

Siv legte die Akte ab. „Kannst du einen Blick auf den Autopsiebericht werfen?"

„Sicher." Ryder klappte die Akte auf. „Ich werde nur –" Es war, als würde ihm jemand den Boden unter den Füßen wegziehen.

Er starrte auf den Namen in der Akte, dann auf das düstere Foto der Leiche mit grauer Haut.

„Ryder?" Siv runzelte die Stirn.

Er stand so abrupt auf, dass sein Stuhl umkippte. „Thomas Wilcox."

Sie legte die Stirn in Falten. „Ja, der Bruder unseres Klienten Peter."

„Das ist Robbie." Trauer überkam Ryder. „Thomas Robert Wilcox." Ryder schloss die Augen. „Er ist tot."

DER KUMMER in Ryders Zügen tat Siv im Herzen weh.

Beim Militär hatte sie Kameraden verloren. Ein guter Freund, Rolf, hatte ihr einmal das Leben gerettet. Sie biss sich auf die Lippe. Er war während einer Geiselnahme von einer Ölplattform gestürzt. Sie hatte ihn nicht mehr retten können.

Jetzt sah sie in Ryders Gesicht die gleiche Trauer, die sie empfunden hatte, als Rolf umgekommen war.

„Ryder." Vander trat auf ihn zu.

Ryder gab einen wütenden Laut von sich, dann drehte er sich um und schlug gegen die Wand. Seine Faust ging durch die Trockenbauwand.

Dann presste er sich die Hände in den Nacken. „Verdammt!" Er trat so fest gegen einen Stuhl, dass dieser umkippte.

Vander machte einen weiteren Schritt auf ihn zu, aber Siv hob eine Hand.

„Ich mache das", murmelte sie.

Vander sah sie kurz prüfend an, dann nickte er, verließ den Raum und schloss die Tür hinter sich.

Siv näherte sich Ryder. Sie konnte den Schmerz spüren, der von ihm ausging.

„Hey." Sie streckte die Hand aus und ihre Finger strichen über seinen Rücken. Seine Muskeln waren so angespannt unter dem ausgewaschenen Baumwoll-T-Shirt.

„Das hat er nicht verdient." Ryders Stimme war ein leises Knurren. „Er hatte sein Leben nicht immer im Griff, aber er war ein guter Mann."

„Ich weiß."

Ryder fuhr herum und packte ihre Hand, sein Blick war wütend.

„Robbie hat für sein Land gekämpft. Er hat eine verdammte Medaille dafür verliehen bekommen, dass er sein Leben riskiert hat, um das Leben anderer Soldaten zu retten. Auf der Straße hat er auf die anderen aufgepasst und die Bösen ferngehalten. Er war einer von den Guten."

„Es tut mir so leid, Ryder. Ich weiß, es tut weh."

„*Scheiße.*" Er zog sie an sich.

Sie wehrte sich nicht. Verdammt, sie wollte es auch gar nicht. Ein Teil von ihr wollte ihm helfen, den Schmerz zu ertragen.

Als er seine Arme um sie schlang, lehnte sie sich an ihn und drückte ihr Gesicht an seine Brust.

Sie hörte das schnelle Schlagen seines Herzens und spürte, wenig überraschend, harte Muskeln unter seinem T-Shirt. Er hatte sich nicht gehen lassen, seit er ins zivile Leben zurückgekehrt war.

Siv legte ihre Arme um ihn. „Halte dich einfach fest."

Er atmete zitternd aus und drückte sein Gesicht in ihr Haar. „Er hätte ich sein können."

Sie runzelte die Stirn. „Was meinst du?"

„Robbie war Kampfsanitäter. Wenn man in einem Kriegsgebiet Leute zusammenflickt, sieht man ziemlich viel Scheiße. Furchtbare Verletzungen. Menschen im Todeskampf. Menschen, die unter Höllenqualen nach ihren Familien rufen. Menschen, die in deinen Armen sterben." Sein Körper bebte. „Es ist schwer, mit all dem umzugehen. Du kommst nach Hause und jeder um dich herum ist normal. Sie sehen fern, sie gehen einkaufen, sie meckern über ihre Vorgesetzten und ihre Arbeit. Sie regen sich über Banalitäten auf, ohne zu wissen, ohne zu verstehen, was andere für sie opfern."

„Ich weiß." Sie umarmte ihn fester.

„Ich hätte Robbie sein können. Als ich nach Hause kam, dauerte es Wochen, bis ich mich eingelebt hatte. Ich konnte nicht schlafen, konnte mich nicht einfinden. Nichts fühlte sich richtig an. Die meisten Nächte schlief ich auf dem Boden, weil das Bett zu weich war."

„Du hast es geschafft", sagte sie leise.

„Ja. Meine Mutter und Hunt, meine Freunde ... sie waren da, bis sich die Dinge beruhigt hatten. Aber ich war kurz davor, wie Robbie zu werden und ihnen den Rücken zu kehren."

„Robbies Tod ist nicht deine Schuld, Ryder."

Er fuhr mit seinen Händen über ihren Rücken. „Ich habe immer das Gefühl, dass ich mehr für sie tun sollte, dass es nie genug ist." Er stieß einen langen Atemzug aus. „Großteils habe ich gelernt, damit umzugehen."

Er löste sich aus ihrer Umarmung.

Sie betrachtete sein hübsches, ernstes Gesicht.

„Es ist *nicht* deine Schuld", sagte sie erneut. „Und jetzt ... willst du mir helfen, herauszufinden, was mit ihm passiert ist?"

In Ryders grünen Augen blitzte etwas auf. „Ja."

„Lass uns den Autopsiebericht durchgehen. Kommst du damit klar?"

Ryder nickte. Dann streckte er die Hand aus und strich ihr über den Wangenknochen.

Sie spürte, wie diese kleine Berührung sie innerlich versengte, und presste die Knie zusammen. So weit würde sie es nicht kommen lassen. Sie konnte ihn nicht sehen lassen, wie stark seine Wirkung auf sie war.

Besonders jetzt. Dies war ihr erster Fall bei Norcross und sie wollte gute Arbeit leisten. Dazu brauchte sie einen klaren Kopf und Ryders Hilfe.

Sie setzte sich wieder an den Konferenztisch. Ryder holte tief Luft, ließ sich auf den Stuhl neben ihr fallen und nahm die Akte zur Hand.

Siv beobachtete, wie konzentriert er den Bericht las. Dabei fiel ihr Blick auf seine Hände. Er hatte schöne Hände: stark, kompetent, mit langen Fingern. Hände, die heilen oder beschützen konnten.

Sie kreuzte die Beine. *Mein Gott, Siv.* Sie saß da und himmelte die Hände eines Mannes an.

Er blätterte die Seite um. „Der Toxikologiebericht weist ein paar merkwürdige Ergebnisse auf. Er hatte einen erhöhten THC-Wert."

„Marihuana?"

Ryder nickte. „Robbie hat gekifft, wenn die Dinge ein wenig holprig wurden. Um dem Leben etwas von seiner

Härte zu nehmen. Wenn die Dämonen schlimmer wurden, griff er zu härterem Zeug." Eine Falte legte sich zwischen Ryders Augenbrauen. „Aber es gibt noch ein paar andere Ausreißer."

Sie beugte sich vor. „Eine andere Droge?"

„Ja. Aber der Gerichtsmediziner hält fest, dass die Werte nicht hoch genug waren, um seinen Tod zu verursachen."

„Dann hat Robbie nicht erwähnt, dass er etwas anderes versucht hat?"

Ryder schüttelte den Kopf. „Robbie war nicht der Typ, der das neue Designer-Zeug probiert hätte."

„Und die anderen Patienten in deiner Klinik, die an Organversagen gestorben sind?"

Ryder lehnte sich in seinem Stuhl zurück. „Ich brauche ihre Autopsieberichte."

„Vielleicht panscht jemand auf der Straße eine neue Droge zusammen."

„Vielleicht, aber ich kenne Robbie –", Ryder hielt inne, „– ich *kannte* Robbie." Er sah zu Boden und seine Hand auf dem Tisch ballte sich zur Faust. „Er hätte keine neue Droge genommen."

Bevor sie sich zurückhalten konnte, streckte sie ihre Hand aus und schlang sie um seine Faust.

Seine Finger lockerten sich und verschränkten sich mit ihren. „Wie ich schon sagte, Robbie hat nie etwas genommen, nur weil es gerade der letzte Schrei war. Er wusste, dass es mit Dreck gestreckt sein könnte. Er hätte es nicht getan."

„Okay."

„Glaubst du mir?"

Sie nickte. „Du magst mir die meiste Zeit auf die Nerven gehen, Morgan, aber ich glaube dir."

Seine Finger streichelten ihr Handgelenk und sie zog ihre Hand weg, aus Angst, er könnte ihren rasenden Puls bemerken.

„Wir müssen also bei den anderen Patienten nachforschen, die in der Klinik gestorben sind." Sie tippte mit einem Finger auf ihre Lippe. „Und in den Krankenhäusern und anderen Kliniken nachfragen, denn es könnten noch mehr sein."

„Vielleicht ist es eine allergische Reaktion auf etwas." Seine Gedanken überschlugen sich. „Wir müssen Robbies Freunde auf der Straße befragen. Vielleicht wissen sie etwas."

„Gib mir eine Liste und ich werde sie ausfindig machen."

Sein grüner Blick blieb auf ihr haften. „Sie werden niemals mit dir reden."

„Ich kann sie zum Reden bringen."

„Es wird einfacher sein, wenn ich bei dir bin."

Es kribbelte in ihrem Magen, als wäre darin ein Haufen Insekten in Aufruhr. *Mit ihm arbeiten? Seite an Seite?* „Ich schaffe das schon."

„Er hat recht." Vanders tiefe Stimme kam von der Tür.

Sie fuhren beide herum.

Ihr Boss warf Ryder einen Blick zu. „Hast du es im Griff?"

Ryder nickte. „Ich möchte helfen, Robbies Mörder zu fassen."

Seine Stimme klang fest und entschlossen.

„Ich kann einen Urlaub beantragen", fügte er hinzu.

Oh, nein. „Das ist *mein* Fall. Ich mache das schon."

Vander nickte. „Ich weiß, aber du musst alle deine Ressourcen nutzen, Siv. Wir brauchen Ryders medizinisches Wissen und seine Kontakte auf der Straße."

Dritt. Sie verschränkte die Arme. „Also was, bin ich nur die mit den Muskeln?"

„Nein, du bist die Verantwortliche für diesen Fall", sagte Vander. „Finde Robbie Wilcox' Mörder für unseren Klienten. Und tu es mit Ryders Hilfe."

Verdammt noch mal. Jetzt arbeitete sie offiziell mit Ryder Morgan zusammen.

KAPITEL FÜNF

R yder saß auf dem Beifahrersitz des X6, während Siv fuhr.

Er war immer noch aufgewühlt.

Robbie war tot. *Verdammte Scheiße.* Er wusste, dass er die Leute, die er in der Klinik betreute, nicht ins Herz schließen durfte. Die Straßen waren ein raues Pflaster und unsicher, aber er konnte nicht anders. Besonders nicht bei den Veteranen.

Nicht, wo er doch dasselbe erlebt hatte wie sie.

„Wir werden ein paar Orte abklappern, an denen Robbie abgehangen hat", sagte Ryder. „Seine engsten Freunde aufspüren."

Sie nickte und bog um eine Ecke. Es überraschte ihn nicht, dass sie eine gute Fahrerin war, obwohl sie neu in der Stadt war. Sie hatte ruhige Hände und ließ sich nicht schnell aus der Ruhe bringen. Das schien übrigens auf alles zuzutreffen, was Siv tat.

Und Mann, wenn es nicht verdammt attraktiv war.

Zuerst waren es ihr Aussehen und ihr Selbstvertrauen gewesen, die ihn angezogen hatten, aber er hatte herausgefunden, dass es noch viel mehr an Siv Pedersen zu mögen gab. Zum Beispiel die Art, wie sie ihn gehalten hatte, als er wegen Robbie ausgerastet war.

Knallhart und gleichzeitig so sanft. Eine tödliche Kombination, verpackt in einem sexy Körper.

Eine Sekunde tauchte vor seinem inneren Auge ein Bild von ihr auf, wie sie nackt unter ihm lag und seinen Schwanz nahm.

Verdammt. Er bewegte sich, um den Druck auf seinen Schwanz zu verringern. Jetzt war nicht der richtige Zeitpunkt dafür.

„Ace arbeitet bereits daran, ähnliche Fälle in anderen Kliniken zu finden", sagte sie.

Ryder nickte. „Ich werde auch ein paar Anrufe machen und mit meinen Kollegen reden." Seine Hand ballte sich zur Faust. Wer auch immer verantwortlich war, derjenige würde dafür bezahlen. Dafür würde er sorgen.

Er wies Siv den Weg und sie fand einen Parkplatz in der Nähe des ersten von Robbies Lieblingsplätzen.

Sie kletterten aus dem Geländewagen. „Ich weiß, dass du es mit jedem hier aufnehmen kannst, aber bleib in meiner Nähe und tu dein Bestes, eine Konfrontation zu vermeiden."

„Ich bin keine blutige Anfängerin, Morgan", sagte sie.

„Ich weiß." Sie gingen den an vielen Stellen aufgeplatzten Bürgersteig hinunter.

Weiter vorn standen ein paar Zelte entlang eines Maschendrahtzauns aufgereiht. Ryder stolperte über einen Haufen Müll und benutzter Injektionsnadeln. Er nahm Notiz von zwei Männern mit unzähligen Tattoos, die in einem dunklen Eingang standen. Sie beobachteten Ryder und Siv mit starrenden Augen.

„Hier drüben gibt es eine Gasse", sagte Ryder. „Einige der Obdachlosen kommen dort zusammen." Er bog in die Gasse ein.

Der üble Gestank von verrottenden Abfällen und Exkrementen schlug ihnen entgegen. Er sah, wie Siv die Nase rümpfte, aber das war alles.

Wahrscheinlich war sie schon öfters an ähnlich schrecklichen Orten gewesen.

Im hinteren Teil der Gasse, hinter mehreren großen Müllcontainern, sah er einige Menschen dicht aneinander gekauert. Manche hatten Zelte aufgestellt, andere hatten sich aus aufgespannten Planen behelfsmäßige Unterstände gebaut.

Die Leute erstarrten alle in ihren Bewegungen und beäugten Ryder und Siv misstrauisch, als sie sich näherten.

Ryder entdeckte ein bekanntes Gesicht. „Hey, Bish. Alles klar bei dir?"

„Oh, hey, Ryder." Der ältere Mann humpelte auf sie zu.

„Alles gut mit den Füßen?", fragte Ryder.

Bish zuckte mit den Schultern und strich sich über seinen struppigen Bart. „Noch beide dran."

Aber so würde es nicht bleiben, wenn er seinen Diabetes nicht besser in den Griff bekäme. „Nimmst du die Medikamente, die ich dir gegeben habe?"

„Sicher, sicher." Bish schniefte und musterte Siv. „Ist das deine Frau?"

Siv öffnete den Mund.

„Ja." Ryder schob einen Arm um sie und ignorierte ihren steifen Körper.

„Du weißt wirklich, wie man ein Mädchen beindruckt, Ryder. Solltest du sie nicht eher in ein schickes Restaurant oder so ausführen, als in diese Ecke der Stadt?", gackerte Bish.

Ryder lächelte. „Sie weiß, dass ich sie gut behandeln werde." Ihre Blicke trafen sich für eine flüchtige Sekunde, bevor er wieder zu Bish sah. „Bish, ich wollte dich nach Robbie fragen."

„Der alte Kauz muss einen Lottosechser gemacht haben, denn hier ist er schon lange nicht mehr aufgetaucht." Auf Bishs Gesicht blitzte Kränkung auf, die er jedoch schnell verbarg. „Normalerweise ist er nicht so lange weg."

Fuck. Ryder schloss für einen Moment die Augen. „Bish, Robbie ist tot."

Der Mund des älteren Mannes öffnete und schloss sich. Er gab ein angestrengtes Lachen von sich. „Auf keinen Fall. Robbie ist zu zäh, um abzukratzen. Das sagt er sogar selbst, dass er zäh wie altes Stiefelleder ist."

Ryder atmete tief aus. „Seine Leiche wurde in einer Gasse gefunden, die von der Eddy Street abgeht. Ich versuche, herauszufinden, was mit ihm passiert ist."

Die Farbe wich aus Bishs betagtem Gesicht. „Nicht Robbie." Der Mann schwankte.

Siv kam Ryder zuvor und ergriff den Arm des älteren Mannes. Sie half ihm hinüber zu einem schmutzigen, zusammengerollten Schlafsack. Sie zögerte nicht, Bish zu stützen, trotz seines nicht gerade angenehmen Geruchs.

„Setz dich", murmelte sie. „Ganz langsam."

„Robbie ... Ach, verdammt." Bishs Stimme brach. „Er war der Beste von uns. Er hat so vielen Menschen geholfen."

Ryder hockte sich vor Bish. „Er hatte irgendeinen Nebenjob. Weißt du, was er gemacht hat? Für wen er gearbeitet hat?"

Bish schüttelte den Kopf. „Er hatte etwas Bargeld. Er gab mir etwas davon, wenn ich Essen brauchte. Er hat auch ein paar anderen geholfen."

Natürlich hatte er das. Das war typisch Robbie.

„Er sagte, es sei ein guter Job. Leicht verdientes Geld."

Ryder runzelte die Stirn. *Was hatte er dafür tun müssen?* Er musste es herausfinden. „Aber du weißt nicht, wo er gearbeitet hat, oder wer ihn bezahlt hat?"

Bish schüttelte den Kopf.

Verdammt. Ryder begegnete Sivs Blick. Seine Frustration spiegelte sich in ihren blauen Augen wider.

„Warte mal." Bish schnippte mit den Fingern. „Er hat mal gesagt, dass Scratch ihm hilft."

„Scratch?", fragte Siv.

„Noch ein Veteran", sagte Ryder. „Jung. Er ist erst seit ein paar Jahren draußen. Hat in Afghanistan ein paar Finger durch eine USBV-Explosion verloren. Er hat Probleme mit Aggressionen und Angstzuständen und konnte nie einen Job lange halten. Hat einen Mann in einer Kneipenschlägerei verprügelt und ist daraufhin auf der Straße gelandet."

Bish nickte. „Scratch könnte es wissen." Dann sackten die Schultern des Mannes zusammen. „Armer

Robbie." Tränen liefen Bish über die Wangen und er wischte sich mit dem Unterarm übers Gesicht.

Ryder fasste dem Mann an die Schulter. „Wir werden ihn vermissen. Aber wir werden ihn nicht vergessen."

„Warum Robbie? Was zum Teufel ist passiert?" Bish wirkte fassungslos.

Ryder drückte seine Schulter erneut. „Ich werde es herausfinden, das verspreche ich dir. Wenn jemand die Schuld an seinem Tod trägt, werde ich dafür sorgen, dass Robbie Gerechtigkeit widerfährt."

Bish nickte. „Ähm, wird es eine Beerdigung oder so etwas geben? Ich würde ihm gern die letzte Ehre erweisen."

„Ich werde Robbies Familie fragen. Sie sind es, die herausfinden wollen, was ihm zugestoßen ist."

„Er sagte, sie seien gute Leute." Bish schniefte. „Sie haben ihn nie aufgegeben."

„Ich gebe dir Bescheid, Bish." Ryder erhob sich. „Wenn du etwas hörst, komm in die Klinik und sag es mir."

Ryder und Siv verließen die Gasse. Er ballte die Fäuste.

Wut brodelte tief in ihm und nährte sich aus Reserven, die er gut versteckt hielt und in denen er seinen ganzen Ärger über das, was er beim Militär gesehen, getan und ertragen hatte, unter Verschluss hielt.

In denen die Trauer um die Leben, die er nicht gerettet hatte, unterschwellig köchelte und eiterte.

Er nahm einen tiefen Atemzug. Er hatte gedacht, all diese Gefühle wären längst verschwunden, aber jetzt musste er erkennen, dass sie sich nur versteckt hatten und unbemerkt in ihm arbeiteten.

„Geht es dir gut?“, fragte Siv.

Sie betrachtete ihn wie eine Bombe, die gleich explodieren würde.

„Nicht wirklich.“

In diesem Moment sah er drei Männer, die auf dem Bürgersteig auf sie zukamen.

Sie trugen alle Jeans und fleckige T-Shirts. Einer war stark tätowiert, ein anderer hatte eine Vollglatze. Der dritte Mann hatte zotteliges, dunkles Haar.

Sie waren alle groß und breit gebaut, und ihre Blicke waren auf Ryder und Siv gerichtet.

„Ärger auf zwölf Uhr“, murmelte er.

Siv verlagerte ihr Gewicht ganz leicht und fummelte an ihrem Pferdeschwanz herum. Sie war gut. Sie versteifte sich nicht oder ließ sich anmerken, dass sie die Männer musterte. Ihr Blick glitt in einer Millisekunde über sie hinweg.

Dann sah sie wieder zu Ryder, und verdammt, dabei hatte sie ein aufgeregtes Funkeln in den Augen.

„Weißt du, wie man kämpft, Medizinmann?“

Er schnaubte.

Sie lächelte. „Ich glaube, mit denen können wir es aufnehmen.“

Und er bekam allein bei der Vorstellung einen Ständer, wie sie die drei Typen vermöbelte.

Jetzt war *nicht* der richtige Zeitpunkt.

Er lockerte seine Schultern, als die Gangster näherkamen. Der mit der Glatze wirkte aufgekratzt und hatte die Augen weit aufgerissen. Er war auf irgendeinem Trip.

Ryder verengte seinen Blick.

Das war genau das, was er brauchte, um die Anspannung, die ihn fest im Griff hatte, abzubauen. Er ballte seine Hände zu Fäusten.

Na los, traut euch.

SIV DREHTE sich zur Seite und beäugte die Männer. Einer war groß, hatte einen rasierten Kopf und sein T-Shirt spannte sich über seinen Bauch. Der zweite hatte Tätowierungen am Arm und am Hals und war kleiner, aber muskulös. Der letzte war weder besonders groß noch klein und hatte eine Menge zotteliger Haare.

Die Boshaftigkeit in ihrem Blick hatten sie gemeinsam.

„*Chica*, du gefällst mir." Tattoo-Typ griff sich in den Schritt und ließ seinen Blick über sie gleiten.

Siv hielt ihr Gesicht ausdruckslos. „Tut mir leid, Romeo, dasselbe kann ich von dir nicht behaupten."

Zottelhaar kicherte, während Tattoo-Typ finster dreinblickte.

„Ich werde deinen Schönling aufmischen", fauchte er.

„Schönling?" Sie hob eine Augenbraue und sah Ryder an. „Redet er von dir?"

Ryder zuckte mit einer Schulter. Wenn ihn die Bedrohung beunruhigte, dann ließ er es sich zumindest nicht anmerken. „Das kann nicht sein", sagte er. „Ich bin gut aussehend, stark und wie aus Stein gemeißelt."

Sie schnaubte. „Und total bescheiden."

„Komm schon, du weißt, dass du mir zustimmst."

Sie schüttelte den Kopf. „Wie schaffst du es nur, mit einem so überdimensionalen Ego durch die Gegend zu laufen?"

„*Hey*." Glatzkopf sah verwirrt und genervt aus.

„Oh, tut mir leid. Ihr drei seid es vermutlich gewohnt, dass die Leute Angst vor euch haben und sich von euch einschüchtern lassen, was?" Siv verzog das Gesicht. „Ich könnte es versuchen."

Ryder nickte. „Dann zeig mal, was du drauf hast."

Sie hielt ihr Gesicht ausdruckslos und ihre Stimme monoton. „Oh, bitte, tut uns nicht weh."

Er schüttelte traurig den Kopf. „Total lahm."

Sie zuckte mit den Schultern. „Da will einfach keine Stimmung bei mir aufkommen."

„Schlampe, wir werden dich und deinen Schönling fertig machen", zischte Zottelhaar.

„Und *Chica*", säuselte Tattoo-Typ. „Ich werde ein wenig Spaß mit deinem frechen Mundwerk haben." Er rieb sich den Schritt. „Ich wette, du liebst es, Schwänze zu lutschen."

Siv verdrehte die Augen. „Das tue ich tatsächlich."

Neben ihr stöhnte Ryder auf. „Bitte jetzt kein Gerede übers Schwanzlutschen."

Sie konnte sich ein Grinsen nicht verkneifen. „Ich mag es nur nicht mit Typen, die sich nicht regelmäßig waschen, und so wie du dich ständig im Schritt kratzt, solltest du dich vielleicht mal untersuchen lassen."

Ihre drei Gesprächspartner starrten sie eine Sekunde lang ausdruckslos an.

Dann verzog Tattoo-Typ das Gesicht. Und griff an.

Siv bewegte sich auf ihn zu, wirbelte herum und verpasste dem Mann einen Ellbogenstoß ins Gesicht. Sein Kopf schnappte zurück. Sie versetzte ihm einen Tritt in die Seite und legte einen Fausthieb nach.

Er stöhnte tief auf.

Sie ließ zwei weitere, schnelle Schläge folgen und Tattoo-Typ plumpste unbeholfen auf den Asphalt und blieb liegen.

Als sie fertig war, richtete sie sich auf und dehnte ihren Nacken.

Glatzkopf brüllte etwas und er und sein Freund griffen an.

Ryder stürzte sich auf sie und knöpfte sich Glatzkopf vor.

Siv blieb eine halbe Sekunde Zeit, die Tatsache zu würdigen, dass Ryder Morgan definitiv kämpfen konnte, bevor Zottelhaar vor ihr stand.

Ihr Blut geriet in Wallung. Sie konnte nicht leugnen, dass sie einen guten Nahkampf mochte.

Dabei fühlte sie sich immer so lebendig.

Zottelhaar schwang eine Faust und Siv wich dem Arm des Mannes aus, um ihm im nächsten Moment ihr Knie in den Bauch zu rammen.

Er grunzte und taumelte zurück.

Sie lächelte. „Haben wir schon Spaß?" Die Kante ihrer Hand traf ihn am Kehlkopf und er würgte und krümmte sich.

Sie ließ ihr Bein hervorschnellen und erwischte

seinen Knöchel. Durch den ruckartigen Aufprall verloren seine Füße den Bodenkontakt.

Er krachte vornüber auf den Boden und versuchte, aufzustehen, aber sie ging auf ein Knie und versetzte ihm einen weiteren Hieb in den Rücken.

Er sackte zusammen.

Sie stand auf und sah, dass Ryder sie beobachtete.

Sie versteifte sich. Das war der Moment, in dem sie vages Entsetzen und Unbehagen auf seinem Gesicht erkennen würde. Die Sorge, dass sie es vielleicht mit ihm aufnehmen, ihn entmannen könnte.

Ryder stand vor ihr, einen Stiefel auf dem Rücken von Glatzkopf, der stöhnte. Es sah so aus, als hätte er keine Mühe gehabt, den Kerl zu Boden zu bringen. Er atmete nicht einmal schwer.

Sein Blick traf den ihren. Er grinste und die Erregung in seinen Augen war nicht zu übersehen.

Ihr Herz pochte in ihrer Brust.

„Das –“ Ryder ruckte mit dem Kopf zu dem Mann am Boden, „– war heiß.“

Wer war dieser Mann? Er sah sie mit einer Mischung aus Stolz und Lust an.

Sie drängte ihre eigene Lust zurück und hockte sich wieder hin. Sie packte Zottelhaar an seiner wilden Mähne und hob seinen Kopf hoch.

Sein Gesicht schwoll bereits an und er stöhnte.

„Wer hat euch geschickt?“

„Fick ... dich.“

„Nein, das wird nicht passieren.“ Sie zog ihn an den Haaren, bis er aufjaulte. „Wer hat euch geschickt?“

„Ein Typ hat uns Geld angeboten, damit wir jeden

aufmischen, der in die Gegend kommt und Fragen über den toten Obdachlosen stellt."

Sie schüttelte ihn. „Welcher Typ hat euch Geld angeboten?"

„Weiß nicht", sagte er. „Ein Typ eben. In Jeans. Aber er hatte wirklich saubere Zähne."

Also niemand, der selbst auf der Straße lebte. *Hmm.*

Sie erhob sich. „Wenn wir uns noch einmal über den Weg laufen, werde ich dich nicht mit Samthandschuhen anfassen."

Der Mann gab ein gurgelndes Geräusch von sich.

Sie ließ die drei Männer liegen und ging mit Ryder zurück zum SUV. Als sie geradeaus sah, stellte sie fest, dass sie sich direkt an der Grenze zu Chinatown befanden, wo rote Schilder von Restaurants hingen und rote Laternen quer über die Straße hingen.

„Was glaubst du, wer sie geschickt hat?", fragte sie.

„Jemand, der Geheimnisse hat, die er um jeden Preis wahren will."

Seine Stimme klang düster.

Die Hitze des Kampfes ließ nach und Siv sah, dass sich Wut und Trauer wieder in Ryders Geist schlichen. Seine breiten Schultern waren angespannt und seine Lippen zu einer flachen Linie zusammengepresst.

Sie hasste es, wie sehr ihn die Ereignisse trafen. Er sorgte sich so sehr um die Menschen, denen er half.

„Willst du auf einen Drink gehen?"

Er sah sie von der Seite an.

Sie blickte die Straße entlang. „Kennst du eine gute Bar hier in der Nähe?"

„Ja." Ein Muskel in seinem Kiefer zuckte.

Sie gingen ein paar Blocks nebeneinander her und er führte sie zu einer kleinen Spelunke. Ein neonfarbenes Budweiser-Schild blinkte im Fenster.

Sie gingen hinein. Das Innere war nichts Besonderes. Es war eine gewöhnliche, leicht schäbige Kneipe mit rot gestrichenen Wänden und einer Ansammlung von Flaschen hinter einer zerfurchten Holztheke.

Die Kneipe war größtenteils leer. Nur wenige Gäste saßen in Nischen am anderen Ende und tranken ihr Bier.

Ryder und Siv schnappten sich zwei Hocker an der Bar.

„Was willst du trinken?", fragte sie ihn.

„Tequila."

Sie hob eine Augenbraue. „Geht klar."

Sie nickte der hübschen, kurvigen Barkeeperin zu. „Eine Flasche Tequila und zwei Schnapsgläser."

Die Augen der Frau weiteten sich und sie strich sich eine dunkle Locke aus dem Gesicht. Sie sah Ryder mit unverhohlener Bewunderung an, bevor sie nach dem Tequila griff.

Kurz darauf stellte sie die Flasche und die Gläser vor ihnen ab. Siv schenkte ihnen zwei Kurze ein und hielt Ryder ein Glas hin.

„Auf Robbie", sagte sie.

Er nahm das Glas. „Auf Robbie."

Sie kippten den Tequila hinunter.

Es fühlte sich gut an, als der Alkohol sich seinen Weg in ihren Magen brannte.

Ryder knallte sein Glas auf den Tresen. „Noch einen."

Siv schenkte nach.

Sie leerten wieder ihre Schnapsgläser. *Puh.* Das Zeug knallte rein.

Dann stellte Ryder sein Glas ab, streckte die Hand aus und zog Sivs Hocker näher an seinen heran. Ihre Beine stießen aneinander und ihr Puls beschleunigte sich.

„Morgan –"

„Ich weiß etwas, das besser wirkt als Tequila und von dem wir morgen nicht so schlimme Kopfschmerzen haben werden."

Verdammt, seine tiefe, sexy Stimme. Sein Vorschlag klang verlockend, aber sie wusste, dass sie Nein sagen sollte. Es waren die düsteren Emotionen, die in seinen Augen lauerten, die ihr zu schaffen machten.

Und der wahnsinnige Drang, ihn zu trösten.

Sie packte ihn vorn am T-Shirt, zog ihn an sich und küsste ihn.

KAPITEL SECHS

F uck. *Fuck.* Sie schmeckte besser als alles andere auf der Welt.

Ryder öffnete seinen Mund und vertiefte den Kuss. Es brodelten so viele Emotionen in ihm, aber sie alle verstummten, bis nur sein Verlangen nach dieser Frau zurückblieb.

Er vergrub eine Hand in ihren Haaren und zog ihren köstlichen Mund noch näher an seinen. Er gab einen hungrigen Laut von sich.

Sie biss ihm so fest auf die Unterlippe, dass es wehtat. Ja, da war sie, seine knallharte, heiße Kriegergöttin. Sie hatte Ecken und Kanten.

Ihre Brüste drückten gegen seine Brust. Ryder wollte sie nackt sehen. Er wollte seine Hände überall auf dieser glatten Haut haben. Er wollte die Geräusche hören, die sie machte, wenn sie kam.

Dann zog sie sich keuchend zurück.

„Komm mit zu mir." Seine Stimme war rau vor Verlangen.

Sie holte tief Luft. „Nein."

„Siv –"

„Du bist aufgewühlt und wütend."

„Das ändert nichts an der Tatsache, dass ich dich will." Er schenkte sich ein weiteres Glas ein.

„Ich verstehe, dass du einfach alles für eine Weile vergessen willst, aber ich bin keine Pille, die du schlucken kannst, damit die ganze Scheiße für ein paar Stunden verschwindet."

Er leerte sein Glas und genoss den Geschmack des Tequilas. „Du weißt, dass es mehr als das ist."

Sie verschränkte die Arme. „Nun, wir beide sind mir mehr wert. Wenn die Rollen vertauscht wären ..."

Verdammt. Er würde nicht wollen, dass sie zum ersten Mal miteinander schliefen, wenn sie krank vor Trauer war und nach Gerechtigkeit gierte.

Er knurrte und schenkte sich einen weiteren Kurzen ein.

Sie berührte sein Handgelenk. „Mach mal halblang, ja?"

„Halblang interessiert mich nicht." Er schüttelte ihre Hand ab. „Du musst nicht bleiben."

„Ryder ..." Sie atmete aus und starrte ihn an. „Ich fange an, dich zu mögen, obwohl ich den Männern abgeschworen habe. Ich fühle mich zu dir hingezogen."

Hitze schoss in seine Lenden.

„Aber ich wurde erst kürzlich von einem Trottel verarscht. Diesmal gehe ich es langsam an. Jetzt gehe ich erst mal auf die Toilette. Wenn du dich zusaufen willst, nur zu. Ich sorge dafür, dass du nach Hause kommst."

Er sah ihr nach, als sie die Bar durchquerte, mit ihren

langen Beinen und ihrem heißen Hintern, der in dieser glatten, grauen Hose steckte.

„Ich würde dir keinen Korb geben."

Er drehte seinen Kopf zur Seite. Die hübsche, brünette Barkeeperin mit den vielen Kurven lehnte an der Theke. Sie sorgte dafür, dass er einen guten Blick auf ihr Dekolleté werfen konnte.

Gott, sie war wahrscheinlich Anfang zwanzig. Zu jung für ihn.

Verglichen mit einer gewissen knallharten Ex-Soldatin der norwegischen Spezialeinheiten erschien ihm jede Frau zu jung.

„Danke, Süße."

Sie zog einen Stift aus ihrer Tasche und griff nach seinem Arm, um ein paar Ziffern auf seine Haut zu kritzeln. „Ich würde dir gern helfen, deine Probleme wegzuficken."

Noch vor ein paar Wochen hätte er das Angebot in Betracht gezogen.

Jetzt würde er sie sanft abweisen. Er berührte ihr Haar. „Das ist ein sehr verlockendes Angebot, aber nein danke."

Die Frau lehnte sich näher heran, so dass ihre Lippen seine fast berührten. „Ich wette, ich schmecke süßer als sie und könnte deinen Schwanz besser reiten."

Ryder wurde wieder heiß. Schließlich war er nicht tot. Er lächelte. „Danke noch mal, Süße, aber ich –"

Er spürte eine Präsenz hinter sich und sah über seine Schulter.

Sivs Blick fiel auf die Stelle, an der er das Haar der

Frau berührte, dann auf die Telefonnummer auf seinem Arm und dann auf seine Augen.

Er konnte mitansehen, wie sie eine unsichtbare Wand um sich herum hochzog, wie eine Eisschicht, die sie sehr langsam umhüllte.

„Sieht aus, als hättest du schon Pläne." Ihre Stimme war scharf wie eine Rasierklinge. „Sieh zu, wie du selbst nach Hause kommst."

„Siv –" Ryder stand auf. Seine Sinne waren durch den Tequila bereits ein wenig getrübt.

Sie streckte eine Hand aus. „Du machst dir deine eigenen Regeln, Ryder. Du kannst ficken, wen du willst, nur ich werde es nicht sein." Sie ließ ihren Blick an ihm vorbeischweifen. „Ich habe kein Interesse daran, deinem Harem beizutreten."

Er knurrte, machte einen Satz auf sie zu und erwischte ihre Hand. „Ich habe keinen verdammten Harem."

„Du bist ein Aufreißer", zischte sie. „Wie alle Männer."

„Ich bin nicht dein verdammter Ex."

Sie machte einen Schritt in seine Richtung und zerrte seinen Arm hinter seinem Rücken nach oben.

„*Fuck*." Ein Schmerz schoss durch seine Schulter.

Sie stieß ihn vorwärts und als er sich fing, stürmte sie schon zur Tür hinaus.

Verdammt noch mal. Ryder joggte ihr hinterher. „Siv!"

„Geh einfach wieder rein, Ryder. Trink den Tequila und fick die Barkeeperin."

Mit einem Knurren schaffte er es, einen Arm um ihre

Taille zu schlingen. Dabei entging er nur knapp einem Ellbogenstoß gegen die Wange.

„Lass mich los!"

„Nein." Er hob sie in die Luft. „Du wirst mir zuhören."

Sie war stark, aber er hielt sie fest. Dann drehte er sich mit ihr um und pinnte sie an die Wand der Kneipe.

Er sah die Überraschung in ihrem Gesicht.

„Ich war auch im Training, Siv. Und ich bin stärker als du." Ihre Gesichter waren nur Zentimeter voneinander entfernt. „Ich bin nicht irgendein Frauenheld. Ich bin nicht dein Ex. Bin ich ein alleinstehender Mann, der gelegentlich auf einvernehmlichen, unverbindlichen Sex steht? Ja."

„Das ist mir egal!"

„Verdammt, bist du stur."

Sie versuchte, sich zu befreien. Sie rangen miteinander, aber er fixierte sie mit seinem Körper.

Schnaubend ließ sie sich gegen ihn sinken und stieß dann eine Reihe von norwegischen Wörtern aus, von denen er sicher war, dass er sie nicht übersetzt haben wollte.

„Siv –"

„*Faen.*" Sie hob ihr Kinn an und küsste ihn.

Sein Gehirn hatte einen Kurzschluss. Alles, was er tun konnte, alles, was er tun wollte, war, zu fühlen. Ihre Zungen tanzten einen feurigen Tanz. Es war ein fiebriger Kuss, in den sie alles legten, Zunge, Zähne, Feuer. Sie schaffte es, eine ihrer Hände zu befreien, und er erwartete fast schon einen Fausthieb.

Stattdessen schob sie ihre Hand in sein Haar. Presste ihren langen, schlanken Körper an seinen.

Gott, sein Verlangen war heißer als Feuer und es hatte Krallen.

Plötzlich stieß sie ihn zurück.

Sie stand da und leckte sich über die Lippen. Er wusste, dass sie versuchte, die gläserne Mauer wieder um sich hochzuziehen.

„Siv –"

„Nein." Sie hob eine Hand. „Lass es einfach."

Seine Frustration kochte hoch. „Hör auf, so verdammt unabhängig und stur zu sein. Gerade eben, als ich dich geküsst habe, warst du ein zahmes Kätzchen."

Eine Eiseskälte legte sich in ihren Blick. „Johan hat mal etwas Ähnliches gesagt. Ich war nur im Bett zahm."

Verdammt noch mal. „Ich bin *nicht* er."

„Geh wieder rein, Ryder." Sie riss sich los und stakste davon.

Einen Moment lang überlegte Ryder, ihr nachzugehen, aber er wusste, dass sie sich wieder streiten würden. Sie brauchte Zeit, um sich zu beruhigen.

Er betrachtete ihren steifen Rücken, als sie verschwand, und drückte sich eine Hand in den Nacken. Er schloss die Augen. Er hatte es vermasselt. Siv Pedersen hatte eine harte Schale, aber er vermutete einen weichen Kern, den sie mit allen Mitteln zu verbergen versuchte.

Er sah auf das Neonschild der Bar und dachte an Robbie – tot und für immer verloren.

Scheiß drauf. Ryder hatte auch zu Hause eine Flasche Tequila.

Er würde die paar Kurzen bezahlen, die sie gehabt hatten, und dann nach Hause gehen, um sich in aller Ruhe zu betrinken.

ZUERST DACHTE RYDER, das Wummern wäre nur in seinem Kopf.

Stöhnend öffnete er die Augen.

Er lag auf seinem Bett, ausgestreckt, nackt und mit Kopfschmerzen, die vom Tequila kamen und fröhlich hinter seinen Augäpfeln pochten.

„Scheiße." Er rollte sich zur Seite und hörte wieder das Klopfen.

Jemand hämmerte an seine Haustür. Er setzte sich auf.

Der Raum drehte sich ein wenig und er hörte ein Zischen. Sein Kater Crank hob den Kopf und starrte Ryder aus einem gelben Auge an. Crank war ein Streuner, mit dem sich Ryder in der Nähe der Klinik angefreundet und den er schließlich adoptiert hatte. Er hatte einen langen, stämmigen Körper, graues Fell und das Temperament eines tollwütigen Wolfsrudels.

Der kleine Griesgram hatte Ryder ein paar Mal böse gekratzt und glaubte, dass Ryders Wohnung nun sein Reich sei. Ryder existierte nur, um Konservendosen zu öffnen.

„Verpiss dich, Crank. Ich bin nicht derjenige, der an die Tür hämmert." Ryder schnappte sich seine Boxershorts vom Boden, zog sie an und schlurfte hinaus. Er warf einen Blick durch das Guckloch und sah Cams Gesicht.

Verdammt. Er war mit seinem Bruder zum Frühstück verabredet. Er zog die Tür auf. „Tut mir leid. Ich habe verschlafen."

Camden trat ein. Er war bereit für die Arbeit bei Norcross, in einem maßgeschneiderten, blauen Anzug. Das elegante Outfit stand im Kontrast zu seinen kurzen Haaren und seinem vernarbten Gesicht.

Cam sah sich in Ryders Wohnung um – der Wohnbereich und die Küche waren zwar nicht groß, aber für Ryder perfekt. An der Wand war ein riesiger Fernseher mit einem hochmodernen Soundsystem angebracht, ein großes Erkerfenster ließ viel Licht herein und die honigfarbenen Holzböden machten den Raum harmonisch. Es gab nicht viel Dekoration außer einem grauen Teppich und einer leicht verwelkten Pflanze, die seine Mutter ihm gekauft hatte. Crank liebte es, den Teppich zu zerkratzen und gelegentlich darauf zu kotzen.

Ryder erkannte noch immer die Kampfbereitschaft und das Situationsbewusstsein aus dem aktiven Kampf an seinem Bruder. Ryder wusste, dass Hunt sich Sorgen um Cam machte, aber Ryder vertraute darauf, dass Cam sich mit der Zeit entspannen würde. Er würde sich anpassen.

Anders als Robbie.

„Du meinst, du warst auf einer Sauftour", sagte Cam.

Ryder schloss die Tür. „Siv hat mich verraten."

„Sie hat sich Sorgen um dich gemacht. Sie sagte, du wärst in irgendeiner Bar gewesen, hättest einen Kurzen nach dem anderen runtergekippt und mit der Barkeeperin geflirtet."

„Die Barkeeperin hat mit mir geflirtet. Und ich bin nach Hause gegangen, allein, und habe die restlichen Kurzen hier getrunken." Er winkte zum Couchtisch, auf dem eine halb leere Flasche Tequila stand. „Meine Kopfschmerzen sind der Beweis." Er seufzte. „Mein Freund Robbie ist tot."

„Der ehemalige Kampfsanitäter. Siv hat es erwähnt. Es tut mir leid, Ryder."

Ryder fuhr sich mit der Hand über die Haare. „Ja. Sieht aus, als hätte ihn jemand umgebracht."

„Siv wirkt sehr kompetent. Sie wird herausfinden, was passiert ist."

„Oh, sie ist kompetent und noch viel mehr." Ryder beäugte Cam. „Und sie gehört mir." Bei zwei Brüdern wusste er, dass es sich auszahlte, sein Revier früh abzustecken.

Das brachte ihm ein halbes Lächeln von Cam ein. „Weiß sie das?"

„Ja."

Cams grüne Augen verengten sich. „Und sieht sie es auch so?"

„Wir arbeiten daran." Ryder roch Speck und sein Blick fiel auf die braune Papiertüte in der Hand seines Bruders. „Sag mir, dass du Frühstück mitgebracht hast."

„Ja. Meine oberste Priorität war es, sicherzustellen, dass du noch am Leben bist, und gleich die nächste, dir etwas zu essen zu bringen."

„Ich liebe dich verdammt noch mal, Bruder." Ryder griff nach der Tüte.

Crank schlenderte mit zuckendem Schwanz aus dem Schlafzimmer. Der Kater hasste jeden, aber aus irgendeinem Grund liebte er Cam. Er rieb sich an Cams Beinen.

„Das ist immer noch die hässlichste Katze, die ich je gesehen habe", grunzte Cam.

Ryder holte ein Sandwich mit Speck und Ei heraus und fiel darüber her.

„Ihm ist es egal, ob er hässlich ist. Wir haben alle ein paar Schrammen." Ryder zeigte auf die gezackte Narbe auf seiner nackten Brust.

Cam runzelte die Stirn und berührte die Narbe auf seiner Wange. Eine Bombe war ganz in der Nähe von ihm und seinem Team explodiert. Er hatte mehrere Männer verloren und war selbst verletzt worden. „Ja, ein paar von uns mehr als andere." Er nahm das zweite Sandwich aus der Tüte.

Ryder ließ sich auf seine marineblaue Couch fallen und biss in die knusprige Köstlichkeit. *Mmh.* Genau das, was er brauchte.

„Siv schien nicht glücklich mit dir zu sein, Bruder, auch wenn sie sich Sorgen um dich gemacht hat." Cam setzte sich neben ihn.

„Sie fängt an, mich zu mögen."

Cam grunzte und biss in sein Sandwich.

„Leider habe ich es trotzdem bei ihr vergeigt. Sie ist scheu, weil ihr Arschloch von einem Ex ein Aufreißer war. Sie hat gesehen, wie diese Frau mit mir geflirtet hat, und war nicht glücklich."

„Und du flirtest tatsächlich gern."

„Ich bin eben offen und freundlich, kein griesgrämiges Arschloch mit leerem Gesicht. Du solltest es auch mal probieren." Ryder beäugte Cam. „Wie geht es dir eigentlich?"

„Fang du nicht auch noch an. Hunt nervt mich ständig. Mom taucht regelmäßig mit selbstgemachtem Essen bei mir auf, weil sie ‚zufällig in der Gegend' war."

Ryder runzelte die Stirn. „Mir bringt sie nie Essen."

„Dich bemuttert sie auch nicht."

„Sie ist nun mal eine Mutter. Es liegt ihr in den Genen, sich Sorgen zu machen. Du bist gerade erst nach Hause gekommen, also will sie sichergehen, dass es dir wirklich gut geht." Ryder hielt inne. „Geht es dir gut?"

Cam knurrte. „Alles bestens."

„Hast du schon gevögelt?"

Ein weiteres Knurren „Misch dich nicht ein, Arschloch."

„Ich werte das als ein Nein. Sonst wärst du viel lockerer."

Cam nahm noch einen Bissen von seinem Sandwich und verfütterte dann ein Stückchen Speck an Crank. Der Kater aß es und starrte Ryder finster an.

Offensichtlich war heute jeder sauer auf ihn.

„Ich muss heute mit Siv an diesem Fall arbeiten", sagte Ryder.

„Das mit deinem Freund Robbie tut mir leid, Ryder."

„Ja." Seine Trauer machte sich wieder bemerkbar. „Ich möchte ihr etwas besorgen. Eine kleine Entschuldigung."

„Damit sie dich wieder leiden kann?"

„Ganz genau. Was mag sie? Dir ist doch sicher etwas aufgefallen."

Cam legte den Kopf schief. „Einem Bösewicht eine Kugel zwischen die Augen zu jagen?"

Ryder verdrehte die Augen. „Ähm, vielleicht etwas anderes?"

Cam nickte. „Wir bekommen manchmal eine Lieferung von dieser Bäckerei –"

„Wirklich? Ist mir noch gar nicht aufgefallen."

„Die Sachen sind immer schnell weg. Sie haben leckeres Gebäck. Da gibt es dieses mit Nutella gefüllte Keksteil ...", stöhnte Cam.

„Was hat das mit Siv zu tun?"

„Sie ist schnell. Sobald die Lieferung kommt, schnappt sie sich immer eine der Hefeschnecken. Mit Blaubeeren und einer Art Cream-Cheese-Glasur."

„Hmm. Welche Bäckerei?"

„Flour and Branch."

Ryder aß das letzte Stück seines Sandwichs mit Speck und Ei. *Ausgezeichnet.* Jetzt hatte er einen Plan. „Danke, Cam."

„Nächstes Mal bist du damit dran, Frühstück zu besorgen."

„Abgemacht. Und Cam, wenn du mal Dampf ablassen, ein paar über den Durst trinken oder ins Kino gehen willst, lass es mich wissen."

Cam sah ihn einen Moment lang an. „Ja. Danke, Ryder."

Ryder stand auf. „Jetzt muss ich duschen und mich auf den Weg machen, um meine norwegische Blume zu treffen."

Sein Bruder hob eine Augenbraue. „Weiß sie, dass du sie so nennst?"

„Ja."

„Und du atmest noch? Ein Wunder."

„Genau genommen hat sie mich einmal geschlagen."

Cam lachte. „Scheiße, es klingt, als hätte dir das gefallen."

„Ich mag sie." Ryder zuckte mit einer Schulter. „Sie ist hart. Sie ist echt. Und sie verbirgt es, aber sie mag mich auch."

„Sie weiß, was du durchgemacht hast. Sie versteht es. Anders als die hübschen Dinger, mit denen du sonst flirtest."

Ryder rieb sich den Nacken. „Ja."

„Tja, dann viel Glück, Ryder. Ich würde an deiner Stelle mit noch ein paar Schlägen rechnen."

Ryder brachte seinen Bruder zur Tür und griff dann nach seinem Handy.

Er schickte eine Nachricht an Siv, ihn im Tenderloin zu treffen, um Scratch aufzuspüren.

Alles klar. Duschen, anziehen, dann ein kurzer Abstecher zu dieser Bäckerei.

KAPITEL SIEBEN

Siv lehnte an ihrem Geländewagen und beobachtete die Passanten.

Sie hatte schon viele schlimme Orte gesehen, auf der ganzen Welt. Jede Stadt hatte ihre schmutzigen, düsteren Ecken, in denen Menschen litten, aber sie glaubte nicht, dass sie sich jemals daran gewöhnen würde. Sie beobachtete ein paar Leute, die in ein billiges Hotel auf der anderen Straßenseite schlurften, in dem es nur Einzelzimmer gab. Sie hatte herausgefunden, dass diese Art von Hotels im Tenderloin weit verbreitet war und billige Unterkünfte für Menschen boten, die sonst nirgendwo hin konnten.

Sie stieß einen Atemzug aus. Gestern Abend hatte sie bei Ryder die Beherrschung verloren. Er gehörte ihr nicht und es ging sie nichts an, was er tat. Oder mit wem er es tat.

Ein Gefühl des Ekels überkam sie, als sie daran zurückdachte, wie die hübsche, dralle Barkeeperin ihn angebaggert hatte.

Siv war wütend auf sich selbst. Er war aufgewühlt und verletzt gewesen und einfach ausgeflippt.

Sie stieß einen weiteren Atemzug aus. Sie hasste es, nicht die Kontrolle zu haben. Sie hasste es, innerlich so unruhig zu sein.

Ein paar Mädchen liefen vorbei. Sie waren jung, gerade mal im Teenageralter, aber sie trugen enge Kleider und zu viel Make-up. Sie warfen ihr neugierige Blicke zu, bevor sie sich zu einer Gruppe gefährlich aussehender Jungen am Ende der Straße gesellten.

Sie musste sich auf ihren Fall konzentrieren. Um Robbies Mörder zu finden, mussten sie Scratch aufspüren. Sie würde die Dinge mit Ryder wieder ins Lot bringen und dann professionell bleiben. Ihren Job machen.

In diesem Moment sah sie Ryder den Bürgersteig entlangmarschieren. Ihr Herz schlug schneller. *Verdammt noch mal.*

Er trug abgetragene, dunkle Jeans und ein graues T-Shirt, das sich auf die beste Art und Weise an seine feste Brust schmiegte. Die Ärmel schnitten in seinen muskulösen Bizeps und ihr fiel wieder die interessante Tätowierung auf, die sich um einen seiner Arme wand. Die vielen, sich überlappenden Schuppen und anderen Schnörkel waren ein wahres Kunstwerk.

Sein grüner Blick blieb an ihr haften und er schenkte ihr ein verhaltenes Lächeln.

Sie spürte es in ihrem Bauch. Verdammt, warum reagierte ihr Körper so stark auf diesen Mann?

„Hey." Er blieb vor ihr stehen.

„Hey." Sie holte tief Luft. „Hör mal –"

„Siv –"

Sie sprachen beide gleichzeitig.

Sein Lächeln wurde breiter. „Ladies first."

„Hör zu, ich hatte kein Recht, gestern Abend sauer auf dich zu sein. Ich wollte nur reinen Tisch machen."

Er hielt die Hände im Rücken, den Blick auf ihr Gesicht gerichtet. „Siv, ich weiß, dass ich ein paar Dinge gesagt habe, die etwas in dir ausgelöst haben, und die Frau in der Bar –"

„Geht mich nichts an."

Er trat näher und sein Rasierwasser schlug ihr entgegen. Ein Hauch von Limette, intensiv und sexy, genau wie er.

„Es geht dich absolut etwas an, schließlich werden wir zusammen sein."

Ihre Gedanken zerstreuten sich. „Was?"

„Du und ich." Dieses gefährliche Lächeln umspielte seine Lippen. Er hob eine Hand zwischen sie.

Darin hielt er einen durchsichtigen Behälter, in dem sich eine Hefeschnecke befand. Sie sah aus wie die mit Blaubeeren von Flour and Branch.

Ihre Lieblingssorte. Sie hatte eine Vorliebe für diese süße Köstlichkeit entwickelt.

Er hielt ihr den Behälter hin. „Das hier ist meine Entschuldigung. *Unnskyld.*" Er verstümmelte das norwegische Wort für Entschuldigung ein wenig.

„Wir sind *nicht* zusammen. Wir arbeiten zusammen."

„Mhm." Er hob den Behälter hoch.

„Ryder, hör mir zu. Ich werde mich mit keinem Mann einlassen."

Er öffnete den Deckel und drückte ihr die Hefe-schnecke in die Hand.

„Du hast dich bereits mit mir eingelassen", beharrte er.

Sie fluchte leise. „Du bist so stur, Morgan. Ich glaube, dein Kopf ist härter als ein Eisblock."

Er lächelte. „Iss deine Hefeschnecke. Und dann suchen wir Scratch."

Nun, sie konnte schlecht eine köstliche Blaubeer-schnecke mit Cream-Cheese-Glasur verkommen lassen. Sie nahm einen großen Bissen.

Er beobachtete sie mit einer viel zu großen Genug-tuung in seinem Ausdruck.

Der Geschmack des süßen Gebäcks explodierte in ihrem Mund. *Mmmh*, so lecker. Sie schluckte. „Das hier hat nichts zu bedeuten, Morgan."

„Natürlich hat es das. Übrigens, ich habe noch ein paar andere norwegische Wörter nachgeschlagen."

Sie hob eine Augenbraue.

„*Faen*. Das hast du gestern Abend gesagt. Ts, ts, ts."

„Ich wette, du sagst die ganze Zeit Fuck."

„*Dritt*. Das reimt sich auf Shit." Sein Lächeln war breit. „*Helvete*. Hölle. Das gefällt mir."

„Das hast du sogar ganz gut ausgesprochen."

Er machte eine kleine Verbeugung. „Als Nächstes lerne ich ein paar Worte für Zärtlichkeiten, du darfst also gespannt sein."

Sie schüttelte den Kopf.

„Jetzt iss auf. Wir machen uns auf den Weg in die *Heiße Zone*."

„Was ist das?", fragte sie.

„Ein beliebter Treffpunkt für Obdachlose. Ein bisschen wie eine Zeltgemeinschaft."

Nachdem sie ihre Hefeschnecke aufgegessen hatte, gingen sie die Straße hinunter. Zelte säumten den Bürgersteig und der Gestank von Urin war überwältigend. Überall türmten sich Müllberge und sie sah unzählige weggeworfene Spritzen.

„Es ist traurig", sagte sie.

„Das ist es." Er ließ seine Hände in die Taschen seiner Jeans gleiten. „Eine komplexe Situation, für die es keine einfache Lösung gibt. Die Leute glauben gern, wenn man nur *dies* täte oder die Politiker nur *jenes* täten, würde sich alles auf magische Weise lösen. Aber wenn man hier Zeit verbringt, hier lebt oder arbeitet, weiß man, dass es nicht so einfach ist."

Sie warf ihm einen Blick von der Seite zu. „Es geht dir nahe."

„Natürlich tut es das. Alles, was ich tun kann, ist, so vielen Menschen wie möglich in der Klinik zu helfen. Und mich selbst daran zu erinnern, dass ich sie nicht alle retten kann."

Sie erreichten die Heiße Zone. Das Zeltlager befand sich auf einem breiteren Abschnitt des Bürgersteigs, der in der Mitte von ein paar Bäumen gesäumt war. Die Zelte hatten alle möglichen bunten Farben, aber das half auch nicht, die Zeltstadt zu einem besseren Ort zu machen.

Als sie sich umsah, beobachtete Siv, wie Drogen den Besitzer wechselten. Kleine Gruppen älterer Menschen, die meisten mit ungepflegter Kleidung, drängten sich zusammen. Jüngere mit Wollmützen, die sie sich trotz des warmen Tages tief ins Gesicht gezogen hatten, unterhielten sich mit leiser Stimme. Ein Mann hatte sich Pappe als provisorische Schuhe an die Füße gebunden.

Sie sah auch ein paar Kinder im Teenageralter. Viel zu jung, um allein unterwegs zu sein. Sie blieben zusammen und ihre wachsamen Blicke suchten die Umgebung ab.

„Da ist Nico", sagte Ryder. „Er hängt manchmal mit Scratch ab. Mal sehen, ob er weiß, wo er ist."

Siv blieb still und überließ Ryder die Führung. Sie erntete endlose misstrauische Blicke, aber Ryder schien jeder zu mögen. Er wurde angelächelt und eine alte Frau ohne Zähne flirtete sogar mit ihm. Er flirtete zurück. Der Mann konnte einfach nicht anders. Ihr wurde klar, dass das Flirten tief in seiner DNS verankert war.

Aber der Mann war klug und ein guter Sanitäter, und sie wusste, dass er es auch ernst meinen konnte.

Als sie ihn beobachtete, wurde ihr noch etwas klar. Er benutzte sein charmantes Auftreten auch wie ein Schutzschild. Sie legte den Kopf schief und sah ihn eindringlich an. Ein Schutzschild, um weder die Leute noch die Situation zu nah an sich heranzulassen.

Er sah sie an. „Was?"

„Nichts."

„Die meisten Leute haben Scratch schon eine Weile nicht mehr gesehen."

Sie hoffte wirklich, dass Scratch nicht auch in irgendeiner Hintergasse gestorben war.

„Backdoor Bob sagte, er habe ihn heute schon gesehen. Er sagte, Scratch verhielt sich seltsam, hatte es eilig. Er war drüben in der Nähe der Klinik."

Sie hob eine Augenbraue. „Backdoor Bob?"

Ryder grinste. „Es ist nichts Versautes. Er sammelt Türen."

Sie blinzelte. „Oh."

Sie verließen die Heiße Zone. Ryder führte sie zu einer weiteren Straße, die voll mit Zelten und behelfsmäßigen Unterkünften war. Weiter hinten stand eine kleine Menschentraube, viele von ihnen weggetreten und high. Einige saßen mit dem Rücken an die Wand gelehnt auf dem Boden und waren kaum bei Bewusstsein.

Mit grimmigem Gesicht ging Ryder in die Hocke und untersuchte mehrere von ihnen, indem er seine Finger auf ihre Handgelenke legte. „Der Puls ist bei allen zumindest halbwegs stabil."

„Sie sind alle auf einem Trip."

Ryder kniete vor einer Frau. „Angel, ich bins, Ryder."

Die blonde Frau blinzelte. Es war unmöglich, ihr Alter zu bestimmen. Sie konnte zwischen zwanzig und sechzig Jahren alt sein.

„Hast du Scratch gesehen?", fragte er.

Die Frau blinzelte langsam und lächelte. Sie war völlig weggetreten.

„Ja." Angel kicherte. „Direkt hinter dir."

Hinter Ryder war niemand. Siv seufzte.

Doch Ryder warf einen Blick über seine Schulter zurück. Ein Mann war soeben am Ende des Lagers aufgetaucht. Er bewegte sich schnell und mit übertriebenen Bewegungen.

Ryder erhob sich.

Der Mann war dünn und seine schlabbrigen Jeans hingen von seinen mageren Hüften herab. Sein schmutzig-blondes Haar lugte unter einer Schirmmütze hervor und er hatte einen dünnen, struppigen Bart. Er sah aus, als wäre er in seinen Zwanzigern.

Als der Mann Ryder sah, wurde er mit einem Schlag kreidebleich. Er drehte sich um und stürmte davon. Es war kein richtiges Laufen, aber auch kein normales Gehen mehr.

„Scratch?", fragte Siv.

„Ja", antwortete Ryder.

Sie begannen, zu rennen – und Scratch auch. Der Mann bewegte sich schnell, wie ein verängstigtes Kaninchen. Er preschte den Bürgersteig entlang und als er einen Maschendrahtzaun erreichte, kletterte er wie ein Affe darüber.

„Scheiße", stieß Ryder hervor.

Siv wurde schneller. Sie griff nach dem Zaun, kletterte daran nach oben und schwang sich auf die andere Seite.

Als sie landete, stand sie direkt vor Scratch.

Die nichtssagenden, braunen Augen des Mannes weiteten sich. Sie packte ihn vorn am Hemd und schleuderte ihn gegen den Zaun.

„Ich habe nichts getan!" Er schwitzte.

Ryder kletterte über den Zaun – kraftvoll und elegant – und landete neben Siv.

„Wir werden dir nichts tun", sagte er.

Scratch blinzelte. „Oh, äh, Ryder. Hey." Der Mann begegnete Ryders Blick nicht. „Sag ihr, sie soll mich loslassen."

Ryder nickte und Siv ließ Scratch los.

Der Mann rückte sein Flanellhemd zurecht.

„Alles klar bei dir, Scratch?", fragte Ryder.

Der Mann war blass und schwitzte stark. Er wischte sich mit einer Hand über die Nasenlöcher. „Ja. Ich war krank, aber jetzt geht es mir besser."

Ryder runzelte die Stirn. „Du musst in die Klinik gehen. Lass dich durchchecken."

„Ja, ja, vielleicht mache ich das." Er war nervös und schlurfte mit den Füßen.

„Ich habe gehört, dass du und Robbie einen Job hattet."

Scratch erstarrte und sein Gesicht war versteinert.

Ryder seufzte. „Du weißt, dass Robbie tot ist."

„Oh, Gott." Scratch starrte auf seine zerschlissenen Stiefel. „Ja, ja. Armer Robbie."

„Wer hat ihm das angetan, Scratch? Wer war es?"

Scratch presste seine Hände auf sein Gesicht. „Armer Robbie. Das hätte nicht passieren dürfen."

„Erzähl es mir", beharrte Ryder.

Scratch schüttelte heftig den Kopf. „Ich darf es dir nicht sagen. Ich will nicht sterben."

Siv beobachtete ihn. Der Mann hatte panische Angst.

Ryder packte Scratch am Arm. „Lass mich dir helfen."

„Keiner kann mir helfen. Diese Leute –"

Siv richtete sich auf. Ryder tat es auch.

„Welche Leute?", fragte Siv.

Scratch gab einen Laut von sich. „Ich darf kein Wort sagen. Sonst bringen sie mich um." Er wand sich aus Ryders Griff.

„Scratch –" Ryder machte einen Schritt zur Seite.

„Ich muss gehen." Der Mann hielt inne. „Wirst ... wirst du dich um Robbie kümmern?"

Ryder seufzte. „Ja."

„Gut. Gut." Scratch ließ die Schultern hängen.

„Geh in die Klinik, Scratch. Lass dich untersuchen."

„Okay." Seine Stimme klang wie ein leises Flüstern. „Trelaskin."

Dann lief er davon.

Siv runzelte die Stirn. „Trelaskin? Was soll das denn bedeuten?"

„Ich habe keine Ahnung." Ryders Kiefer straffte sich. „Aber wir werden es herausfinden."

RYDER TROMMELTE mit den Fingern auf das Armaturenbrett, als sie zur Norcross-Zentrale zurückfuhren.

„Hör auf damit", sagte Siv.

Er ließ das Klopfen sein. „Tut mir leid. Ich denke nach."

„Wer oder was auch immer Trelaskin ist, Ace wird es herausfinden."

„Ja."

Sie bog ab und reihte sich in den Verkehr ein. „Wie kommt es, dass es dir nichts ausmacht, wenn ich fahre? Mein Ex hat sich immer mit mir um den Fahrersitz gestritten."

„Dein Ex hört sich auch an wie ein Arschloch."

„Da werde ich dir nicht widersprechen." Sie holte tief Luft. „Ich glaube, das Problem war, dass ich beim

Militär war, als wir uns kennenlernten. Wir wohnten nie zusammen und sahen uns nur, wenn ich dienstfrei hatte. Und das auch nicht sehr oft."

Ryder nickte. „Es ist immer, als ob du im Urlaub wärst. Nicht wie echte Freizeit."

„Genau. Er sah nie mein wahres Ich. Und als er es tat, war er plötzlich nicht mehr so verliebt."

Ryder griff nach ihrem Oberschenkel und drückte ihn. „Weil er ein Idiot ist."

Sie schenkte ihm ein Lächeln.

„Und zurück zur Sache mit dem Fahren", sagte er. „Das hier ist eben nicht mein Auto. Wenn es so wäre, dann würde mein Arsch auf dem Fahrersitz kleben."

„Hast du ein Auto?"

„Ja. Ich bin selbst auch ein Freund von BMW. Ich habe einen sexy i8. Und mein Motorrad."

Sie hob die Augenbrauen. „Das klingt teuer."

Er zuckte mit den Schultern. „Ich habe mein ganzes Geld gespart, als ich bei der Air Force war. Easton Norcross hat mir beim Investieren geholfen und vor ein paar Jahren habe ich ein Mietshaus in Chinatown gekauft. Ich habe es nach und nach hergerichtet und die Mieteinnahmen sind gut."

„Beeindruckend."

„Nun, ich habe auch immer noch eine beeindruckende Hypothek zurückzuzahlen." Er lehnte sich näher heran. „Lass mich dich zu einem schicken Abendessen ausführen, sobald wir diesen Fall gelöst haben. Gutes Essen, guter Wein, du in einem spektakulären Kleid."

Ihr blauer Blick traf seinen, ohne Umschweife. Das

war eine weitere Sache, die er an ihr mochte, dass sie keine Spielchen trieb.

„Falls wir diesen Fall abschließen, lasse ich dich das vielleicht machen", sagte sie.

Er grinste. „Ich wusste, dass ich dir langsam ans Herz wachse."

Als sie die Zentrale von Norcross Security erreichten, gingen sie die Treppe hinauf und direkt in den Computerraum von Ace.

Der Technik-Guru lehnte sich in seinem Stuhl zurück und aß Kartoffelchips.

„Hi." Er schnippte das Mikrofon seines Headsets nach oben. „Ich habe keinen Besuch erwartet. Ich führe Suchläufe in mehreren Datenbanken durch und habe Treffer bei ein paar Ergebnissen gelandet." Er nickte zu den mit Daten gefüllten Bildschirmen an der Wand. „Ich habe sie in deine Inbox geschickt, Siv."

„Danke. Wir haben vielleicht etwas herausgefunden."

Ryder lehnte sich an den Schreibtisch. „Ein Typ, der mit Robbie abhängt. Er hatte Angst und sagte, jemand würde ihn umbringen, wenn er plaudert."

Ace runzelte die Stirn. „Das ist nicht gut."

„Er hat ein Wort gesagt", sagte Siv. „Trelaskin."

Ace ließ seine Füße auf den Boden sinken. „Trelaskin?"

„Wir müssen herausfinden, wer Trelaskin ist", sagte Ryder.

Ace tippte mit flinken Fingern auf seiner Tastatur.

„Nichts. Keine Treffer bei diesem Namen. Lass mich ein paar verschiedene Schreibweisen durchprobieren."

Er beugte sich vor und auf seiner Stirn bildeten sich Falten. „Warte. Ich habe etwas."

Ein Artikel erschien auf dem Bildschirm. Er zeigte das Bild eines Paares, das um die dreißig zu sein schien. Die Frau trug ein tailliertes, graues Business-Kleid, ihr hellbraunes Haar war zu einem lockeren Dutt gebunden und die Arme hatte sie verschränkt. Sie lehnte sich an einen Mann, der einen schwarzen Rollkragenpullover und eine schwarze Hose trug. Er hatte ein kantiges Kinn und ein angestrengtes Lächeln auf den Lippen. Beide hatten sie blassblaue Augen.

Das Paar starrte taff in die Kamera und wirkte intelligent und erfolgreich.

„Die beiden habe ich schon mal irgendwo gesehen", sinnierte Ryder.

„Caroline und Christian Foster. Aufstrebende Biotech-Unternehmer, die das Silicon Valley im Sturm erobern. Sie sind Zwillinge und allem Anschein nach brillant. Sie haben beide in Stanford studiert und stammen aus einer wohlhabenden Familie in Washington D.C. Ihr Vater ist Vizepräsident eines großen Finanzkonzerns und ihre Mutter arbeitet an der Georgetown University. Carolines und Christians Unternehmen, Chiron, hat ein bahnbrechendes Medikament zur Behandlung von Krebs entwickelt. Sie sagen, dass sie mit den richtigen Investitionen alle Krebsarten innerhalb eines Jahrzehnts heilen können."

Siv stieß einen Pfiff aus. „Große Töne."

Ryder nickte. „Stimmt. Ich habe die Artikel über Chiron gelesen und ein Interview mit dem Mann gesehen."

„Aber was hat das mit diesem Trelaskin zu tun?", fragte Siv.

„Trelaskin ist der Name ihres Wundermittels." Ace tippte auf eine Taste.

Ein Video wurde auf dem Bildschirm eingeblendet. Die Zwillinge standen auf einer großen Bühne, mit einem großen Bildschirm im Rücken, auf dem eine Doppelhelix prangte.

„Trelaskin hat die Macht, unsere Welt zu retten", sagte Christian Foster.

Er sah auf eine unauffällige, alltägliche Weise gut aus, hatte aber einen eindringlichen Blick und eine starke, charmante Stimme.

„Stellen Sie sich vor, keiner von uns müsste jemals wieder einen geliebten Menschen durch Krebs verlieren. Eine Mutter stirbt nicht, ein Vater stirbt nicht, Geschwister sterben nicht." Caroline standen die Emotionen in ihr elegantes Gesicht geschrieben.

„Niemand verliert mehr ein Kind", beendete Christian seine Ausführungen. „Nie wieder."

„Das ist die Welt –", Caroline breitete ihre Arme aus, „– die Chiron und unser Medikament Trelaskin mit Ihrer Hilfe erschaffen können."

Auf dem Video brach die Menge in tosenden Beifall aus.

Ryder machte ein langes Gesicht. „Wie weit sind sie mit ihrem ‚Wundermittel'?"

„Noch in der präklinischen Forschung, wie es aussieht. Aber die Fosters trommeln fleißig Investoren zusammen, um es auf die nächste Stufe zu heben. Klinische Versuche. Sie wollen mit Tests am Menschen beginnen."

Siv holte tief Luft. „Du denkst, Robbie und Scratch haben Trelaskin eingenommen?"

Ryder zuckte mit den Schultern. „Ich weiß es nicht."

„Es gibt keine Gerüchte, wonach Chiron nichts Gutes im Schilde führt oder dubiose Praktiken anwendet", sagte Ace. „Der Aktienwert geht durch die Decke. Sie haben große Namen im Vorstand. Und alle lieben die Fosters."

„Ansehnlich, klug, wortgewandt und wohlhabend." Siv zuckte mit den Schultern. „Die Art von Menschen, die Vertrauen erwecken."

„Warum sollte ein Technologieunternehmen sein Wundermittel an Menschen auf der Straße verteilen?", fragte Ryder.

„Solche illegalen Menschenversuche an Schwachen und Benachteiligten kämen nicht zum ersten Mal vor", sagte Ace. „Diese Unternehmen zahlen gutes Geld." Ace zog eine Augenbraue hoch.

Scheiße. Ryder hatte ein ungutes Gefühl bei der Sache.

„Trelaskin muss noch eine Hürde meistern, bevor es für Versuche am Menschen zugelassen wird." Ace tippte etwas auf seine Tastatur. „Das Unternehmen wirkt sauber, aber ich werde noch ein bisschen tiefer graben."

„Sie sehen also nicht so aus, als würden sie illegale Versuche an Menschen durchführen", sagte Ryder.

„Vielleicht ist einer ihrer Wissenschaftler auf eigene Faust tätig geworden?", schlug Siv vor.

„Oder jemand will sie in ein schlechtes Licht

rücken", fügte Ace hinzu. „Soweit ich das beurteilen kann, liebt der Markt Chiron. Die Zwillinge gehören zu den jüngsten neuen Milliardären des Landes. Sie haben ein riesiges Labor in Palo Alto."

Ryder runzelte die Stirn. „Ich hoffe, das ist keine verdammte Sackgasse."

Robbie verdiente Gerechtigkeit.

„Hey, es sieht so aus, als würden Caroline und Christian Foster heute Nachmittag einen Vortrag vor potenziellen Investoren im Palo Alto Events Center halten", sagte Ace.

Ryder richtete sich auf. „Wir könnten sie uns aus nächster Nähe und persönlich ansehen." Er warf einen Blick zu Siv. „Kriegst du es hin, wie eine stinkreiche Investorin auszusehen?"

Sie verschränkte die Arme. „Ich kriege alles hin, Morgan."

„Okay, dann gib mir deine Adresse, fahr nach Hause und verwandle dich in eine reiche Geschäftsfrau. Ich hole dich in einer Stunde ab."

Siv nickte. „Geht klar."

KAPITEL ACHT

Siv strich mit den Händen über die Seiten ihres schwarzen Rocks und betrachtete sich im Spiegel. Nicht übel.

Ihre weiße Bluse steckte im Rock, der knielang war und ihre Kurven umschmeichelte. Ihr Haar war zu einem Zopf geflochten, mit zwei Stäbchen darin. Die sahen dekorativ aus, waren aber auch eine sehr gute Waffe, wenn man eine brauchte.

Ihr Make-up war stärker als sonst, aber professionell. Sie schlüpfte in ein Paar niedrige, schwarze Pumps.

Ihr Blick fiel auf ein gerahmtes Foto auf ihrer Kommode. Es zeigte zwei kleine, blonde Mädchen. Sie war die große, schlaksige Zehnjährige, während sich Inger niedlich und zierlich an ihre Seite drückte. Sivs Schwester war auf dem Bild erst sechs Jahre alt. Die Aufnahme war entstanden, kurz bevor sie erkrankt war. Siv drückte einen Finger auf das lächelnde Gesicht.

Es klopfte an ihrer Haustür.

Sie trat zurück und verließ ihr Schlafzimmer. Sie

mietete eine Wohnung in South Beach. Die Wohnung mit zwei Schlafzimmern war geräumig und hatte viele Fenster, die den Raum mit Licht durchfluteten. Der wunderschöne Holzfußboden war in einem Rotton gehalten und sie hatte einen tollen Blick auf das Baseball-stadion Oracle Park. Es gab auch genügend Platz für ihre Mutter, wenn diese zu Besuch kam, was sie zu Weih-nachten vorhatte.

Aber das Beste daran war, dass die Wohnung nur einen kurzen Spaziergang von der Norcross-Zentrale entfernt war und der Wohnkomplex außerdem über einen Pool und ein Fitnessstudio verfügte.

Siv hatte den Knopf gedrückt, um Ryder durch das Eingangstor zu lassen, also wusste sie, dass er es war, der vor ihrer Tür stand. Sie schwang sie auf.

Und verschluckte sich beinahe. Sie dachte, sie hätte sich an heiße Typen in Anzügen gewöhnt, seit sie bei Norcross angefangen hatte, aber sie hatte sich bisher nie die Zeit genommen, Ryder Morgan in einem zu würdigen.

Der Anzug, in dem er vor ihr stand, war dunkelblau und er hatte ihn mit einem blassblauen Hemd kombi-niert. Die obersten Knöpfe trug er offen. Eine schicke Uhr glitzerte silbern an seinem Handgelenk. Sein etwas längeres Haar hatte er im Nacken zusammengebunden, so dass sein hübsches Gesicht im Vordergrund stand.

Ihr Höschen wurde feucht.

Gott.

Er öffnete den Mund und sein Blick wanderte an ihrem Körper hinunter, bevor er theatralisch eine Hand über sein Herz legte. „Miss Pedersen, Sie sehen einfach *wunderschön* aus."

Sie trat hinaus und schloss die Tür hinter sich. „Ich bin sicher, das sagst du jeder Frau."

„Weit gefehlt." Er streckte die Hand aus und berührte den Kragen ihrer Bluse.

Das verlockende Zitrusparfüm, gemischt mit seinem ganz eigenen Duft, umschmeichelte ihre Nase.

„Wenn ich dir jetzt noch eine sexy Brille aufsetzen würde, wärst du der Inbegriff all meiner Heiße-Sekretä-rin-Fantasien."

Sie prustete. „Wirklich?" Gemeinsam machten sie sich auf den Weg zum Aufzug.

„Ja, ich wäre dein Boss und ich würde dich definitiv über den Schreibtisch beugen."

Ein Bild von diesem Szenario tauchte in ihrem Kopf auf. Sie versuchte, sich nichts anmerken zu lassen, obwohl ihr Unterleib glühte. „Ich denke, du solltest dich besser auf die bevorstehende Aufgabe konzentrieren."

Die Fahrstuhltüren öffneten sich und sie traten ein.

Er atmete tief aus. „Gut, aber ich kann den reichen Investor spielen und trotzdem über dich fantasieren. Das mache ich sowieso die ganze Zeit."

Siv schüttelte den Kopf und wollte schon lachen.

Ryder war einfach zu charmant. Es fiel ihr viel zu leicht, Zeit mit ihm zu verbringen. Er verpasste ihrer unsichtbaren Schutzmauer keine Kratzer, er brachte sie regelrecht zum Schmelzen.

Als sie ihr Wohnhaus verließen, blieb sie beim Anblick des vor dem Haus geparkten Autos zögernd stehen.

Der Sportwagen sah modern aus, war schnittig und blitzblau.

„Ist das deiner?"

Er ließ sein sexy Lächeln aufblitzen. „Das ist er. Mein BMW i8."

Als die Türen sich öffneten, stellte sie fest, dass es sich dabei um Schmetterlingstüren handelte.

„Wir wollen doch glaubwürdig wirken", sagte er.

Sie schlüpfte hinein und bemerkte, wie er dabei ihre Beine betrachtete.

Er umrundete das Auto, stieg selbst ein und ließ den Motor an. Sie hörte nichts.

„Ist das ein Elektroauto?", fragte sie.

„Ein Hybrid." Er reihte sich in den Verkehr ein. „Es hat einen 1,5-Liter-Dreizylinder-Benzinmotor mit Turboladung, eine 11,6-Kilowatt-Batterie und zwei Elektromotoren. Das alles zusammen ergibt eine Gesamtleistung von 369 PS."

Für einen Mann, der nicht viel zu fahren schien, war er ziemlich gut darin. Er flitzte durch den Verkehr und kannte das Auto offensichtlich gut.

„Also, was ist unsere Tarnung?", fragte sie.

„Wir sind potenzielle Investoren. Ich bin Ryan Moore, du bist Stella Peters. Wir gehen rein und sehen reich aus."

Ach so. Sie schlug die Beine übereinander. „Werden wir mit den Fosters sprechen?"

„Das entscheiden wir spontan."

Sie fuhren in Richtung Süden auf den Highway. Es dauerte etwa vierzig Minuten, bis sie Palo Alto erreichten, eine der wichtigsten Städte des Silicon Valley, in der sich zahlreiche Zentralen großer Technologieunternehmen befanden.

Als sie beim Veranstaltungszentrum ankamen, strömten bereits zahlreiche Menschen in Anzügen in das Auditorium. Als Ryder sein Auto parkte, erntete der i8 einige bewundernde Blicke.

Siv glitt hinaus und richtete ihren Rock zurecht.

„Lass uns gehen, Stella." Er nahm ihren Arm und verschränkte ihn mit seinem.

„Ich glaube nicht, dass Geschäftspartner Waffen tragen."

Er lächelte sie nur an.

Sie gingen hinein. Auf den großen Bannern in der Lobby waren Bilder der Fosters zu sehen. Christian trug sein Markenzeichen, einen schwarzen Rollkragenpullover, der an Steve Jobs erinnerte. Caroline sah schlank und elegant in einem grauen Hosenanzug aus.

Das Auditorium war groß und füllte sich schnell. Sie und Ryder nahmen ihre Plätze ein, gerade als das Licht gedimmt wurde.

„Herzlich willkommen", sagte eine herzliche Frauenstimme. „Ich hoffe, Sie sind bereit, die Zukunft von morgen schon heute Wirklichkeit werden zu lassen." Caroline erschien in einem marineblauen Kleid und passenden High Heels. Auf dem großen Bildschirm hinter ihr tauchten Bilder auf. Sie zeigten eine Geschichte der Medizin in alten Schwarz-Weiß-Bildern. Alte Krankenstationen, Marie Curie in ihrem Labor, Krankenschwestern in altmodischen Uniformen. Die Bilder flackerten immer schneller auf und zeigten, wie die Medizin und die Geräte immer moderner und fortschrittlicher wurden. Bald folgten farbige Bilder von modernen Krankenhäusern und Forschungslabors. Die Diashow blieb schließlich bei einem lächelnden Kind stehen, das einen Verband mit dem Chiron-Logo auf dem Arm trug – ein kunstvolles, kreisförmiges Linien-geflecht.

„So ist es", sagte eine tiefe männliche Stimme. „Mit *Ihrer* Hilfe können wir den Kampf gegen den Krebs beenden." Christian betrat langsam auf der anderen Seite die Bühne.

„Der Typ muss eine Menge Rollkragenpullover besit-zen", murmelte Ryder.

Sivs Lippen zuckten.

Die Fosters begannen mit ihrer Eröffnungsrede. Bilder von ihnen als Kinder wurden eingeblendet, dann in der Schule und in Stanford. Sie waren charmant, eloquent und man spürte, dass man ihnen vertrauen wollte.

Siv mochte die beiden überhaupt nicht.

Sie erinnerten sie zu sehr an ihren Vater und Johan. Alles nur Schein, ohne Substanz dahinter.

Sie begannen, über ihre Forschung zu sprechen. Bilder von Laboren voller Wissenschaftler in Laborkit-teln erschienen.

„Unser engagiertes Team arbeitet rund um die Uhr, um Trelaskin für Versuche an Menschen vorzubereiten", sagte Caroline. „Wir stehen kurz davor, die Leben *so* vieler Menschen zu verändern."

„Ich bin mir nicht sicher, ob ich ihnen diese Geschichte abkaufe", flüsterte Siv. „Sie sind zu perfekt."

Ryder grunzte.

„Aber was sie zu erreichen hoffen …" Eine alte, längst verblasste Traurigkeit stieg in ihr auf.

„Hey." Ryder nahm ihre Hand. „Hast du jemanden durch Krebs verloren?"

„Die meisten Menschen kommen doch irgendwann mit der Krankheit in Berührung." Sie wusste, dass sie sich ihm nicht öffnen sollte, aber sie ließ ihre Hand in seiner liegen. „Ich hatte eine jüngere Schwester. Inger. Sie starb an Leukämie, als sie sieben Jahre alt war." Das war der Todesstoß für die ohnehin schon brüchige Ehe ihrer Eltern gewesen, aber wie sie ihren Vater kannte, hatte er damals bestimmt schon mit seiner Assistentin geschlafen.

Ryder drückte ihre Finger.

„Ich hätte alles für ein Wundermittel wie Trelaskin gegeben", sagte sie.

„Ja, wenn es so gut ist, wie sie sagen …"

Die Fosters beendeten ihre Rede unter lautem Beifall. Christian nahm die Hand seiner Schwester und sie verbeugten sich kurz.

Ryder stand auf und zog Siv mit sich hoch.

„Also, Miss Peters, wollen wir uns mit unseren Gastgebern unterhalten?"

Siv strich sich den Rock glatt. „Ja, Mr. Moore. Eine ausgezeichnete Idee."

VIELE LEUTE MOCHTEN DIE FOSTER-ZWILLINGE. Es stand eine Ansammlung von Menschen um sie herum, die alle um die Chance wetteiferten, mit den beiden zu sprechen.

Als Ryder und Siv sich näherten, sah er, wie sie lächelten und nickten. Caroline legte einer Frau eine Hand auf den Arm, Mitgefühl auf ihrem Gesicht.

„Es tut mir so leid, dass Sie Ihre Tochter verloren haben. Geschichten wie Ihre treiben mich an. Sie inspirieren mich, für eine Welt ohne Krebs zu arbeiten."

Carolines Blick wanderte nach oben und fiel auf Ryder. Er sah den Funken der Anerkennung darin und zwang sich, zurückzulächeln.

Er ergriff Sivs Hand und zog sie näher an sich heran. Schließlich standen sie vor den beiden.

„Eine fabelhafte Präsentation", lächelte Ryder. „Das ist eine wunderbare Arbeit, die Sie da leisten."

„Danke." Christians Lächeln war breit und routiniert. Es erinnerte Ryder an einen Politiker.

Als er unverhohlen Sivs Beine beäugte, war Ryder etwas weniger gut drauf.

„Ich bin Ryan Moore. Ein Geschäftsmann aus der Gegend. Wir sind immer auf der Suche nach guten Investitionen." Er lächelte. „Nicht nur nach solchen mit einer guten Rendite, sondern solchen, die das Leben der Menschen verändern können, wie Ihr Medikament."

„Ausgezeichnet. Wir brauchen jede Hilfe, um Trelaskin sicher auf den Markt zu bringen." Christian beäugte Siv. „Und wer ist Ihre Kollegin?"

Siv schenkte dem Mann ein Lächeln. „Ich bin Stella –"

„Stella Peters." Ryder schob einen Arm um sie. „Meine Ehefrau, Geschäftspartnerin und die Liebe meines Lebens." Er küsste sie auf die Schläfe.

Das Aufflackern von Verärgerung in ihren Augen

entging ihm nicht, aber sie war gut und verbarg es schnell.

Sie würde ihn später dafür bezahlen lassen.

Er konnte es kaum erwarten.

„Wunderbar." Christian war nicht so gut darin, seine Enttäuschung herunterzuspielen. „Caro, Darling, das sind Mr. Ryan Moore und seine Frau Stella."

„Nennen Sie mich Ryan", sagte Ryder.

„Es ist mir ein Vergnügen", säuselte Caroline. Sie hielt Ryders Hand ein wenig zu lange fest.

„Ihre Präsentation hat uns gefallen", sagte Siv. „Das ist wirklich eine Sache, hinter der wir stehen können."

Caroline lächelte heiter. „Das freut uns zu hören."

„Ich würde mir gern Ihre Studienergebnisse genauer ansehen", sagte Siv.

„Stella ist das Mastermind unseres Unternehmens." Ryder drückte sie fester an sich. „Sie hat Abschlüsse in Wissenschaft und Biotechnologie."

Das Lächeln der Zwillinge blieb an Ort und Stelle.

Christian neigte den Kopf. „Klug und schön. Natürlich. Es steht alles in unserem Prospekt. Trelaskin hat noch einen kleinen Weg vor sich, aber die Ergebnisse sind so unglaublich vielversprechend."

Caroline legte den Kopf schief. „In welcher Branche sind Sie tätig, Ryan?"

Er lächelte. „Technologie, gelegentlich mache ich auch in Immobilien. Ich mag es, neue Dinge auszuprobieren."

Siv lachte hell. „Er liebt es, Geld zu verdienen."

„Ertappt. Aber dich liebe ich mehr." Er drückte ihr einen schnellen Kuss auf die Lippen.

Er spürte, wie die Zwillinge sie beobachteten.

„Es ist wunderbar, eine so engagierte Beziehung zu sehen", sagte Christian. „Das ist heutzutage sehr selten."

„Ohne meinen Ryan wäre ich nicht da, wo ich jetzt bin." Siv kniff ihn in die Seite, so dass die Fosters es nicht sehen konnten. Dann drehte sie sich wieder zu den beiden. „Ihre Forschung findet also in Ihrem Labor in Palo Alto statt. Wäre es möglich, eine Führung zu bekommen?"

„Unsere Einrichtungen sind auf dem neuesten Stand der Technik", sagte Christian.

„Wir sind so stolz auf unser Labor", schwärmte Caroline. „Aber ich fürchte, dass wir keine Führung anbieten können. Um unsere Arbeit zu schützen. Wirtschaftsspionage ist ein echtes Problem."

Christian nickte mit ernster Miene. „Wir investieren so viel Geld, Zeit und Ressourcen –"

„– und Herzblut", fügte Caroline hinzu.

Ihr Bruder berührte ihren Arm. „Ja, natürlich. Und es geht nicht nur um uns. Für alle unsere Investoren, die uns bei der Verwirklichung einer gesünderen Zukunft helfen, steht viel auf dem Spiel."

„Also, leider keine Führung", sagte Caroline. „Wir investieren in die besten Sicherheitsvorkehrungen, um das Labor und unsere Arbeit zu schützen."

„Nun, das ist wahnsinnig schade, aber verständlich", murmelte Siv. „Dann freue ich mich darauf, mir Ihren Prospekt anzusehen."

Beide Zwillinge schenkten ihr ein strahlendes Lächeln

Caroline berührte Ryders Arm und streichelte mit

den Fingern darüber. „Und wir hoffen, Sie als Partner auf dieser unglaublichen und lebenswichtigen Reise an Bord zu haben."

Siv lehnte sich an Ryder und drückte ihm eine Hand auf die Brust. „Ryan und ich werden alles über Chiron und Trelaskin in aller Ausführlichkeit durchgehen. Nicht wahr, Schatz?"

Er war ein wenig abgelenkt vom Gefühl ihrer Hand auf seiner Brust. Er nahm ihr Kinn zwischen zwei Finger und erkannte das Aufflackern von Hingabe in ihren Augen. Seine Finger berührten zärtlich ihren Hals und er spürte, wie ihr Puls raste. „Ja, das werden wir."

Aber innerlich krampfte er sich zusammen. Dieses kleine Luder. Sie hatte darauf beharrt, nicht an ihm interessiert zu sein, aber ihr Puls sagte etwas anderes. Unter ihrer kühlen, norwegischen Fassade war sie wohl doch nicht ganz so cool.

„Natürlich", sagte Caroline. „Wir freuen uns darauf, schon bald von Ihnen zu hören."

Ryder nahm Sivs Hand und andere Leute drängten nach vorn, um mit den Zwillingen zu sprechen. Siv und Ryder traten hinaus in den sonnigen Tag.

„Wie fandest du es?", fragte er, als sie zum Auto gingen.

„Ich mag sie nicht, obwohl ich nicht genau sagen kann, warum. Sie sind einfach zu perfekt. Alles wirkt so einstudiert und aufpoliert."

„Ja, sie setzen wirklich alles auf die Erfolgreiche-Jungunternehmer-Karte."

„Ich schätze, das ist es, was die Leute dazu bringt,

ihnen ihr Geld zu geben." Siv legte den Kopf schief. „Caroline hat eindeutig Gefallen an dir gefunden."

Sie erreichten das Auto und er lächelte sie über das Dach hinweg an. „Das tun Legionen von Frauen, meine norwegische Blume."

Siv verdrehte die Augen, dann musterte sie das Auto. „Kann ich fahren?"

Die Türen öffneten sich. „Darauf kannst du lange warten."

Sie schnallten sich an und er startete den Motor. Ryder fuhr sie zurück in die Stadt und zur Norcross-Zentrale.

„Wenn ihr Medikament das kann, was sie behaupten, dann wird es ein Welterfolg", sagte Siv leise.

Ihr Gesichtsausdruck verriet ihm, dass sie an ihre Schwester dachte. „Ja. Ein Teil von mir hofft, dass es nichts mit Robbies Tod zu tun hat."

„Die Informationen, die sie herausgeben, werden durchwegs positiv sein, nicht wahr?"

Ryder nickte. „Richtig. Sie werden potenziellen Investoren nur die Vorteile erklären. Ace kann wahrscheinlich tiefer graben und überprüfen, ob alles davon stimmt."

Er tippte auf das Armaturenbrett und der Anruf wurde durchgestellt.

„Hey, Ryder." Aces Stimme hallte durchs Auto. „Wie ist es gelaufen?"

„Die Fosters sind so sauber wie eine Ladung frisch gewaschener Wäsche. Es klang alles gut. Hast du etwas herausgefunden?"

„Ich schnüffle in ihrem System herum. Aber ihr

Labor in Palo Alto kann ich nicht knacken. Es hat ein verdammt gutes Cybersicherheitssystem, das auch nicht vernetzte Rechner umfasst."

„Klingt nachvollziehbar." Ryder tippte mit den Fingern auf das Lenkrad. „Sie schützen ihre Forschung mit allen Mitteln."

„Die Wall Street liebt sie. Sie sind in jedem Wirtschaftsmagazin und nehmen an jeder nur möglichen Konferenz teil. Es wird sogar gemunkelt, dass sie auf der Titelseite des Time Magazine erscheinen werden."

Siv verschränkte die Arme. „Ich mag sie nicht."

„Sie wirken glaubwürdig. Wartet mal." Ace hielt inne. „Scheiße, ich habe gerade eine E-Mail abgefangen. Christian Foster hat sein Sicherheitsteam gebeten, euch beide oder eure Decknamen und ein paar andere potenzielle Investoren zu überprüfen."

„Scheiße", sagte Ryder.

„Ace, hast du es im Griff?", fragte Siv.

„Ja, verdammt. Ich muss mich beeilen und eine Online-Hintergrundgeschichte für euch beide hochladen."

„Übrigens sind wir verheiratet und schwer verliebt", sagte Ryder.

„Herzlichen Glückwunsch", sagte Ace und klang dabei amüsiert.

„Stella hat ihren Mädchennamen behalten und sie hat auch Abschlüsse in Wissenschaft und Biotechnologie."

„Das werde ich auf jeden Fall einbauen."

„Halte uns auf dem Laufenden." Ryder beendete das Gespräch und trommelte dann mit den Fingern auf das

Lenkrad. „Es gibt nur einen Weg, das über Trelaskin herauszufinden, was wir brauchen."

„Und welchen?", fragte sie.

„Wir steigen in das Labor von Chiron ein und sehen uns ein wenig um."

Ein Lächeln formte sich auf ihren Lippen. „Schlägst du etwa vor, dass wir dort einbrechen, Morgan?"

„Ja, das tue ich, Pedersen."

Sie hielt inne. „Ich sollte das mit einem der anderen Norcross-Jungs erledigen. Das ist mehr mein Ding als deins."

Nein, verdammt. Sie würde ihn nicht aus dieser Sache ausschließen. „Aber ich bin derjenige mit dem medizinischen Wissen. Ich werde wissen, wonach ich suchen muss. Außerdem arbeite ich zwar nicht im privaten Sicherheitsdienst, aber ich bin nicht unerfahren, Siv."

Sie holte tief Luft und nickte schließlich. „Du musst meine Anweisungen befolgen."

Er grinste. „Ich tue liebend gern alles, was du mir befiehlst."

KAPITEL NEUN

E s war bereits Nacht, als Siv den X6 zwei Blocks vom Chiron-Labor in Palo Alto entfernt parkte.

Ryder würde sie hier treffen. Sie stieg aus und hängte sich einen kleinen, schwarzen Rucksack um die Schulter. Sie trug schwarze Jeans und ein schwarzes, langärmeliges Shirt.

Sie war bereit, einen Blick in das Labor von Chiron zu werfen.

„Hey."

Sie verbarg ihre Reaktion nicht. Sie hatte Ryder überhaupt nicht gehört.

Sie drehte sich um und sah ihn im Schein einer nahen Straßenlaterne. Er trug eine dunkelgrüne Cargohose und ein schwarzes Shirt.

„Hi", sagte sie.

„Hast du das Dingsda, das Ace dir gegeben hat?"

„Das *Dingsda* ist ein hochmodernes Stück Technik, das ihm Zugang zum System von Chiron verschaffen wird." Ace hatte ihr die winzige Metallscheibe, die kleiner als eine Knopfzellenbatterie war, anvertraut. Und er hatte ihr detaillierte Anweisungen gegeben, wie man sie an einem Computer anbrachte.

„Wollen wir?" Ryder deutete mit einem Arm in eine Richtung.

Sie gingen die dunkle Straße entlang und hielten sich in den Schatten. Sie befanden sich in einem Industriegebiet von Palo Alto, in dem viele Unternehmen Forschungszentren und Labors hatten. Trotzdem sah alles sehr ansprechend aus, mit breiten, von Bäumen gesäumten Straßen und weitläufigen, zweistöckigen Gebäuden mit viel Glas.

Schon bald tauchte das Labor vor ihnen auf. Auf einem schicken Schild an der Vorderseite war der Name Chiron eingraviert.

Sie hielten im Schatten unter einem Baum inne.

„Hast du dir die Pläne angesehen?", murmelte sie.

Ryder nickte.

„Ich schlage vor, wir klettern über den Zaun auf dieser Seite." Sie zeigte darauf. „Da ist eine Lücke in der Kameraüberwachung. Ace wird sich an den internen Kameras zu schaffen machen, sobald wir ihn ins System eingeschleust haben. Wir müssen uns also hineinschleichen, einen Computer finden und Aces Wanze so schnell wie möglich daran anbringen."

„Wie kommen wir durch die Tür?"

Sie hielt eine Schlüsselkarte hoch. „Ace hat das geregelt."

„Wachen?"

Sie nickte. „Vier. Zwei patrouillieren draußen, zwei drinnen."

Ryder holte tief Luft und grinste. „Legen wir los."

Sie eilten auf den Zaun zu.

Hinter dem Stahlzaun befand sich ein modernes, gläsernes Gebäude inmitten einer schlichten Gartenanlage. Es sah aus wie jedes andere Gebäude in der Gegend.

Siv packte ihn am Arm und zeigte auf etwas. Eine schattenhafte Gestalt bog um eine Ecke des Gebäudes und verschwand in der Nacht.

„Los", murmelte sie.

Sie erreichten den Zaun, genau dort, wo die Kameras einen toten Winkel hatten. Sie hielt sich fest und kletterte schnell an dem Metallgitter nach oben. Oben angekommen, sprang sie und landete in der Hocke auf dem Parkplatz.

Eine Sekunde später landete Ryder neben ihr.

Sein Lächeln war weiß in der Dunkelheit. Er sah aus, als würde er sich amüsieren.

Und auch sie empfand so etwas wie vorfreudige Erregung. Es kam ihr wie eine Ewigkeit vor, seit sie auf einer Mission gewesen war. „Bleib dicht hinter mir, bis wir das Gebäude erreichen."

Er nickte.

Sie prüfte noch einmal die Kamerastandorte und joggte dann auf das Gebäude zu. Als sie es erreichte, drückte sie sich mit dem Rücken gegen die Scheibe. Ryder kam neben ihr zum Stehen.

„Werden uns die Kameras nicht an der Eingangstür einfangen?", fragte er.

„Doch, aber wenn wir erst einmal drin sind, wird Ace die Aufnahme löschen. Wir müssen uns beeilen. Wir haben drei Minuten Zeit, bevor die Wachen zurückkommen, sich das Video ansehen und uns entdecken. Wir gehen rein, platzieren die Wanze und lassen Ace sein Ding machen."

Ryder fuhr mit einer Hand über ihren Arm. „Ich bin direkt hinter dir."

Ihr wurde klar, dass sie darauf vertraute, dass er da sein und ihr den Rücken freihalten würde.

Siv schob den Gedanken beiseite. Darüber würde sie später nachdenken. Sie ging zu den Eingangstüren und zog die Karte durch das Lesegerät. Das Schloss piepte und die Glastüren glitten auf.

„Also dann", murmelte sie.

Sie eilten durch den Empfangsbereich. Er war schlicht gehalten, mit viel Grau und Holz. An einer Wand prangte ein riesiges Chiron-Logo.

An den Innentüren verharrten sie für einen Moment. Hinter dem glänzenden Empfangsbereich war kein Geräusch zu hören. Siv stieß die Tür auf. Der Flur dahinter bestand aus weiß gefliesten Böden und gedämpft blauen Wänden.

„Wir müssen nach einem Büro mit einem Computer suchen", sagte sie.

Sie bewegten sich den Flur entlang und öffneten schnell die ersten Türen. Kaffeeküche. Konferenzraum.

„Hier", sagte Ryder.

Es war ein kleines, sehr steril wirkendes Büro. Die Wände waren ganz in Weiß gehalten, ohne jegliche gerahmten Fotos oder dekorativen Gegenstände. Siv setzte sich auf den Schreibtischstuhl und schaltete den Monitor ein. Das Chiron-Logo leuchtete auf. *Perfekt.*

Sie holte die kleine Wanze aus ihrer Tasche und brachte sie an der Rückseite des Monitors an, wo sie nicht bemerkt werden würde.

Sie berührte ihren Ohrhörer. „Ace, die Wanze ist platziert."

„Okay", sagte der Technik-Guru. „Gib mir eine Sekunde. Ich greife auf das Gerät zu, damit ich mich ins Chiron-System einklinken kann."

Sie und Ryder warteten.

„Ich benutze eine Hintertür und ... ich bin drin. Gebt mir eine Sekunde, um das Sicherheitssystem zu lokalisieren."

Siv widerstand dem Drang, mit dem Fuß zu wippen. Sie hatte so viele Momente wie diesen erlebt, im Einsatz, mit der Gefahr im Nacken, entdeckt zu werden, während sie auf ihre Chance zum Angriff gewartet hatte. Sie blickte zu Ryder auf. Er sah auch nicht beunruhigt aus.

„Die Kameras sind deaktiviert", sagte Ace.

Siv erhob sich. „Lass uns einen Blick ins Labor werfen." Sie öffnete die Bürotür.

„Mist, da ist eine Wache auf dem Weg zu euch", sagte Ace.

Verdammt. Sie und Ryder erstarrten. Sie schloss die Bürotür langsam.

Einen Moment später hörten sie Schritte und ein Pfeifen, dann war die Wache weg.

„Die Luft ist rein", sagte Ace.

Mit einem Nicken betrat Siv wachsam den Flur. Sie bewegten sich schnell weg von der Wache und tiefer ins Gebäude hinein.

„Da", sagte Ryder.

Auf einem Schild an der Tür stand *Laborbereich.*

Sie schlüpften hinein. Im nächsten Korridor befanden sich auf beiden Seiten lange Glasfenster und dahinter saubere, makellose Laborräume.

Zu makellos.

Sie runzelte die Stirn. „Die Arbeitstische sind alle leer." Es sah ganz anders aus als auf den Fotos, die Caroline und Christian bei der Investorenveranstaltung gezeigt hatten. Hier standen keine Geräte, keine Laborkits, nichts.

„Vielleicht benutzen sie diese Labore nicht, oder sie packen nachts alles weg?", überlegte Ryder, klang aber nicht gerade überzeugend.

„Gibt es im oberen Stockwerk weitere Labore?", fragte Siv Ace.

„Die Labore sind alle auf dieser Ebene", sagte Ace. „Oben sind nur Büros."

Siv und Ryder gingen den Korridor entlang. Die nächste Reihe von Laboren war genauso sauber und leer.

Für Siv sah es nicht danach aus, als würde hier emsig geforscht werden.

Ryders Stirnrunzeln vertiefte sich. „Sehen wir uns das mal genauer an."

Er stieß die Tür zum nächstgelegenen Labor auf.

Im Inneren brannte schwaches Licht. Die Tische waren leer – keine Geräte, keine Materialien. Siv berührte die Oberfläche aus rostfreiem Stahl. Sie war mit einer dünnen Staubschicht bedeckt.

„Diesen Raum hat schon lange niemand mehr benutzt", sagte Siv.

Ryder ging zu einem Computer am Ende eines der

Tische und berührte sein Ohr. „Ace, wir müssen auf den Computer in Labor C3 zugreifen."

„Warte kurz", sagte Ace. „So, bitte sehr."

Der Bildschirm erwachte zum Leben und in der Mitte erschien das Chiron-Logo. Ryder beugte sich vor und tippte auf die Tastatur.

Siv behielt den Korridor im Auge. Die Wachen sollten erst in zwanzig Minuten wieder ihre Runde machen, aber es lohnte sich, vorsichtig zu sein.

Ryder zischte.

„Was ist?" Siv konnte auf dem Bildschirm keine Informationen erkennen.

„Hier ist nichts."

Sie runzelte die Stirn. „Was meinst du?"

„Keine Tests. Keine Daten. Kein Laborbedarf. Kaum Geräte." Er begegnete ihrem Blick. „In diesem Labor arbeiten keine Wissenschaftler."

Siv blinzelte. „Was zum Teufel?"

„Das kann ich bestätigen", sagte Ace in ihre Ohren. „Hier wird nicht geforscht. Ich habe gerade die Zugangsprotokolle für das Gebäude überprüft. Nur das Sicherheitspersonal und gelegentliche Besucher gehen hier täglich ein und aus. Sonst gibt es kein Personal."

Siv stemmte die Hände in die Hüften. „Die Fosters sind also Betrüger."

„Sieht ganz so aus", sagte Ace.

„Arschlöcher!", sagte Siv. „Sie nutzen die verzweifelte Hoffnung der Menschen aus, ihre Liebsten zu retten."

„Und sie könnten sich als noch schlimmere Monster herausstellen, wenn wir ihre Droge mit

Robbies Tod in Verbindung bringen können", sagte Ryder düster.

„Wenn sie illegale Tests durchführen, müssen sie aber irgendwo Daten dazu haben", sagte Siv.

„Die Fosters besitzen eine Reihe von Grundstücken in San Francisco", sagte Ace. „Aber keine Labore, soweit ich sehen kann."

„Sie bräuchten ein Labor, um das Medikament herzustellen", sagte Ryder.

„Ich verstehe das nicht." Siv schüttelte den Kopf. „Warum sollten sie dieses Labor hier haben? Und darüber lügen?"

„Geld. Gier. Image." Ein Muskel in Ryders Kiefer zuckte. „Was auch immer passiert, diese Mistkerle sind dran."

„Scheiße, Leute, da kommt eine Wache", stieß Ace hervor. „Der Kerl ist fast bei euch!"

Verflucht. Ryder griff nach dem Computer, aber Siv nahm eine Bewegung im Flur wahr.

„Keine Zeit." Sie zerrte Ryder hinter den Arbeitstisch und sie krochen über den Boden.

Eine Tür öffnete sich. „Warum ist hier ein Computer eingeschaltet?", fragte eine Männerstimme draußen.

Schritte kamen ins Labor.

Faen. Ryder griff an ihr vorbei. Unter dem Arbeitstisch befand sich ein Regal. Er schob seinen großen Körper hinein und drängte sie, ihm zu folgen.

Sie kletterte auf ihn und drückte sich an ihn. Sie waren in dem kleinen Raum eingezwängt.

Er legte einen Arm um sie.

Dann ging die Wache direkt an ihnen vorbei.

VERDAMMTE SCHEISSE. Ryder hielt Siv fest und versuchte, seine Atmung gleichmäßig zu halten.

Sic war entspannt, aber wachsam. Sie hörten, wie der Wachmann etwas vor sich hin murmelte und den Monitor ausschaltete. Dann hielt er inne, als ob er das leere Labor absuchen würde.

„Muss sich selbst eingeschaltet haben", murmelte er.

„Joe?" Das Quäken eines Funkgeräts. „Irgendwelche Probleme?"

„Negativ, Rich", antwortete der Wachmann. „Alles ruhig, wie immer."

Mit einem Grunzen stapfte Wachmann Joe hinaus.

Ryder holte tief Luft und Adrenalin schoss durch seine Adern.

„Das war knapp", sagte Siv.

Scheiß drauf. Er umfasste ihren Kiefer, neigte ihren Kopf zurück und küsste sie.

Ryder dachte, er würde dafür einen Ellbogen in den Bauch gerammt bekommen, aber sie schockierte ihn, denn sie schob ihre Hände in sein Haar und erwiderte seinen Kuss.

Er war heiß, leidenschaftlich und viel zu kurz.

Sie zog sich zurück und leckte sich über die Lippen. „Lass uns von hier verschwinden."

Ryder nickte. Hier gab es keine Daten, die sie stehlen konnten. Flammen der Frustration loderten in seinem Inneren.

Irgendetwas stimmte definitiv nicht mit Chiron, aber Betrug war etwas ganz anderes als Mord.

Sie schlichen aus dem Labor und zurück in den Korridor. Es überraschte ihn nicht, dass Siv sich mit offensichtlicher Leichtigkeit und Erfahrung bewegte. Man sah, dass sie bei einer Spezialeinheit gewesen war.

Er riss seinen Blick von ihren Beinen los. Am Ende des Korridors hob sie eine Faust und er hielt inne. Sie prüfte den nächsten Korridor und winkte ihn dann weiter.

Sie bewegten sich lautlos zu einem Seitenausgang. Ein gellender Pfiff drang an sein Ohr und sie erstarrten. Es war nicht zu nah, aber es hallte auch nicht allzu weit entfernt von den Fliesen wider.

Siv legte einen Zahn zu und bog in einen weiteren Korridor ein. Sie berührte ihr Ohr. „Ace, bestätige, dass der Sekundärausgang frei und der Alarm deaktiviert ist."

„Es ist alles vorbereitet", murmelte Ace.

Siv öffnete die Tür und sie und Ryder schlüpften hinaus in die Nacht.

Sie hielten mit dem Rücken zur Gebäudewand inne.

„Warte." Sie starrte konzentriert auf die hintere Ecke des Gebäudes und sah dann auf ihre Uhr. „Da müsste eine Wache sein."

Irgendwo in der Ferne hörte Ryder das Brummen des Straßenverkehrs und das Heulen einer Sirene. Es war ein Krankenwagen – er kannte das Geräusch nur zu gut.

Er zwang sich, nicht nervös zu werden. Sein Blut brodelte, wurde langsam heiß.

„Die Wache sollte gerade diesen Bereich verlassen", sagte Siv.

Er hörte den Zweifel in ihrer Stimme. Von einer Wache war nichts zu sehen.

„Vielleicht musste er mal?", sagte Ryder.

„Die Sache gefällt mir nicht. Wenn wir uns bewegen, riskieren wir, ihm über den Weg zu laufen."

Sie warteten noch eine Minute. Keine Wache erschien.

Sie richtete sich auf. „Okay, wir haben keine Wahl. Wir laufen los, direkt in Richtung Zaun."

Sie sprintete los. Ryder folgte ihr. Verdammt, diese langen Beine ...

Sie erreichten den Zaun. Siv drückte eine Hand an das Metallgitter, als der Ruf eines Mannes durch die Nacht zu ihnen drang.

„Hey, das hier ist Privatbesitz!" Der Strahl einer Taschenlampe fiel auf sie.

Mist. Die Wache, die nicht im Zeitplan war, hatte sie entdeckt.

Der Mann rannte auf sie zu. „Bleiben Sie, wo Sie sind!"

Siv wirbelte herum und griff an. Ihre Tritte ließen den Wächter gegen den Zaun taumeln und mit einem Stöhnen wich die Luft aus seinen Lungen.

Ryder schritt ein. Seine Faust landete im weichen Bauch des Mannes, woraufhin er die Taschenlampe fallen ließ.

Siv trat den Wächter erneut, aber er blockte den Tritt teilweise ab und schaffte es, sich halb zur Seite zu drehen und ihr Bein zu packen.

Verdammt. Ryder versteifte sich.

Aber er brauchte sich keine Sorgen zu machen. Er sah zu, wie Siv eine Kombination aus Tritten und Schlägen auf ihn herabregnen ließ. Sie bewegte sich so wahnsinnig geschmeidig – Anmut gepaart mit tödlicher Schönheit.

Der Wachmann brach grunzend zusammen.

„Los", sagte Siv. „*Los.*"

Beide stürzten sich auf den Zaun und kletterten daran hoch.

„Ace, eine Wache hat uns am Zaun abgefangen", sagte Siv.

„Verstanden. Ich manipuliere die Kameraaufzeichnungen. Sie werden glauben, dass ihr über den Zaun geklettert, aber nicht weiter gekommen seid."

„Danke. Ich schalte jetzt ab."

Ryder zog seinen In-Ear heraus, als sie den Bürgersteig entlang joggten.

„Wo steht dein Auto?", fragte sie.

„Gleich um die Ecke von deinem."

Sie wurden langsamer und bewegten sich leise durch die Nacht.

„Die Fosters sind Schwindler", sagte sie.

„Sieht so aus."

„Aber wir konnten sie nicht mit Robbie in Verbindung bringen. Es sieht nicht einmal so aus, als würden sie Drogen herstellen."

„Ace ist jetzt in ihrem System. Wenn es eine Verbindung gibt, wird er sie finden." Daran würde Ryder einfach glauben müssen.

Sein Auto tauchte in der Dunkelheit auf.

Siv blieb stehen. „Du bist mit deinem schicken, sehr auffälligen i8 zu einem Einbruch gefahren?"

Er grinste. Gott, er liebte diesen Tonfall. „Babe, hier gibt es eine Menge heißer Autos. Außerdem wird niemand erwarten, dass der Fahrer dieser Schönheit irgendwo einbricht."

Sie berührte die Motorhaube. „Es ist wirklich ein tolles Auto."

„Es war heiß, dir dabei zuzusehen, wie du die Wache ausgeschaltet hast." Sein Verlangen nach ihr brannte sich einen Weg durch seine Adern.

Sie sah ihn mit einer Intensität an, die er tief in seinem Inneren spüren konnte.

„Das meinst du wirklich ernst, oder?", fragte sie.

Verwirrt runzelte er die Stirn. „Warum auch nicht?"

„Verdammt, du machst es mir wirklich schwer."

„Was genau?" Er hatte keine Ahnung, wovon sie sprach.

Sie trat auf ihn zu, bis ihr Körper sich gegen seinen drückte. Sein Hintern schlug auf die Motorhaube seines Autos und sie trat zwischen seine Beine.

„Siv –"

„Sei still." Sie umfasste sein Gesicht und küsste ihn.

Verdammt. Er zog sie näher an sich heran und ließ seine Zunge in ihren Mund eintauchen. Eine Hand legte er an ihren Hinterkopf, mit der anderen packte er ihren Hintern.

Die Aufregung und das Adrenalin ihres Einbruchs, gemischt mit seinem ständigen Verlangen nach ihr, explodierten.

Sie erwiderte seinen Kuss energisch und enthusiastisch. Bei ihrem Stöhnen zog sich sein Magen zusammen. Ihre Zunge duellierte sich mit seiner.

Mehr. Er brauchte mehr.

Er zwang ihren köstlichen Mund weiter auf und

vertiefte den Kuss. Sie rieb sich an ihm und sein Schwanz war hart wie Stahl hinter dem Reißverschluss.

Sie gab einen hungrigen Laut von sich.

In seiner Verzweiflung drehte er sich mit ihr herum und drückte sie mit dem Rücken gegen die Motorhaube seines Autos.

„Gott, du machst mich so heiß", keuchte sie.

„Du hast mir lange genug weisgemacht, dass das nicht stimmt." Er schlang ihre Beine um seine Hüften und sein Schwanz drückte gegen den Saum ihrer Jeans.

Sie bäumte sich auf, zuckte unter seinem Griff und atmete schnell.

„Verdammt, du bist nah dran, oder?", presste er durch zusammengebissene Zähne hervor.

„Ja. Du scheinst diese Wirkung auf mich zu haben."

„Ich werde dich zum Kommen bringen, Siv." Er öffnete ihre Jeans. „Du wirst meinen Namen schreien, wenn es soweit ist."

Sie biss sich auf die Lippe. Ryder schob seine Hand in ihre Jeans und ihr Höschen.

„*Mhh.*" Sie zuckte zusammen und biss sich fester auf die Lippe.

Verdammt. Er streichelte sie.

„Du bist so nass, Siv. Du willst mich so sehr, stimmts? Du willst meinen Schwanz in dir." Er schob zwei Finger in ihre enge Wärme.

„Oh, Gott." Sie wiegte ihre Hüften.

„Genau so." Sein Daumen fand ihre geschwollene Klitoris.

Es war ihm egal, dass sie im Freien waren. Die Welt um sie herum verschwand. Eingehüllt in die Dunkelheit, hier in dieser Seitenstraße in einem Industriegebiet, würde niemand sie sehen.

Er bearbeitete sie weiter.

„Siv, du wirst dich so fantastisch fühlen, wenn du endlich meinen Schwanz in dir spürst. Er wird dich dehnen und du wirst dir auf die Lippe beißen, so wie jetzt gerade."

„Hör nicht auf", wimmerte sie.

„Erst, wenn du kommst." Er beugte sich vor und küsste sie.

Ihr Körper spannte sich an und sie kam. „Ryder!"

Ihre Stimme war süße Musik in seinen Ohren. Er beobachtete, wie ihre Leidenschaft wie eine Flutwelle über sie hereinbrach. Gott, er wäre fast in seiner Hose gekommen.

Er sah zu, als sie mit halb geschlossenen Augen auf die Motorhaube seines Autos zurücksank.

Und dann sah er etwas, das er nicht erwartet hatte. Ein Aufblitzen von Unsicherheit in ihren Augen.

Ein Teil von ihm war froh, dass er langsam anfing, zu ihr durchzudringen. Er zog seine Hand aus ihren Jeans und schloss sie. Er konnte zusehen, wie sie versuchte, sich zu sammeln.

Sie räusperte sich. „Zu mir oder zu dir, Morgan?"

Ah. Sie zog die Wand wieder hoch. Damit hätte er rechnen sollen. Er erinnerte sich daran, dass nichts Wertvolles jemals einfach zu haben war.

Er strich ihr über die Wange. „Nicht heute Nacht."

Sie blinzelte und machte ein langes Gesicht. „Was?"

„Erst willst du heißen Sex und danach wirfst du mich aus deinem Bett und tust so, als wäre nichts gewesen."

„Nein –"

Er hob sie von der Motorhaube, küsste ihre Nasenspitze und genoss die Verwirrung in ihren Augen. „Ich will mehr als nur Sex. Mehr als eine Nacht, Siv."

Jetzt sah er etwas, das er wirklich nicht erwartet hatte. Einen Anflug von Angst.

Und dann tat er das Schwerste, was er je in seinem Leben getan hatte. „Steig ins Auto. Ich setze dich an deinem X6 ab."

KAPITEL ZEHN

A m nächsten Morgen nippte Ryder an seinem Kaffee und pfiff vor sich hin.

Es war sonnig, aber die Luft fühlte sich kühler an. Der Herbst machte sich langsam bemerkbar.

Er schritt die Straße hinunter und nickte Mrs. Kwan zu, die in der Tür ihres Restaurants stand. Sie winkte in seine Richtung.

In seinem Kopf gab es nur Siv Pedersen.

Die heiße, knallharte, sexy Siv.

In der Nacht zuvor hatte er an sie gedacht, als er eingeschlafen war, und daran, wie sie sich anhörte, wenn sie kam, wie sie sich um seine Finger zusammengezogen hatte.

Verdammt. Er musste dieses brennende Verlangen in den Griff bekommen. Er hatte so viel zu tun, angefangen damit, mehr Fragen auf der Straße zu stellen.

Er würde versuchen, Scratch wiederzufinden und ihn nach dem Medikament und den Fosters befragen. Sich vergewissern, dass es ihm gut ging.

Ryder hatte vor, ein paar Gegenden im Tenderloin zu besuchen. Danach würde er mit ein paar Blaubeerschnecken im Büro von Norcross Security vorbeischauen. Er fischte sein Telefon aus der Tasche seiner Jeans und tippte eine Nachricht ein.

Ich hoffe, du hast gut geschlafen.

Siv ließ ihn nicht lange warten.

Das habe ich.

Hach, seine Frau der wenigen Worte.

Gibt es etwas Neues von Ace?

Er durchforstet die wenigen Daten, die im Labor vorhanden waren, und geht die Liegenschaften der Fosters durch. Kein geheimes Labor ... bisher. Er trinkt gerade seinen zweiten Kaffee und flucht viel.

Wenn es etwas zu finden gibt, wird er es finden. Was hast du heute an?

Bist du wirklich ein Mann der Klischées?

Wenn es um dich geht, schon.

Sein Handy piepte. Es war das Foto eines mit einer Hose bekleideten Beins und eines Stiefels mit hohem Absatz.

Ooh, einen sexy Hosenanzug. Er fügte ein Emoji mit Herzchen-Augen hinzu.

Morgan, du bist wirklich leicht zu beeindrucken.

Meine norwegische Blume, bei dir reicht es schon, dass du einfach nur atmest.

In Gedanken konnte er sehen, wie sie die Augen verdrehte.

Wo bist du?

Auf der Suche nach Scratch, damit ich ihm noch ein paar Fragen stellen kann. Willst du mitkommen?

Geht nicht. Ich muss Ace helfen, sonst dreht er mir noch das Handy ab oder so was. Sei vorsichtig.

Ooh, du machst dir Sorgen um mich. Wir sehen uns später.

Er steckte das Handy weg und trank seinen Kaffee aus.

Also gut. Zeit, ein paar Antworten zu finden.

Ace und Siv arbeiteten daran, herauszufinden, ob die Fosters an einem anderen Standort ein Labor hatten, in dem tatsächlich Forschung betrieben wurde. Ryder würde endgültig klären, ob Robbie Trelaskin eingenommen hatte.

Ryder hielt an ein paar der üblichen Treffpunkte. Er redete mit ein paar bekannten Gesichtern. Keiner hatte Scratch gesehen.

Schließlich landete er in der Heißen Zone. Er entdeckte eine Frau, die sporadisch in die Klinik kam. Annie hatte eine ganze Reihe von psychischen Problemen.

„Hi, Annie."

Sie sah ihm nicht in die Augen und ihre Hände zitterten. „Oh. Ryder aus der Klinik. Hi, Ryder."

Er setzte sich, ließ aber einen großen Abstand zwischen ihnen frei, damit er sie nicht nervös machte. „Genau." Er hielt seine Stimme bewusst sanft, so dass sie nicht bedrohlich klang. „Wie geht es dir?"

„Gut. Gut. Ich habe in letzter Zeit viel zu essen gefunden."

„Freut mich, das zu hören." Wie immer hatte er Mitleid mit ihr. Er wünschte, die Dinge wären anders. Soweit er wusste, hatte ihre Familie sie enteignet und verstoßen. „Wenn du etwas brauchst, kannst du in der Klinik vorbeikommen."

Sie neigte verhalten den Kopf. „Danke."

„Hey, hast du Scratch gesehen?"

Ihr schüchternes Lächeln verschwand und sie begann, mit ihren Fingern zu spielen. Jetzt war sie eindeutig aufgewühlt. „Nö. Nein. Kein Scratch." Sie blickte zu Boden.

„Ich bin dein Freund, Annie. Und ich bin Scratchs Freund. Ich versuche, ihm zu helfen."

Sie senkte ihre Stimme. „Er hatte so große Angst. Es ging ihm nicht gut."

Scheiße. Ryder hätte Scratch selbst in die Klinik bringen sollen.

„Da sind Leute, die nach ihm suchen", flüsterte Annie. „Er hatte Angst."

„Wer ist hinter ihm her?"

„Ich weiß es nicht." Sie verdrehte ihre Finger und schaukelte ein wenig vor und zurück. „Ich weiß es nicht."

„Okay, Annie." Verdammt, Ryder hoffte, dass

niemand Scratch etwas angetan hatte. „Was ist mit Robbie, Annie?"

„Robbie ist weg. Ich will nicht, dass er weg ist. Er hat mir immer Süßigkeiten gegeben. Er hat dafür gesorgt, dass niemand mir wehtut."

Robbie hatte in so vielen Leben eine Lücke hinterlassen. „Ich weiß. Ich vermisse ihn auch. Weißt du, was er gemacht hat, bevor er gestorben ist?"

Das Wiegen wurde stärker.

Mist. Ryder richtete sich auf. Wusste sie etwas? „Annie. Du könntest mir helfen, die Leute zu finden, die Robbie das angetan haben."

Sie gab einen Laut von sich. „Ich habe ihn mit ein paar Leuten gesehen."

„Okay."

„Schnösel."

„Schnösel? Du meinst, sie waren gepflegt und trugen teure Sachen?"

Sie nickte. „Anzüge."

„Sein Bruder –"

„Nein, nein. Anders. Groß. Größer als du." Sie hob ihre Arme wie ein Bodybuilder.

„Muskelprotze." Männer, die für andere ihre Muskeln spielen ließen. „War noch jemand bei ihnen?"

Sie begann, an ihren Nägeln zu kauen. Sie waren schmutzig und bluteten.

„Annie? War noch ein Mann bei ihnen?"

„Nein. Eine Frau. Sie stieg aus dem schicken Auto aus. Sie sah aus, als wäre sie stinksauer auf Robbie."

Ryders Puls beschleunigte sich. „Eine Frau."

„In einem Kleid. Schick. Die braunen Haare schick hochgesteckt."

„Warte –" Er holte sein Handy heraus.

„Ich muss gehen." Annie stand auf und wirkte zappelig.

„Annie, war das die schicke Frau?" Er hielt ein Foto hoch, auf dem die Fosters mit anderen Unternehmern aus der Branche zu sehen waren.

Annie rümpfte die Nase. „Schick." Sie nickte und tippte auf Caroline. „Das ist die schicke Frau."

Ein Hochgefühl durchfuhr ihn. *Eine Verbindung*. Eine Verbindung zu Caroline Foster. Sie hatte mit Robbie gesprochen.

„Ich muss los." Annie sammelte eilig ihre mit allen möglichen Sachen gefüllten Einkaufstaschen ein und stopfte sie in einen Einkaufswagen. „Scratch hat sich vor den schicken Leuten gefürchtet. Sei vorsichtig, Ryder aus der Klinik."

„Danke, Annie. Und wenn du Scratch siehst, sag ihm, er soll in die Klinik kommen."

Annie eilte los und schob den Wagen vor sich her.

Ryder verließ das Lager und textete Siv.

Eine Frau von der Straße hat Robbie mit zwei Männern in Anzügen und Caroline Foster sprechen sehen.

Sein Handy vibrierte.

Bist du sicher?

Annie konnte Caroline auf einem Foto identifizieren.

Gut! Wir sind auf dem richtigen Weg, Morgan.

Ich bin auf dem Weg zu Norcross. Ich will diesen Hosenanzug sehen.

Das, was ich darunter trage, würde dir bestimmt noch besser gefallen.

Er grinste. Sie flirtete mit ihm.
Jetzt bin ich hart.

Bei dir ist das nicht schwer.

Wir sehen uns bald. Ich erwarte einen Begrüßungskuss.

Mal sehen.

Das ist kein Nein.
Ryder bog um die Ecke und entdeckte zwei Schläger, die auf ihn warteten. Es waren Tattoo-Typ und Zottelhaar.

Ryder richtete sich auf. „Seid ihr bereit für die nächste Tracht Prügel?"

„Du bist allein, Arschloch. Und stellst Fragen, die unserem Auftraggeber nicht gefallen."

„Das ist mir scheißegal", stieß Ryder hervor. „Und mit euch beiden kann ich es sogar mit geschlossenen Augen aufnehmen."

Tattoo-Typ grinste. „Tja, nur sind wir nicht allein." Er sah an Ryder vorbei.

Ryder warf einen Blick über seine Schulter. Drei Muskelpakete näherten sich. Sie sahen brutal aus und bereit für einen Kampf.

Oh, verdammt.

Er rüstete sich. Auf der anderen Straßenseite bemerkten einige Leute den sich anbahnenden Kampf und machten sich aus dem Staub. Im Tenderloin würde ihm niemand helfen.

Einer der Typen stürzte sich auf ihn. Ryder fuhr herum und packte den Mann. Er wirbelte ihn durch die Luft und schleuderte ihn gegen den zweiten Kerl.

Der dritte Muskelprotz griff an und Ryder trat ihm in den Bauch.

Ein Schlag erwischte Ryder im unteren Rücken und ein stechender Schmerz schoss durch ihn hindurch. Er biss die Zähne zusammen.

Seine ganze Aufmerksamkeit konzentrierte sich auf den Kampf – kraftvolle Schläge, Tritte und Männer, die aufstöhnten.

Jemand verpasste ihm einen Schlag gegen den Kiefer und er schmeckte Blut.

Tattoo-Typ und Zottelhaar stürmten gemeinsam auf ihn zu und er versuchte, sie abzuwehren, aber sie ballerten mit ihren Fäusten auf ihn ein. Eine traf seinen Magen.

Der Schmerz war wie eine Explosion, was ihm verriet, dass das Arschloch einen Schlagring trug.

Verdammte Scheiße.

Ryder wehrte sich, aber der nächste Schlag zwang ihn in die Knie. Es folgten Tritte und der Schmerz machte ihn benommen.

Er hörte Schreie, aber ein Tritt erwischte ihn am Kopf und er sackte auf den Asphalt.

Überall in seinem Körper pochten unerträgliche Schmerzen.

Mehr Schreie.

Er sah Stiefel weglaufen, aber seine Sicht verschwamm.

Dann wurde ihm schwarz vor Augen.

WO ZUM TEUFEL WAR RYDER? Er hätte schon längst im Büro auftauchen müssen.

Siv beobachtete Ace, der an seinem Computer arbeitete. Sie stieß einen Atemzug aus. Erinnerungen an das, was sie und Ryder auf der Motorhaube seines schicken Autos getan hatten, schossen ihr immer wieder durch den Kopf. Ihr eigener, nicht jugendfreier Film. Sie war so heftig gekommen.

Später war sie in ihrem eigenen Bett gleich noch einmal heftig gekommen – sie hatte es sich selbst gemacht und sich gewünscht, Ryder wäre da gewesen.

Sie hörte, wie Ace einige Worte auf Portugiesisch ausstieß, die Flüche sein mussten. Sie schüttelte den Kopf, um ihn zu klären, und ging zu seinem Stuhl hinüber.

„Was ist los?"

„Jemand nimmt deinen und Ryders Decknamen auseinander." Das Computer-Genie drehte sich um. „Sie nehmen Ryan Moore und Stella Peters ganz genau unter die Lupe."

Sie fluchte.

„Ich bin ihnen immer noch einen Schritt voraus." Ace nahm sein Tablet in die Hände und tippte darauf. „Zeit, dem Big Boss ein Update zu geben."

Ein paar Minuten später erschien Vander in der Tür.

„Lagebericht?" Sein raues Gesicht war konzentriert und ließ keine Emotion erkennen.

„Entweder lassen Ryder und ich ein paar Alarmglocken schrillen, oder die Fosters prüfen ihre potenziellen Investoren auf Herz und Nieren", sagte sie.

„Primär haben sie sich für die ‚Unternehmen' von Moore und Peters interessiert."

„Dann geht es ihnen also hauptsächlich ums Geld", sagte Vander.

Ace nickte. „Sieht so aus." Er tippte auf die Tastatur. „Ich habe das hier gefunden."

Es war das Bild eines Mannes, der auf dem Bürgersteig stand und eine Zigarette rauchte.

„Ein Mitglied des Sicherheitsteams der Fosters. Er ist ein Ex-Army Ranger und steht vor der falschen Adresse von Moore und Peters."

Vander fluchte.

Sivs Muskeln spannten sich an. „Er wartet darauf, dass wir zurückkommen. Ryder und ich müssen als das glückliche Paar dort auftauchen."

„Ja. Wenn sie denken, dass ihr vertrauenswürdig seid, hören sie hoffentlich auf, tiefer zu graben", sagte Ace. „Ich werde die Nachricht verbreiten, dass ihr in Napa wart und euch ein paar Weingüter angesehen habt, die ihr kaufen wollt."

„Oh ja, ich kaufe total gern Weingüter", sagte Siv.

„Der Wein schmeckt so viel besser, wenn er einem selbst gehört."

Die Männer lachten.

„Wem gehört das Gebäude, das du als ihre Wohnadresse angegeben hast?", fragte Vander.

„Es ist eines deiner Miethäuser", sagte Ace. „In Nob Hill."

Vander drehte sich um. „Siv, du und Ryder müsst für ein paar Tage dort wohnen. Moore und Peters als Paar verkaufen."

Großartig. Sie holte tief Luft. „Sicher." Und runzelte die Stirn. „Ryder sollte eigentlich schon hier sein. Ich rufe ihn mal an." Sie holte ihr Handy heraus und tippte auf seine Nummer.

Das Handy klingelte und klingelte. *Wo zum Teufel war er?*

Dann wurde der Anruf verbunden.

„Hey, wo bist du?", fragte sie.

Es kam keine Antwort.

Sie runzelte die Stirn. „Ryder?"

Dann hörte sie rasselnde, schmerzhafte Atemzüge.

Ihr Puls schnellte in die Höhe. „Ryder, was ist los? Rede mit mir. Geht es dir gut?"

Sie spürte, wie Vander und Ace hellhörig wurden.

„Ryder?"

Der Anruf wurde abgebrochen.

„*Faen!*", fluchte sie und ihr Puls ging durch die Decke.

„Siv?", knurrte Vander.

„Ace, lokalisiere Ryders Handy." Sie schluckte. Ihr Mund war trocken und ihre Brust zog sich schmerzhaft zusammen. „Er hat nichts gesagt, aber es klang, als hätte er Schmerzen."

„Fuck", sagte Vander.

Aces Finger flogen über die Tastatur. „Gib mir eine Sekunde. Er hat ein Norcross-Handy mit einem Tracker drin." Eine Karte erschien auf dem Bildschirm. „*Da*."

Sie betrachtete den Standort. Der leuchtende Punkt pulsierte im Tenderloin.

Vander biss sich auf die Zähne. „Eine Gasse. Ich komme mit dir."

Es überraschte sie nicht, dass Vander den Fahrersitz des X6 für sich beanspruchte.

Sivs Hände ballten sich zu Fäusten, als Vander in Richtung Tenderloin raste. *Bitte mach, dass es Morgan gut geht.*

Wenn er schwer verletzt war, oder schlimmer ...

Nein. Siv konnte sich eine Welt ohne Ryder Morgans sexy Lächeln und Charme nicht vorstellen.

Es musste ihm einfach gut gehen. Alles andere war keine Option.

Vander überschritt die Tempolimits, wo er konnte, und hielt schließlich in einer verdreckten Straße im Tenderloin.

Bevor der Geländewagen ganz zum Stehen kam, riss Siv bereits die Tür auf. Sie entdeckte eine Gruppe von Obdachlosen in der Gasse stehen.

Nein. Sie rannte los.

„Hey, das ist Ryders Mädchen", murmelte jemand.

Sie glaubte, ein paar Gesichter zu erkennen.

Als die angespannte Menge misstrauisch zurückwich, wusste sie, dass Vander ihr folgte.

In diesem Moment sah sie Ryder, der auf dem Boden lag.

Ihr Herz schlug ihr bis zum Hals.

Ein Mann mit ungepflegtem Bart hockte neben ihm. *Bish.*

Sie hockte sich hin. „Ryder."

Er lag mit dem Gesicht nach unten da. Vander ging neben ihr in die Knie und sie drehten ihn auf die Seite.

„Ein paar Typen haben ihn überfallen." Bishs Stimme zitterte. „Große Kerle. Fünf. Hatten Schlagringe an den Händen."

Oh, Gott. Wenn sie ihn verprügelt hatten, könnte er innere Verletzungen haben. Sie sah mehrere schmutzige Fußabdrücke auf Ryders Hemd und wurde wütend.

Sie hatten ihn *getreten.*

Sie überprüfte seinen Puls und stellte fest, dass er kräftig schlug. *Dem Himmel sei Dank.* Sie legte eine Hand an seine Wange. An seinem Mundwinkel klebte Blut und ein Auge war angeschwollen.

„Ryder?"

Er schlug die Augen auf und sie sah die Schmerzen darin. „Da ist ja mein norwegischer Engel."

Vander grunzte. „Klingt, als ginge es ihm gut."

Siv riss sein Hemd auf und schnappte nach Luft. Überall auf seinem Oberkörper bildeten sich bereits riesige Blutergüsse.

„Was ist passiert?", fragte sie.

Ein paar Obdachlose drängten sich vor. „Ein paar Schlägertypen haben ihn in die Enge getrieben", sagte eine dunkelhäutige Frau. „Er hat ein paar von ihnen übel zugerichtet. Zwei mussten sie hier raustragen."

Siv tastete Ryders Körper ab und er stöhnte.

„Aber sie waren zu fünft", fuhr Bish fort. „Wir sind reingestürmt und haben geschrien wie verrückt, um sie zu verscheuchen."

„Danke, Bish", krächzte Ryder. „Ich danke euch allen."

„Du bist zu hübsch, um dir von jemandem dein Gesicht verunstalten zu lassen", rief eine Frau.

Ryder grinste, aber als sich seine Mundwinkel hoben, verzog er vor Schmerzen das Gesicht. „Helft ihr mir hoch?"

Vander und Siv hievten ihn in eine sitzende Position. Sie sah, dass er versuchte, seine Schmerzen zu verbergen.

Und ihr selbst fiel es schwer, zu verbergen, wie sehr es ihr zusetzte, dass er verletzt worden war.

„Waren es diese Typen vom letzten Mal?", fragte sie.

„Ja, aber diesmal haben sie ein paar Freunde mitgebracht."

„Ich hole den Wagen." Vander joggte los.

Siv berührte Ryders Schulter, weil sie ihn spüren musste. „Wir werden dich ins Krankenhaus bringen –"

„Nein. Ich brauche kein Krankenhaus."

„Morgan, benimm dich nicht wie ein idiotischer Macho. Du könntest innere Blutungen haben –"

Er legte eine Hand an ihre Wange. „Machst du dir etwa Sorgen um mich, Siv?"

Das tat sie. „Egal, wie nervig du bist, ich will nicht, dass du stirbst."

„Ich werde nicht sterben. Und ich benehme mich nicht wie ein Macho. Ich bin Kampfsanitäter und kann meine Verletzungen einschätzen. Ich habe höllische Prellungen, aber keine inneren Blutungen. Ich brauche nur ein paar Schmerztabletten und ein, zwei, dreiundzwanzig Eisbeutel."

Sie presste die Lippen zusammen.

Er streichelte mit dem Daumen über ihre Haut. „Ich verspreche es."

„Nun, du wirst dich im Liebesnest von Stella Moore und Ryan Peters ausruhen und erholen müssen."

Er zog die Augenbrauen zusammen. „Hm?"

„Die Fosters sehen sich unsere Decknamen ganz genau an. Wir müssen in ‚unserem' Zuhause auftauchen."

„Scheiße. Beobachtet jemand das Haus?"

Sie nickte.

Der X6 fuhr an der Mündung der Gasse vor.

Sie half Ryder auf die Beine und stützte etwas von seinem Gewicht.

„Sieht so aus, als würdest du dort für eine Weile mit mir als Krankenschwester festsitzen", sagte sie.

„Der heutige Tag wird immer besser."

KAPITEL ELF

O kay, es war offiziell, er fühlte sich beschissen.
Ryder lehnte sich auf der Couch zurück und
zuckte zusammen. Er war nicht überrascht, dass Vanders
Wohnung in Nob Hill genial war.

Sie befand sich im siebzehnten Stock und war eine
Eckwohnung mit unzähligen Fenstern. Weiße Wände
standen im Kontrast zu den breiten Holzdielenböden.
Die Fenster hatten schwarze Rahmen, was den beein-
druckenden Blick auf die Stadt wie ein Kunstwerk
aussehen ließ. Die Einrichtung war schlicht und
modern gehalten, aber dennoch gemütlich. Der offene
Bereich, in dem Wohnzimmer, Essbereich und Küche
untergebracht waren, war lang und geräumig, und hier
und da sorgten hohe, grüne Zimmerpflanzen für etwas
Farbe.

Vander hatte sie vorhin hier abgesetzt. Zuerst war er
bei ihren Wohnungen vorbeigefahren und Siv hatte
Klamotten und Kulturbeutel für sie beide eingepackt.
Vander hatte auch den Erste-Hilfe-Kasten aus dem X6

dagelassen. Bis auf Weiteres war dies das Zuhause der Turteltäubchen Ryan und Stella.

Siv war draußen unterwegs, um sicherzugehen, dass sie von dem Kerl gesehen wurde, den Foster geschickt hatte, um sie zu beschatten. Ryder kämpfte mit seinem Hemd und schaffte es schließlich heraus. Alles tat ihm weh.

Er hörte, wie sich die Haustür öffnete, und eine Sekunde später kam Siv mit einer Einkaufstüte herein. Ihr Blick wanderte direkt zu ihm, glitt über seine nackte Brust und blieb an seinen blauen Flecken haften. Ihr Ausdruck verfinsterte sich und sie drehte sich um und ging in Richtung Küche.

„Diese Wohnung ist wunderschön", sagte sie und öffnete den Kühlschrank.

Ryder grunzte. „Ja, Vander besitzt ein paar Anlageobjekte. Easton hat noch viel mehr. Ich glaube, ihm gehört die Hälfte der verdammten Stadt." Er sah zu, wie sie ein Glas mit Wasser füllte. „Hast du den Typen der Fosters gesehen?"

„Ja. Er hat sich nicht besonders viel Mühe gegeben, unbemerkt zu bleiben. Stella ist zweimal an ihm vorbeigegangen und in seiner Nähe stehengeblieben, um zu telefonieren."

„Meine Ehefrau ist so knallhart."

Ihr Kopf ruckte hoch und sie musterte ihn einen Moment lang. Dann kam sie mit einem Glas Wasser in der einen und zwei Eisbeuteln in der anderen Hand zurück.

„Nimm die." Sie reichte ihm das Glas und drückte ihm zwei Pillen in die Hand.

Ryder gehorchte.

Sie setzte sich neben ihn, wickelte den ersten Eisbeutel in ein Küchentuch und drückte ihn an seine Flanke.

Er zischte.

„Halte das." Sie wickelte den zweiten ein und drückte ihn auf sein Schlüsselbein, wo sich bereits eine hübsche Beule und ein Bluterguss gebildet hatten.

Ryder betrachtete ihren gebeugten Kopf.

„Du würdest eine tolle Krankenschwester abgeben. Du hast nicht zufällig eines dieser knappen, weißen Kleidchen und das dazu passende Häubchen, oder?"

Sie warf ihm einen scharfen Blick zu.

Er lachte und akzeptierte den Schmerz, der daraus resultierte. „Hätte ich auch nicht erwartet, aber einen Versuch war es wert."

Siv verdrehte die Augen. „Was machen die Schmerzen?"

„Sind erträglich."

Sie streckte die Hand aus und berührte leicht einen weiteren blauen Fleck. „Ich mag es nicht, dich so zuge-richtet zu sehen, Morgan."

„Ich bin selbst kein Fan davon."

Dann schockierte sie ihn, indem sie sich vorbeugte und zarte Küsse auf seine blauen Flecken hauchte.

Verdammt. Sein Schwanz wurde hart. Ihm war es egal, dass er verprügelt worden war. Alles, was er wahr-zunehmen schien, war, dass Sivs Mund Ryder berührte. Ryder bewegte sich nicht, als sie jede einzelne Prellung küsste. Wann hatte das letzte Mal jemand das für ihn getan?

Normalerweise war er es, der andere Leute zusammenflickte. Sein Herz zog sich zusammen. Verdammt, diese Frau – mit ihrer harten Schale und ihrem großen Herzen, das sie so gut verbarg – ging ihm unter die Haut.

Sie lehnte sich zurück und starrte ihn einen Moment lang an, dann stand sie auf. „Ich werde uns Abendessen bestellen. Worauf hast du Lust?"

„Ähm, auf thailändisch, wenn du das auch magst."

Sie erstarrte. „Ich liebe thailändisches Essen."

„Bestell unbedingt Pad Thai. Und ich mag grünes Curry."

„Ich liebe Pad Thai auch." Siv zückte ihr Handy und wanderte zu den Fenstern, während sie die Bestellung aufgab.

Ryder beschloss, sich umzuziehen. Seine Jeans waren völlig versifft von der dreckigen Gasse. Er stand auf und arrangierte sich mit dem wilden Pochen in seinem Körper.

„Was tust du da?", wollte Siv wissen.

„Ich muss mich umziehen."

Sie wirkte nicht begeistert. „Ich hole dir etwas zum Anziehen. Bleib hier." Sie verschwand im Hauptschlafzimmer, wo ihre Taschen standen, und kam einen Moment später mit einer grauen Jogginghose, einem weißen T-Shirt und einem kleinen, bunt verpackten Geschenk zurück, auf dem ihr Name stand.

Sie reichte ihm die Sachen und hielt dann die Schachtel hoch. „Das habe ich bei dir zu Hause gefunden. Was ist es?"

„Offensichtlich ein Geschenk für dich."

Sie starrte ihn an, als hätte er gerade gesagt, er sei

vom Mars. Verdammt, hatte denn bisher niemand diese Frau verwöhnt?

Sie schluckte. „Du musst mir keine –"

Er packte ihr Handgelenk. „Ich mag es, dir Geschenke zu machen. Na los, mach es auf." Er griff nach dem Reißverschluss seiner Jeans. „Ich ziehe mich inzwischen um."

Er erwartete, dass sie sich umdrehen würde, aber er hätte es besser wissen müssen. Er schob seine Jeans nach unten und sie sah ihm zu, während ihr Blick gemächlich an seinem Körper hinabwanderte.

Und sein Schwanz wurde noch härter.

Siv konnte ihn kaum übersehen, wie er sich unter dem Stoff seiner Boxershorts abdrückte. Unbeholfen zog er die Jogginghose hoch.

„Lass mich dir helfen." Sie half ihm, das saubere T-Shirt anzuziehen.

Von Schmerzen geplagt, ließ er sich auf die Couch fallen. Verdammt, er hasste es, schwach zu sein.

„Dir tut alles weh." Sie setzte sich neben ihn, immer noch mit dem Geschenk in der Hand.

„Die Schmerzmittel werden bald wirken. Und ich habe schon Schlimmeres erlebt."

Sie hob eine Augenbraue.

„Im Einsatz. Ich bin immer wieder in Schlägereien geraten. Die schlimmste war, als ich mich um schwer verletzte Soldaten kümmern musste und Aufständische angriffen. Wir schafften es raus, aber wir waren ein wenig angeschlagen."

Er hatte zwei Männer verloren. Einer war gestorben,

bevor Ryder ihm helfen konnte. Der andere war in Ryders Armen gestorben.

In manchen Nächten wachte er immer noch auf, sah das Blut an seinen Händen kleben und hörte das Todesröcheln in der Brust des Mannes.

„Hey. Ryder?" Siv berührte sein Kinn. „Wo warst du im Einsatz?"

„Afghanistan. Die Erinnerungen verblassen, aber sie verschwinden nie ganz."

Sie nickte und er sah das Verständnis in ihren blauen Augen. „Ich habe einmal einen Kameraden verloren."

Er ergriff ihre Hand. „Du warst bei den Special Forces."

Sie nickte. „Ich ging zur norwegischen Armee, aber es dauerte nicht lange, bis ich zur Jegertroppen abkommandiert wurde."

„Was ist das?"

„Eine Spezialeinheit nur für Frauen."

„Wirklich?"

„Wirklich."

Er hielt eine Hand hoch. „Gib mir eine Sekunde. Ich stelle mir nur gerade ein ganzes Team von knallharten Frauen vor."

Sie schüttelte den Kopf. „Nach ein paar Jahren wechselte ich ins Hauptkommando des Forsvarets Spesialkommando, FSK. Ich liebte es dort." Sie holte tief Luft. „Aber es war nicht immer einfach."

„Das verstehe ich. Was ist passiert?"

„Wir waren auf einer Ölplattform. Terroristen hatten sie in ihre Gewalt gebracht und Geiseln genommen.

Mein Team verschaffte sich Zutritt, um die Geiseln zu retten und die Kontrolle zurückzuerlangen."

„Lief nicht nach Plan?" Er verschränkte ihre Finger miteinander.

„Nein." Sie lachte trocken auf. „Das ist eine Untertreibung. Ein Terrorist sah, dass sie dabei waren, zu verlieren, und zündete eine Ladung Sprengstoff. Ich wurde gegen etwas Hartes geschleudert, erlitt eine Gehirnerschütterung und ein paar gebrochene Rippen. Ich war ziemlich übel zugerichtet." Sie holte tief Luft. „Mein Freund Rolf –"

Ryder drückte ihre Finger.

Sie schenkte ihm ein trauriges Lächeln. „Ein Teil der Plattform neigte sich zur Seite. Er rutschte aus und ich griff nach ihm. Ich verfehlte ihn nur um wenige Zentimeter. Er überlebte den Sturz von der Plattform nicht."

„Das tut mir leid." Sie war verletzt worden, hatte eine Gehirnerschütterung gehabt, aber sie hatte trotzdem versucht, ihren Freund zu retten. Typisch Siv.

„Rolf hatte mich bei einem früheren Einsatz gerettet. Ich saß in der Klemme und hatte keine Munition mehr. Er gab seine Deckung auf, um zu mir zu gelangen. Er rettete mir das Leben."

„Und so solltest du ihn in Erinnerung behalten. Ich weiß, die Schuldgefühle sind immer da. Dass du dich nicht genug angestrengt hast, nicht schnell genug gehandelt hast, dass du etwas hättest anders machen sollen. So geht es mir bei jedem einzelnen Patienten. Ich frage mich auch immer, was ich hätte anders machen sollen."

„Ryder." Der Ausdruck in ihrem Gesicht veränderte sich. „Du rettest Leben."

„Nicht immer." Er drückte ein letztes Mal ihre Finger und deutete dann auf das Geschenk. „Mach es auf."

Sie riss die Verpackung auf und öffnete die kleine, rechteckige Schachtel.

Dann stockte ihr der Atem.

Sie zog die silberne Kette heraus, an der ein runder Anhänger hing. Er war mit einem filigranen Muster versehen.

Er nickte. „Es ist ein –"

„Wikingerschild", sagte sie.

Er nickte. „Ich habe ihn im Schaufenster dieses kleinen Ladens in der Nähe meiner Wohnung gesehen und wusste, dass er perfekt für dich ist. Wunderschön und etwas für echte Kriegerinnen."

Sie starrte ihn an.

Ryder versuchte, sich nicht unter ihrem Blick zu winden. „Der Typ im Laden hat mir versichert, dass es ein norwegisches Symbol ist. Ich hoffe, er hat nicht gelogen."

„Der Anhänger ist wunderschön, Ryder."

Er lächelte.

Dann setzte sie sich mit einer geschmeidigen Bewegung auf seinen Schoß. Dabei achtete sie darauf, nicht gegen seine lädierte Brust zu stoßen.

Sein Puls beschleunigte sich und er griff nach ihren Hüften. „Siv –"

Ihre Lippen kollidierten miteinander.

Verdammt. Sie küsste ihn hart und leidenschaftlich und mit einem Stöhnen presste er seinen Mund noch fester auf ihren und übernahm die Führung.

Sie schmeckte einfach köstlich – süß, aber würzig. Er zog sie näher an sich, sein Verlangen ein Brennen in seinen Lenden, erwischte dabei aber eine seiner Verletzungen. Zischend atmete er aus.

„Das reicht." Sie glitt von ihm herunter.

„*Nein –*"

„Du bist heute durch den Fleischwolf gedreht worden, Ryder. Ich werde dafür sorgen, dass du dich ausruhst."

Er sah sie mit finsterer Miene an.

Sie beugte sich vor und biss ihm auf die Lippe. „Aber sobald es dir besser geht, habe ich vor, mich lange und hart von dir ficken zu lassen."

Sein gieriger Schwanz begann, zu pulsieren, und er stöhnte. „Du willst mich quälen."

Sie lächelte nur.

Ryder ignorierte seine Schmerzen und warf sie auf die Couch.

„Ryder, deine Verletzungen!"

Er beugte sich über sie. „Ich will nur, dass du weißt, dass du mir gehörst, Siv. Schon bald werde ich es dich spüren lassen. Ich werde jeden Zentimeter deines atemberaubend schönen, schlanken Körpers schmecken und berühren. Ich werde dich so oft kommen lassen, bis du mich um Gnade anflehst."

Ihr Herz setzte einen Schlag aus. „*Ryder.*"

Es läutete an der Tür und er gab ein Knurren von sich.

„Essen ist da", sagte sie.

Er half ihr auf, ergriff aber noch einmal ihre Hand und drückte ihre Finger. „Ich habe dich gewarnt."

SIV ASS einen weiteren Bissen der Pad Thai Nudeln. *Mmh.* So lecker.

Sie warf einen Blick auf den Fernseher und verfolgte das NFL-Spiel. „Nein!"

„Dein Team wird untergehen, meine gnadenlose Göttin."

Sie warf Ryder einen Blick zu. Er saß am anderen Ende der Couch und schob sich einen Berg Essen in den Mund. Der Mann musste ständig trainieren, um in so guter Form zu bleiben.

„Oder sollte ich sagen *Gudinna.*" Er wackelte mit den Augenbrauen.

Sie unterdrückte ein Lächeln. „Ich bin nicht deine Göttin."

„Doch, das bist du. Wie wäre es mit *Skatt?*"

Schatz. Sie zog die Nase kraus.

Er aß eine weitere Gabel voll Nudeln. „Ah, ich weiß. *Månestråle.*"

Mondstrahl. Sie lachte, aber tief im Inneren war sie gerührt, dass er sich die Zeit genommen hatte, diese norwegischen Wörter zu lernen.

„Nein, es muss eindeutig *Honningblomst* sein."

Honigblume. Sie schüttelte den Kopf und zwang sich, wieder dem Spiel zu folgen. Dieser Mann war einfach zu verlockend. Ihr Team plagte sich gerade. „Mein Team sieht kampflustig und verbissen aus. Sie werden sich wehren." Sie hielt zu den San Francisco 49ers. Es erschien ihr richtig, das Team ihrer neuen Heimatstadt anzufeuern.

Ryder grunzte und nippte an seinem Bier. Sie hatten in der letzten Stunde bereits mehrere gutmütige Diskussionen über Football geführt.

Sein Handy klingelte und er griff danach. Dann verdrehte er die Augen. „Einer meiner Brüder hat mich verpfiffen." Er drückte es an sein Ohr. „Hi, Mom." Er hielt inne. „Es geht mir gut. Ein paar blaue Flecken, mehr nicht." Wieder eine Pause. „Mom, ich schwöre. Als Cam und ich uns um das Fahrrad gestritten haben, als ich in der fünften Klasse war, habe ich schlimmer ausgesehen." Er grinste. „Wie glücklich du dich doch schätzen kannst, mit drei Jungs gesegnet zu sein." Er fing Sivs Blick auf und zwinkerte ihr zu. „Mom, ich helfe Vander bei einem Fall, deshalb werde ich eine Weile nicht nach Hause kommen. Kannst du Crank für mich füttern?"

„Wer ist Crank?", murmelte Siv.

„Mein Kater hasst nicht nur dich, Mom. Er hasst jeden. Es ist nichts Persönliches."

Siv hob die Augenbrauen. Ryder hatte einen Kater.

„Eigentlich bin ich gar nicht allein. Ich arbeite an dem Fall zusammen mit einer wunderschönen Norwegerin, die Vander eingestellt hat. Sie war bei den Special Forces und ich gebe alles, um ihr Herz zu gewinnen."

Sivs Augen weiteten sich. Sie fuchtelte mit einer Hand vor seinem Gesicht umher. *Was zum Teufel tat er da?*

„Ihr Name ist Siv ... Ich weiß, hübsch, oder? Du wirst sie lieben und klar, wenn wir mit dem Fall fertig sind, bringe ich sie auf jeden Fall zum Essen mit."

Siv schüttelte den Kopf.

„Mach ich, Mom. Hab dich lieb."

Siv lehnte sich auf der Couch zurück und hob den Blick an die Decke. Es war ziemlich schwer, einem Mann zu widerstehen, der offensichtlich seine Mutter anbetete. „Du hättest deiner Mutter nicht sagen sollen, dass ich zum Essen komme."

„Jetzt musst du es tun." Er sah selbstgefällig drein. Als er kurz darauf ein paar Mal sein Gewicht verlagerte, wurde ihr klar, dass es ihm nicht gut ging.

„Brauchst du mehr Schmerzmittel?" Sie stand auf.

Behutsam berührte er seine Seite. „Ja, vielleicht."

Sie wusste, dass es nicht gut war, wenn er so bereitwillig zustimmte. Es überraschte sie, wie sehr sie es hasste, ihn verletzt zu sehen. Sie fand die Tabletten und die Arnikasalbe, die sie in der Apotheke besorgt hatte.

Sie kam zurück ins Wohnzimmer. Die Wohnung war wirklich toll – sie betrachtete die herrliche Aussicht –, aber ein bisschen zu schick für sie.

„Hier." Sie reichte ihm die Tabletten.

Er nahm sie und spülte sie mit etwas Bier hinunter.

„Jetzt ziehen wir dir das T-Shirt aus", befahl sie.

Er schenkte ihr ein strahlendes Lächeln. „Babe, wann immer du mich nackt haben willst, brauchst du es nur zu sagen."

Siv verdrehte die Augen und hielt die Tube mit der Creme hoch. „Ich schmiere das auf deine blauen Flecken."

„Arnika? Okay."

Sie nickte.

„Ich hatte immer ein paar Tuben dabei, wenn ich im Einsatz war. Gut bei Prellungen und Schwellungen."

Sie setzte sich neben ihn. „Ja. Ich benutze sie auch.

Einmal riss ein Seil, als ich mich aus einem NH90-Hubschrauber abseilen wollte."

„Verdammt. Du hättest umkommen können."

„Zum Glück war ich nur drei Meter vom Boden entfernt, aber ich landete auf ein paar Felsen. Dagegen sehen deine blauen Flecken mickrig aus." Sie half ihm, das T-Shirt auszuziehen.

Sie verharrte kurz und ihr Puls beschleunigte sich. Der Mann hatte einen Wahnsinnskörper. Er war durchtrainiert und muskulös. Ein Flaum hellbrauner Haare bedeckte seine Brustmuskeln. Und diese Bauchmuskeln ...

Konzentriere dich auf die Blutergüsse, Siv.

Ryder sah an sich herunter und stöhnte auf. „Ich sehe aus, als hätte mich ein Kleinkind mit schwarzer Farbe angemalt."

Siv rückte näher und drückte etwas Salbe auf ihre Finger. „Lehn dich zurück und beweg dich nicht."

Er ließ sich auf die Kissen sinken und sie verteile die Salbe auf seinem Schlüsselbein. Ihr Blick wanderte über die Tätowierung auf seiner Schulter und seinem Arm.

„Ich mag dein Tattoo."

„Danke."

Sie betrachtete die sich überlappenden Schuppen, die Ranken und die Wellen, die sie erst jetzt als Flammen erkannte. „Es ist ein Drache." Sie war nur angedeutet, aber die mächtige Kreatur war da, versteckt in diesem Kunstwerk.

„Ja. In der asiatischen Tradition symbolisiert der Drache Weisheit, Macht, Glück und Stärke. Ich dachte mir, all diese Dinge kann ein Mann in einem Kriegsgebiet gut gebrauchen." Er lächelte. „Außerdem wollte ich etwas, mit dem ich knallhart aussehe."

Sie wollte die Tätowierung nachzeichnen, hielt sich aber zurück. Sie hatte bereits ihre Hände auf seinem Körper und sie brauchte nicht noch mehr Versuchung. Schnell drückte sie noch etwas Salbe aus der Tube und verteilte sie auf seinem Brustkorb.

„Du hast Glück, dass sie dir keine Rippe gebrochen haben." Sie biss die Zähne zusammen und wünschte sich wirklich, sie könnte ein paar Minuten mit den Arschlöchern verbringen, die ihn angegriffen hatten.

Ryder gab einen Laut von sich. „Nicht, dass sie es nicht versucht hätten."

Siv schmierte weitere seiner Blutergüsse ein, wobei sie darauf achtete, nicht zu viel Druck auszuüben. Er hätte sterben können. Ihre Kehle schnürte sich zu. Dieser Mann brachte sie auf die Palme, seit sie ihn kennengelernt hatte, aber eine Welt ohne Ryder Morgan wäre nur halb so schön.

Sie merkte, wie sehr sie sich anstrengen musste, in seiner Gegenwart nicht zu lächeln oder gar zu lachen. Sie strich mehr Salbe auf die blauen Flecken auf seinen Bauchmuskeln und fuhr mit den Fingern über die Vertiefungen und Rillen. Sein Bauch straffte sich unter ihrer Berührung. Ihr Blick wanderte tiefer und sie sah die große Beule, die seine Jogginghose anhob.

Ihre Lust nach ihm flammte auf und sie hob den Kopf.

Seine Wangen erröteten leicht. „Tut mir leid, das macht er immer, wenn du in der Nähe bist."

Siv wollte ihn unbedingt berühren.

„Im Grunde genommen", fuhr er fort, „bin ich mir ziemlich sicher, dass ich einen Ständer habe, seit ich dich das erste Mal in diesem umwerfenden roten Kleid gesehen habe." Seine Mundwinkel hoben sich. „Du bist so atemberaubend schön. Einfach umwerfend."

Siv schluckte. „Das hat noch nie jemand zu mir gesagt."

Ryder knurrte und drückte eine Hand über ihre, die noch auf seinem Bauch lag. „Dieser verdammte Exfreund hat dir ganz schön zugesetzt, nicht wahr?"

„Nein. Vielleicht ein bisschen. Ich war so lange beim Militär, ohne schöne Kleider …" Sie zuckte mit den Schultern. „Ich fühle mich in Uniform und Stiefeln einfach wohler."

Ryder lächelte. „Ich wette, darin siehst du auch fantastisch aus."

„Du hast wirklich auf alles eine Antwort." Sie schüttelte den Kopf. „Mein Vater ließ sich von meiner Mutter scheiden, als ich noch klein war. Kurz nach Ingers Tod."

Ryder fluchte leise.

Sie musste schmunzeln. „Das hat er verdient. Er ist ein Arschloch. Er hat nie zurückgeblickt, sich kaum einmal mit mir getroffen oder angerufen. Wenn er es doch tat, dann nur, um seinen Unmut darüber zu äußern, dass ich nicht … stilvoller und femininer war, wie es sich für eine gute Tochter gehört hätte. Es gefiel ihm nicht, dass ich zum Militär ging."

Ryders nächste Schimpftirade war sogar noch kreativer und sie spürte, wie sie lachen wollte. Er machte einfach alles leichter, erträglicher.

„Du hättest sein Gesicht sehen sollen, als ich dem

FSK beigetreten bin." Sie schüttelte den Kopf. „Aber es macht mir nichts mehr aus."

„Du kannst mir nicht erzählen, dass dein Arschloch-Vater und dein Volltrottel-Ex nicht deine Sicht der Dinge beeinflusst haben." Er warf ihr einen Blick zu.

„Vielleicht." Die Männer in ihrem Leben hatten ihr vielleicht mehr Wunden zugefügt, als sie zugeben wollte. Sie seufzte. „Meine Mutter war so wütend. Lange Zeit gab ich mir die Schuld daran, dass er uns verlassen hatte. Dass ich nicht gut genug war."

„Vergiss das, Siv. Dein Vater trägt die Schuld für seine Entscheidungen."

„Mittlerweile weiß ich das auch, aber manche Schmerzen sitzen tief."

„Und dann streuen Arschloch-Freunde Salz in die alten Wunden." Ryder legte den Kopf schief. „Was ist eigentlich aus diesem Idioten geworden?"

„Es machte ihm nichts aus, eine Freundin beim Militär zu haben, solange ich die meiste Zeit weg war. Nachdem ich ausgeschieden war, sahen wir uns öfter." Sie zuckte mit den Schultern. „Ich stellte fest, dass ich ihn nicht so sehr mochte, wie ich geglaubt hatte. Er war besessen von seiner Arbeit, vom Geldverdienen und davon, sich in den richtigen Kreisen zu bewegen."

„Und dich hat das nicht interessiert."

Sie zuckte mit einer Schulter. „Eines Abends musste ich uns gegen ein betrunkenes Arschloch verteidigen und Johan kam damit nicht klar."

„Weil er ein unsicherer Schwachkopf ist."

„Wir trennten uns. Später, als er sich mit einer anderen Frau verlobte – einer jüngeren, eleganten Frau mit guten Verbindungen –, nur sechs Wochen nachdem wir Schluss gemacht hatten, fand ich heraus, dass er mich mit ihr betrogen hatte."

Ryder nahm ihr Kinn zwischen zwei Finger. „Sein Pech. Babe, dir beim Kämpfen zuzusehen, macht mich total an."

Ein Lachen brach aus ihr heraus. „Mittlerweile glaube ich dir sogar, wenn du das sagst."

Er deutete mit einer Hand auf seinen Ständer. „Ich habe den Beweis dafür, dass alles, was du tust, eine Wirkung auf mich hat."

„Das sehe ich." Sie ließ ihre Hand nach unten gleiten und legte sie auf die dicke Beule in seiner Hose.

Ryder stieß einen erstickten Laut aus. „Bitte sag mir, dass du es dir anders überlegt hast, wann wir heiß und hart ficken können."

„Nein. Nicht, bevor es dir besser geht."

Er stöhnte.

Siv zog ihren Griff um seinen Schwanz fester. Oh, er fühlte sich wirklich sehr, sehr gut an. „Du bist verletzt. Kein Sex heute Nacht. Ich will für dich sorgen."

„Du meinst, du willst mich foltern", sagte er mürrisch.

Sie schob ihre Hand unter den Bund seiner Hose und schlang sie um seine heiße, pochende Länge. *Oh, Gott*. Er hatte heiße, seidig weiche Haut über einer steinernen Härte. Sie rieb ihn.

Seine Hüften zuckten hoch. „Siv –"

„Genieße es einfach, Ryder." Sie presste ihren Mund an sein Ohr. „Beweg dich nicht und tu nichts, was deine Verletzungen reizt. Fühle einfach."

Sie spürte einen ersten Tropfen an der Spitze seines Schwanzes und fuhr mit einem Finger darüber. Sie erforschte jeden Zentimeter seiner köstlichen Härte. Sie konnte es kaum erwarten, bis sie alles mit seinem Schwanz machen konnte, was sie wollte.

„Babe ... Siv", seine Stimme war rau, heiser.

Sie schob seine Jogginghose nach unten und pumpte seinen Schwanz. Oh ja, er war wirklich ein besonders prachtvolles Exemplar.

Seine Hand legte sich um ihre und drängte sie, schneller zu machen.

Sie sah ihm tief in seine grünen Augen. Sie pumpten ihn gemeinsam und wurden schneller. Es war eines der erotischsten Dinge, die sie je getan hatte.

Hitze stieg ihm in die Wangen. „Fuck, gleich explodiere ich."

„Ich will dir dabei zusehen."

Mit einem tiefen Stöhnen kam er. Sein Sperma ergoss sich über seinen Bauch und ihre Hände. Die ganze Zeit über beobachtete sie sein Gesicht. Seine schönen Züge waren vor Lust verzerrt und seine Brust hob und senkte sich schwer.

Schließlich ließ er sich auf die Couch zurücksinken. „Das war ..."

„Sexy." Sie stand auf und ging ins Bad.

Sie wusch sich die Hände, fand einen Waschlappen und befeuchtete ihn mit Wasser.

Als sie zur Couch zurückkehrte, lächelte sie. Er hatte sich nicht bewegt oder seinen jetzt erschlaffenden Schwanz eingepackt. Offensichtlich fühlte er sich in seinem Körper pudelwohl.

Sie machte ihn sauber und spürte, wie er sie beobachtete. Er zog seine Hose wieder hoch.

„Siv." Seine ruhige, fast ehrfürchtige Stimme machte etwas mit ihr.

Sie ließ sich von ihm näher heranziehen und seine Lippen berührten die ihren. Es war ein inniger Kuss, den sie bis in die Zehenspitzen spürte.

Sie kämpfte einen aussichtslosen Kampf, sich von diesem Mann fernzuhalten.

Ein klingelndes Handy unterbrach den Moment.

„Das ist meins", murmelte er und griff danach. „Morgan." Er hörte eine Sekunde lang zu, bevor sein Gesicht zu einer steinernen Maske erstarrte. „*Was?*"

Das Wort schallte wie ein Donnergrollen durch den Raum. Was auch immer los war, die Nachricht war nicht gut.

„Wie viele?" Eine Pause. „*Scheiße.* Verdammt, Santiago. Kannst du mir die Ergebnisse besorgen? Ja, danke." Er beendete den Anruf und sprang von der Couch auf.

Siv spürte, wie er vor Wut schäumte. Sie erhob sich langsam. „Ryder?"

„Fuck!" Er trat gegen den Kaffeetisch und begegnete ihrem Blick. „Drei weitere Obdachlose kamen heute Abend in die Klinik. Zwei starben an Multiorganversagen. Einer wird künstlich am Leben erhalten."

„Oh, Gott." Sie presste eine geschlossene Faust gegen ihre Brust. Diese armen Menschen.

Ryder griff sich in den Nacken. „Einer war Scratch. Er ist tot."

Siv bewegte sich und legte ihre Hand auf Ryders Arm. „Es tut mir so leid, Ryder."

„Diese verdammten Fosters. Diese Toten hatten ein Leben. Ein Leben, das schon beschissen genug war, ohne dass diese Leute sich einmischten. Sie hatten *kein* Recht, es ihnen zu stehlen."

Sie umarmte ihn. „Nein, sie hatten es nicht verdient zu sterben. Und wir werden die Fosters aufhalten."

Sie spürte, wie Ryders Körper zitterte, und wusste, dass er an seine Grenzen stieß – körperlich und emotional. Sie nahm seine Hand und führte ihn ins Schlafzimmer.

Das Hauptschlafzimmer hatte die gleichen weißen Wände wie der Rest der Wohnung, aber ein runder Spiegel an der Wand und graue und hellbraune Überwürfe auf dem Bett lockerten die Atmosphäre auf.

Er sagte nichts und sie zog ihn auf das Bett. Als er sich auf den Kissen eingerichtet hatte, kletterte sie neben ihn und schmiegte ihren Körper an seinen, vorsichtig, um seine Verletzungen nicht zu berühren. Er legte seinen Arm eng um sie und vergrub sein Gesicht in ihrem Haar.

„Halte dich einfach fest, Ryder", murmelte sie.

KAPITEL ZWÖLF

Als Ryder am nächsten Morgen aufwachte, brauchte er eine Sekunde, um herauszufinden, wo er war.

Das hier war nicht sein Bett.

Und es kam nicht oft vor, dass sich ein graziler, weiblicher Körper an seinen Rücken presste und Beine sich um seine schlangen.

Die Erinnerung an die falsche Wohnung und die Ermittlungen gegen Chiron schlugen wie ein Blitz in sein Gedächtnis ein. Er drehte den Kopf und die Bewegung verursachte ein leichtes Stechen, bei dem ihm auch der gestrige Kampf wieder einfiel.

Er sah an seinem Körper hinunter. Die blauen Flecken waren nicht schön, aber er fühlte sich eigentlich gar nicht so schlecht. Vorsichtig drehte er sich auf den Rücken.

Und beobachtete Siv, die sich an ihn kuschelte.

Verdammt. Er spielte mit einer Strähne ihres Haars. Sie trug es offen und sie hatte eine üppige Mähne.

Hauptsächlich braun, aber mit blonden Strähnen durchzogen.

Ihr Gesicht war an seine Brust gedrückt und etwas von ihrer Härte war im Schlaf aus ihren Zügen gewichen. Er ließ seinen Blick über ihre hohen Wangenknochen wandern. Ihr langer Körper, der sich an ihn schmiegte, trug nicht dazu bei, seine Morgenlatte zu lindern.

Sie rührte sich, dann wurde sie still. Wie er es einen Moment zuvor getan hatte, um eine Bestandsaufnahme zu machen.

Sie hob ihren Blick. „Guten Morgen."

Ihre Stimme war heiser vom Schlaf.

„Morgen, Ehefrau. Es hat durchaus seine Vorteile, eine Scheinehe zu führen."

Sie setzte sich auf und betrachtete seine blauen Flecken. „Wie geht es dir?"

„Ziemlich gut, in Anbetracht der Umstände." Abgesehen von dem Verlangen nach ihr, das in seinem Inneren tobte.

Ihr Blick blieb auf seinem harten Schwanz haften, der in seinen schwarzen Boxershorts eingezwängt war. Sie holte tief Luft. „Ich gehe zuerst auf die Toilette."

Er sah zu, wie sie vom Bett glitt und durch den Raum schlenderte. Ihr Schlafanzug bestand aus einem großen, ausgewaschenen T-Shirt.

Verdammt, diese Beine waren der Wahnsinn. Ryder lehnte sich zurück in die Kissen. Sie hatten heute nichts anderes zu tun, als darauf zu warten, von Ace zu hören, und sich draußen als Ryan und Stella zu zeigen.

Ryder stieß einen Atemzug aus. Warten war ätzend. Es fühlte sich immer besser an, tätig zu werden. Das hatte er auch bei Einsätzen so empfunden, bei denen er lieber im Hubschrauber gesessen hatte, um Verwundeten zu helfen, als in der Basis Däumchen zu drehen.

Siv tauchte wieder auf, ihr Haar immer noch offen, aber gebürstet. Sie setzte sich zurück auf das Bett, und ein Hauch von Minzgeruch verriet ihm, dass sie sich die Zähne geputzt hatte.

Sie und ihr verdammtes Fickverbot. Er wollte sie mehr, als er jemals etwas – oder jemanden – in seinem Leben gewollt hatte.

„Also. Was hast du darunter an?" Er nickte zu ihrem T-Shirt.

Sie zupfte daran. „Hier drunter? Das ist mein Geheimnis."

Er schüttelte das Kissen auf. Das hier war ... schön. Neben ihr aufzuwachen und diese Sanftheit in ihrem Gesicht zu sehen, die der Schlaf mit sich brachte. „Wir sind verheiratet, weißt du? Eine Ehefrau sollte keine Geheimnisse vor ihrem liebenden Ehemann haben."

Das brachte ihm ein Augenrollen ein. „Du scheinst dich gut zu erholen."

„Ich habe zwei Brüder. Ich weiß, wie man ein paar Schläge wegsteckt."

Sie spielte mit der Bettdecke. „Dann sitzen wir hier rum und warten, bis wir von Ace hören?"

„Ja."

Sie streckte ihre langen Beine auf dem Bett aus. Das T-Shirt rutschte gefährlich weit hoch und entblößte weitere Zentimeter ihrer seidigen Haut.

Sein Schwanz schwoll an.

Unfähig, sich zurückzuhalten, streckte er eine Hand aus und berührte ihren glatten Schenkel.

Ihr Blick wanderte zu ihm hinauf. „Was tust du da?"

„Wir können nicht rausgehen und Siv und Ryder sein, und wir können nicht weiter an dem Fall arbeiten, bis wir von Ace hören. Also verführe ich dich."

Ihre Lippen öffneten sich. „Ich bin nicht die Art von Frau, die sich verführen lässt."

„Wirklich?" Er schenkte ihr ein langsames Lächeln. „Ich wette, ich kann dir das Gegenteil beweisen." Er ließ seine Hand höher gleiten.

„Ryder, du bist verletzt ..."

„Es geht mir gut. Vielleicht bin ich ein bisschen angeschlagen, aber ich wurde schon schlimmer verletzt." Er fand eine Narbe an ihrem Bein und streichelte sie. „Also ... wie wäre es, wenn ich versuche, dich zu verführen? Wenn ich es schaffe, darf ich mit dir machen, was ich will."

Ihre Wangen färbten sich zartrosa. „Und wenn du es nicht schaffst?"

„Mache ich dir Frühstück." Er griff nach ihrem Oberschenkel und spürte, wie sich ihre Muskeln anspannten.

„Ich glaube nicht, dass ich noch länger Nein zu dir sagen kann", murmelte sie.

Ein Hochgefühl überkam ihn. „Dann tu es nicht."

„Also gut, aber du solltest wissen, dass ich darauf trainiert wurde, Folter zu ertragen", sagte sie.

„Oh, Babe, ich werde dich nicht quälen ... nicht allzu lange." Ryder handelte schnell. Er packte ihre Oberschenkel und zog sie zu sich heran.

Sie fiel auf den Rücken und atmete durch den Mund aus.

„Nun gut …" Er ließ seine Finger in ihre Kniekehlen gleiten und strich über ihre Haut. „Die Haut hier ist so weich." Er nahm sich Zeit, sie zu streicheln.

Sie beobachtete ihn mit einer faszinierenden Mischung aus Verlangen und Verwirrung auf ihrem Gesicht. Es machte Spaß, mit Siv zu schäkern, und noch mehr Spaß machte es, sie im Ungewissen zu lassen und auf Trab zu halten.

Er schob seine Hände höher.

„Jetzt finde ich endlich heraus, was du unter diesem T-Shirt trägst. Ich liebe es, wie es über deinen Brüsten enger ist."

„Ryder."

„*Schh.*" Er packte den Saum und schob ihn hoch, so dass Zentimeter für Zentimeter glatten Oberschenkels freigelegt wurden.

Er schob es noch ein Stückchen höher und ihm blieb die Spucke weg.

Verdammte Scheiße. Sein Schwanz war so hart, dass es wehtat. Sie trug kein Höschen. Und sie war gewachst. Kein einziges Härchen war zu sehen.

„*Siv*", schaffte er es, hervorzupressen.

„Niemand hat mich je so angesehen wie du", murmelte sie.

„Gewöhn dich daran." Er ließ seine Hand zwischen ihre Beine gleiten und streichelte die zarte Haut dazwischen.

Siv keuchte und ihre Hüften hoben sich.

„Schon so feucht für mich, Babe." Ryder spürte, wie

sein eigenes Verlangen an ihm leckte wie ein verdammtes Lauffeuer. „Mal sehen –" Er packte sie und drückte ihre Beine auseinander. Dann schob er seine Hände unter ihren durchtrainierten Hintern und hob sie zu seinem Mund.

„Oh ... Gott", keuchte sie.

Heiße, sexy Siv. Mit langgezogenen, trägen Bewegungen saugte er den Geschmack von ihr auf. Er wollte ihn sich einprägen und seine Spuren auf ihr hinterlassen. Er kratzte mit seinen Bartstoppeln an der Innenseite ihres Schenkels entlang und hörte, wie sie nach Luft schnappte.

Gott, er liebte es, eine Frau zu lecken und es ihr so gut zu machen, dass sie den Verstand verlor. Was er jetzt wollte, war, Siv in den Himmel der Leidenschaft zu entführen und seinen Namen auf ihren Lippen zu hören.

Sie wand sich, aber er hielt sie fest. In ihren Augen blitzte etwas auf. Sie war es nicht gewohnt, dass ein Liebhaber stärker war als sie.

Ryder machte weiter und schabte mit seinen Zähnen über ihre Klitoris.

„*Oh* ..." Ihre nächsten Worte kamen in ersticktem Norwegisch heraus.

Er presste seinen Mund auf sie und bearbeitete sie ohne jede Gnade. Sie bäumte sich auf, aber er ließ nicht von ihr ab. Er spürte, wie ihr starker Körper seinetwegen zitterte. Er ließ eine Hand nach unten gleiten und stieß dann einen Finger in ihre feuchte Hitze.

„Ryder!" Sie zuckte zusammen und ihr Atem ging stoßweise.

Verdammt, war sie eng. Er schob einen zweiten

Finger hinein und dehnte sie.

„Ich will deinen Duft überall auf mir", knurrte er. „Ich will meinen überall auf dir."

Sie keuchte.

Er stieß seine Finger in sie und brachte sie zum Stöhnen. „Meins." Er war noch nie so besitzergreifend gegenüber einer Frau gewesen. „Ich will jeden Tag in deiner süßen Pussy kommen. Damit jeder weiß, dass du mir gehörst."

Er wusste, dass seine Worte ganz schön heftig waren. So etwas hatte er noch nie zu einer Frau gesagt, aber er konnte nicht anders.

Ihre Lippen öffneten sich. Er schloss seinen Mund über ihrer Klitoris und sah und spürte, wie ihr Orgasmus über sie hereinbrach. Sie schrie, ihr Körper bäumte sich unter ihm auf und presste sich mit einer unbändigen Kraft gegen seinen Mund. Er hörte nicht auf, sie zu lecken, bis sie keuchend und benommen unter ihm lag.

„Du bist das Schönste, was ich je gesehen habe." Er bündelte ihr Haar in seiner Hand und zog ein wenig daran, während er sich zu ihr beugte und seinen Mund auf ihren drückte.

Dieser Kuss war langsamer, aber nicht weniger heiß. Ryder küsste sie leidenschaftlich und war verloren, als sie seinen Kuss erwiderte.

Er wusste, dass sie sich selbst auf seinen Lippen schmeckte.

„Also, meine norwegische Göttin." Er biss ihr zärtlich in den Kiefer. „Fühlst du dich verführt?"

Blaue Augen trafen seine. „Ich würde lügen, wenn ich Nein sagen würde." Ihre Stimme war heiser.

Er lächelte. „Das heißt, ich kann mit deinem köstlichen Körper machen, was ich will."

Sie leckte sich über die Lippen. „Ich schätze, das tut es."

SIVS KÖRPER BEBTE IMMER NOCH, als kleine Wellen ihrer Lust sie durchzuckten.

Grundgütiger. Ryder hatte genau gewusst, was er mit seinem Mund machen und wo er sie berühren musste.

Sie blickte in sein hübsches, sündiges Gesicht. Es war sein sexy Lächeln, das ihr als erstes auffiel, aber es war der Anblick des puren Verlangens in seinen Augen, der ihr wirklich den Atem raubte.

Dieser Mann sah sie. Wollte *sie*. Ihr Herz pochte. Ein Teil von ihr wollte weglaufen.

Aber Siv war in ihrem Leben noch nie vor einer Herausforderung davongelaufen, und Ryder Morgan hatte sich in den letzten Tagen ihr Vertrauen verdient.

„Also", sagte sie, „was wirst du mit mir anstellen?"

Ein Feuer der Leidenschaft flammte in seinen sexy, grünen Augen auf. Er rückte näher und zuckte zusammen.

Ihr Blick fiel auf seinen zerschundenen Oberkörper.

„Ich denke, du wirst oben sein müssen, meine sexy Göttin."

Sie lächelte. Sie mochte es, oben zu sein.

Ryder ließ seinen muskulösen Körper zurück in die Kissen sinken. Siv zog sich schnell ihr T-Shirt über den Kopf und genoss den Blick auf seinem Gesicht, als er sie unverhohlen ansah. Dann berührten sich ihre Hände, als sie gemeinsam seine Boxershorts nach unten schoben. Er kickte sie weg.

Ihr Blick wanderte zu seinem wunderschönen Schwanz. Er war lang und dick und perfekt geformt. Sie leckte sich über die Lippen.

„Fallen dir jetzt auch ein paar Dinge ein, die du mit mir anstellen willst?", murmelte er.

Sie kletterte auf dem Bett nach oben und strich mit ihren Händen über seine muskulösen Beine. Es sah so aus, als ob er viel lief und viel Zeit im Fitnessstudio verbrachte. Gut, dann konnten sie zusammen trainieren. Sie schob sich zwischen seine Beine und griff nach seinem Schwanz.

Ryder stöhnte. „Du willst meinen Schwanz, Babe?"

„Ja." Alles in ihr krampfte sich zusammen.

„Dann nimm ihn in den Mund, Siv. Treib mich in den Wahnsinn."

Sie schlang ihre Lippen um die geschwollene Spitze seines Schwanzes. Sie hörte ihn stöhnen, während sie ihn leckte und lutschte. Sie ließ sich Zeit, wollte jede Linie, jede Vene und jede Erhebung kennenlernen. Er hatte wirklich einen atemberaubenden Schwanz.

Ryder ließ eine Hand in ihr Haar gleiten. „Sieh mich an, Siv."

Sie behielt ihn im Mund, als sie an seinem starken Körper hinaufblickte, vorbei an diesen harten Bauchmuskeln, dieser wunderschön definierten Brust und dem kräftigen Hals, zu seinem faszinierenden Gesicht.

Ein Feuer der Erregung glühte in seinen grünen Augen.

„Wenn du weitermachst, komme ich", sagte er.

Sie saugte kräftig und seine Finger vergruben sich in ihrem Haar.

Er stöhnte. „Ich will in dir kommen, Siv. Komm, setz dich auf mich und lass dich auf meinen Schwanz sinken."

Sivs Unterleib kribbelte, prickelte, krampfte sich zusammen. Noch nie hatte sie einen Mann so sehr gewollt. Sie kroch höher und achtete auf seine blauen Flecken.

Er griff zum Nachtkästchen und holte ein Kondom heraus.

Sie riss die Folie auf und rollte es ihm über. Seine Hüften zuckten.

„Beeil dich, Siv", knurrte er. „Oder ich komme in deinen Händen und nicht in deiner süßen Pussy."

Sie biss sich auf die Lippe und verlagerte ihren Körper. Sein Schwanz glitt zwischen ihre Falten und eine seiner Hände packte ihre Hüfte.

Sie ließ sich auf ihn sinken und seinen dicken, harten Schwanz in sich gleiten.

Sie stöhnten beide auf.

„Ich wusste, dass du dich so unfassbar gut anfühlen würdest." Seine Stimme war tief und rau.

Siv beugte sich vor und nahm jeden Zentimeter von ihm auf. Sie presste ihre Lippen auf seine, richtete sich dann wieder auf und begann, ihn zu reiten.

„So. Verdammt. Schön." Ryders Hand wanderte zu ihrem Bauch, bevor er ihre Brust umfasste.

Sie bewegte sich schneller. Oh, wie tief er in ihr war. Seine Hüften zuckten, füllten sie noch tiefer aus, aber der Klang seiner Lust veränderte sich. Als er jetzt stöhnte, war es nicht vor Vergnügen, sondern vor Schmerzen. Sie hielt inne.

„*Nein*", knurrte er.

„Das hat dir wehgetan."

„Ist mir egal." Seine Finger bohrten sich in ihre Hüfte. „Reite mich weiter, Siv."

Sie erhob sich von ihm und hörte, wie er einen Fluch murmelte.

„Ich will nicht, dass du Schmerzen hast." Sie überlegte, wie es klappen könnte. Dann drehte sie sich um und ging in der Mitte des Bettes auf Hände und Knie.

Sie ließ ihre Wange auf die Decke sinken und sah ihn wieder an. „Lass es uns so versuchen."

Sie sah, wie sich seine Nasenlöcher blähten. Sein Blick glitt über ihren Hintern, den sie ihm entgegenstreckte, und sie kämpfte gegen ein lustvolles Schaudern an.

Ryder erhob sich auf die Knie und positionierte sich hinter ihr.

„*Fuck.* So perfekt." Seine Hand strich über ihren Hintern. „Stark und doch kurvig. Und deine Haut ist so weich." Seine Finger tauchten zwischen ihre Beine und streichelten sie. „Überall."

Sie öffnete sich für ihn. Bot sich ihm in ihrer Vollkommenheit an. Vertraute ihm.

„Ich liebe es, wie bereit du bist. Für mich."

Oh, Gott. Sie biss sich auf die Lippe.

„So feucht für mich." Er schob einen Finger in sie. „Was brauchst du, meine Göttin?"

„Ich brauche dich." Ihre Stimme war kaum zu verstehen. „Ich brauche deinen Schwanz, Ryder."

„Was immer du wünschst, Babe."

Er packte ihre Hüften und stieß sich in sie.

Siv legte den Kopf in den Nacken.

Perfekt. *Brillant.* Jeder Zentimeter von ihm füllte sie aus. Sie stöhnte auf, ihre Hände vergruben sich in den Laken, suchten nach Halt.

„Scheiße, Siv. Du fühlst dich so verdammt gut an."

Er fickte sie und Fleisch klatschte gegen Fleisch. Ihr Körper bebte unter seinen stetigen Stößen. Hart, sexy, schnell. Alles in ihr ließ los, als eine wilde, heiße Lust sie erfüllte.

Sie empfing ihn mit ihren Hüften, nahm jeden seiner Stöße in sich auf.

„*Ryder.*" Sein Name war alles, was sie zustande brachte. Er kam heraus wie ein Flehen, eine Forderung.

Eine, auf die er antwortete.

„Meine süße, sexy Siv. Die meinen Schwanz nimmt. Mich so verdammt viel fühlen lässt." Er verlangsamte seine Stöße nicht, sondern schob eine Hand unter sie und fand ihren Kitzler.

Sie schrie auf.

„Du brauchst mich, genau wie ich dich brauche." Sein Körper umhüllte sie. Während er ihre Klitoris rieb, griff seine andere Hand nach ihrer Schulter, um ihm mehr Kraft zu verleihen.

Er beanspruchte sie. Bei seinem nächsten harten Stoß wurde Siv von einem schwindelerregenden Orgasmus gebeutelt. Sie schrie wieder. Das war nun das zweite Mal. Vor Ryder hatte sie noch nie nach einem Mann geschrien.

Ihre Lust schoss durch ihren Körper und versetzte sie

in einen benebelnden, euphorischen Rauschzustand.

„Fick mich", schrie sie. „Hör nicht auf, Ryder." Sie war völlig verloren in ihren Empfindungen, in der Verbindung zu diesem Mann.

Mit einem Knurren drehte er ihren Kopf zur Seite und presste seine Lippen auf ihre.

Als er sie küsste, überkam sie ein weiterer Höhepunkt, der ihren ganzen Körper erschütterte.

Dann erfüllte sein tiefer, animalischer Schrei ihren Mund. Bei seinem nächsten wilden Stoß verweilte er tief in ihr, während sein Körper unter seiner eigenen Erlösung heftig bebte.

Sivs Arme gaben nach. Sie trug Ryders Gewicht, bevor er sich zur Seite rollte, immer noch dicht an sie gedrückt.

„Verdammt." Er klang erschöpft.

Siv lächelte. „Das war ..."

„Großartig. Fantastisch. Überwältigend."

„Ich wollte eigentlich sagen energiegeladen, aber deine Worte beschreiben es auch ganz gut."

Ihre Gesichter waren dicht beieinander. Er drückte ihr einen Kuss auf die Nase.

Irgendwie war diese kleine Geste intimer als alles, was sie davor gemacht hatten.

„Du bist eine Göttin, Siv." Er streichelte ihre verschwitzte Schulter. „Meine Göttin. *Gudinna mi.*" Er lächelte. „Bist du bereit für die nächste Runde?"

Ihre Augen weiteten sich. „Wir werden uns noch gegenseitig umbringen."

Sein Grinsen wurde breiter. „Ich könnte mir keinen besseren Weg vorstellen, zu gehen."

KAPITEL DREIZEHN

Ryder ging die Straße entlang und hielt Ausschau nach einem Verfolger.

Er legte einen Arm um ihre Schultern und zog sie an sich. Als sie sich an ihn lehnte, spürte er ein angenehmes Ziehen im Bauch.

Sie waren auf dem Weg zum Coffeeshop und gaben sich als Ryan und Stella aus, für jeden, der sie beobachtete.

Gott, das hier gefiel ihm wirklich. Sie war groß und passte perfekt zu seinem Körper.

Auch im Bett.

Sie hatten nicht viel geschlafen. Sie waren kreativ geworden, um seine Verletzungen zu schonen. Verdammt, er wurde allein bei der Erinnerung daran, in ihre enge Hitze zu gleiten, hart.

Ein Kneifen in seiner Seite holte ihn zurück in die Realität. Siv sah zu ihm auf.

„Hörst du mir zu?"

„Ja."

„Tust du nicht. Du denkst an Sex."

Er hob die Brauen. „Woher weißt du das?"

Ihre Lippen zuckten. „Du hast diesen Ausdruck im Gesicht und bist halb hart." Sie bewegte ihre Hüfte und rieb sich leicht an ihm. Er unterdrückte ein Stöhnen und zog sie an seine Seite. „Du hast recht." Er knabberte an ihrem Ohr und senkte seine Stimme. „Ich habe daran gedacht, wie gut es sich anfühlt, in dich zu gleiten, und an das Geräusch, das du machst, wenn ...""

„*Ryder*." Röte stieg ihr in die Wangen.

Es gefiel ihm, dass er diese harte Ex-Soldatin einer Spezialeinheit zum Erröten bringen konnte.

Er küsste sie. Er könnte sie den ganzen Tag lang küssen und knapperte an ihrer Lippe. „Wir sollten uns noch ein wenig länger küssen, du weißt schon, nur für den Fall, dass uns jemand beobachtet."

„Nur für den Job?" Sie ließ ihre Hände in sein Haar gleiten.

Ganz eindeutig mochte sie sein Haar. Sie hatte die meiste Zeit der Nacht damit verbracht, ihre Hände darin zu vergraben. Diesmal küsste sie ihn und sie tat es gründlich.

„Glaubst du, Ryan und Stella küssen sich immer noch so?", murmelte sie. „Nach all den Jahren zusammen?"

„Meine sexy Göttin, ich werde dich für immer so küssen."

Er sah es, als Schock in ihren Augen aufblitzte.

Verdammt, Ryder hatte nie wirklich über das Konzept nachgedacht, bis in alle Ewigkeit mit derselben Frau zusammen zu sein. Vielleicht hatte er ein paar Mal mit dem Gedanken gespielt, als er gesehen hatte, wie sich seine Freunde bei Norcross und später auch Hunt verliebt und ihre Frauen erobert hatten. Aber er war sich immer sicher gewesen, dass das nichts für ihn war.

Bis er Siv erblickt und sie seine Welt aus den Angeln gehoben hatte.

Er legte seine Hände an ihre Wangen. Eine Erkenntnis durchflutete ihn.

Er wollte *sie*. Er wollte sie für sich ganz allein und sie zu seiner Frau machen. Und zwar nicht nur für ein paar Wochen oder Monate. Er musste sie nur erst von der Idee überzeugen.

„Komm schon. Ryan braucht Kaffee."

Sie gingen weiter, händchenhaltend. In dem Coffeeshop war viel los. Alle Tische waren besetzt und vor der Theke hatte sich eine kurze Schlange gebildet.

„Was nimmst du?", fragte er.

„Einen Latte mit einem extra Schuss."

„Ich kümmere mich darum."

Er reihte sich in die Schlange ein, während Siv sich in die Nähe des Fensters stellte. Sie griff nach einer umherliegenden Zeitung und betrachtete sie, aber er wusste, dass sie eigentlich die Straße draußen beobachtete.

Ryder gab ihre Bestellung auf und sah auf sein Handy. Er hatte einen Haufen Textnachrichten von Ace. Der Mann wühlte sich durch die Daten, die er aus dem Laborsystem der Fosters geklaut hatte, aber es dauerte.

Vielleicht konnten Ryder und Siv Ace helfen, die Sache zu beschleunigen. Sie brauchten eine Spur, und Ryder wollte sie jetzt, nicht in ein paar Tagen. Sie mussten herausfinden, wo zum Teufel die Geschwister ihre Droge herstellten.

„Wir werden sie kriegen, Robbie", flüsterte Ryder. „Das verspreche ich dir."

Ryder nahm die fertigen Kaffees und kippte etwas zusätzlichen Zucker in seinen.

„Hallo."

Er hob den Kopf. Eine kleine Blondine mit einem schlanken Körper und einem breiten Lächeln stand in Yoga-Klamotten neben ihm.

„Hallo", sagte er.

Sie hielt ihm eine Serviette hin. „Ich habe dich beobachtet, seit du reingekommen bist. Ich wollte dir meine Nummer geben, falls du Lust hast, mal auszugehen."

„Nun, das ist sehr freundlich, aber ich bin schon vergeben."

Die Frau trat so nahe an ihn heran, dass er ihr Parfüm riechen konnte. Sie steckte ihm die Serviette in die Hosentasche. „Nur für den Fall, dass du dich entscheidest, doch nicht mehr vergeben zu sein."

Über die Schulter der Blondine sah er, wie Siv die Frau entdeckte. Sie starrte sie aus zusammengekniffenen Augen an.

„Nun, ich sollte dich warnen, meine Frau ist ziemlich besitzergreifend. Und fies."

Das Lächeln der Blondine wurde breiter. „Nun, ich bin süß." Sie legte ihre Zungenspitze vorn auf ihre Lippen. „Und ich bin nicht besitzergreifend. Eigentlich habe ich eine Freundin und sie ist eine wunderschöne Brünette. Wir haben gern zusammen Spaß."

Ryder hob eine Augenbraue. „So toll das auch klingt

...“ Er sah, wie Siv sich auf sie zubewegte. „... muss ich ablehnen. Meine Frau ist mehr als genug für mich.“

Seine norwegische Göttin stand vor ihnen.

„Dich kann man wirklich nirgendwo hin mitnehmen.“ Siv stemmte die Hände in die Hüften.

„Ich habe nur hier gestanden und unsere Getränke geholt.“ Er hielt ihr einen Kaffeebecher hin.

Sie nahm ihn und sah Ryder entnervt an. Dann zog sie ihm die Serviette aus der Tasche und wandte sich an die Blondine.

„Er gehört mir.“ Sie starrte die Frau an, bis sie anfing, nervös zu werden.

„Ich wollte –“

Siv stopfte die Serviette in den Kaffeebecher der Frau. „Zieh Leine.“

Die Blondine zögerte.

„Jetzt“, sagte Siv.

Die Frau drehte sich um und eilte davon.

Grinsend nippte Ryder an seinem Kaffee.

„Du bist eine Naturgewalt.“ Sie schüttelte den Kopf. „Du bist zu gut aussehend und zu charmant.“

„Es ist das Kreuz, das ich zu tragen habe, und jetzt gehört es dir.“ Er legte einen Arm um ihre Schultern, als sie nach draußen gingen. „Hast du jemanden entdeckt?“ Er sprach mit leiser Stimme.

Sie schüttelte den Kopf.

„Lass uns zurückgehen, ich will –“ Sein Handy klingelte. „Das ist Ace.“ Ryder drückte das Handy an sein Ohr. „Hey, Mann.“

„Ryder.“ Der Computerguru klang ernst.

„Hast du etwas?“

„Das tue ich. Erstens sieht es so aus, als hätte das Sicherheitsteam der Fosters aufgehört, euch zu durchleuchten. Ich schlage vor, dass ihr eure Rolle als verheiratetes Paar noch ein bisschen länger aufrechterhaltet, aber ich denke, ihr seid aus dem Schneider."

„Okay, wir bleiben erst einmal in der Wohnung. Wir brauchen eine Spur, Ace. Ich dachte, wir könnten dir beim Durchforsten der Daten helfen."

„Ich habe vielleicht tatsächlich eine Spur für dich."

Siv beobachtete Ryders Gesicht und er hielt ihrem Blick stand.

„Sprich weiter", sagte er.

„Ich habe mich in das Netzwerk der gerichtsmedizinischen Abteilung eingehackt, da du sagtest, sie hätten Robbies Autopsie nicht ordnungsgemäß durchgeführt."

Auf dem Bürgersteig war niemand zu sehen, also rückte Ryder dicht an Siv heran. „Ich stelle dich auf Lautsprecher, Ace. Siv ist hier."

„Hi, Siv", sagte Ace. „Der leitende Gerichtsmediziner ist neu. Er bringt das Büro nach einigen Skandalen auf Vordermann."

„Was für Skandale?", fragte Siv.

„Rückstand bei den Autopsien, zu langsame Ausstellung von Totenscheinen durch das Amt, verschwundene Betäubungsmittel."

Ryder runzelte die Stirn. „Ich habe gehört, dass das Büro letztes Jahr seine Zulassung verloren hat."

„Ja. Der neue Mann, Dr. Michael Atherton, räumt dort gerade ordentlich auf. Er hat ein paar der Assistenzärzte entlassen, ein paar neue eingestellt und den anderen aufgetragen, sich nichts mehr zu Schulden kommen zu lassen. Er ist sauber."

„Aber ein paar von der alten Garde sind es vielleicht nicht und könnten für Bestechungsgelder offen sein", sagte Ryder.

„Ding, ding, ding", sagte Ace. „Einschließlich Dr. Stephen Hyland. Er steht ein paar Jahre vor der Pensionierung, ist ein chronischer Spieler, der gern angeln geht, und er hat drei Ex-Frauen. Er wurde von Atherton gemaßregelt, blieb aber in der Abteilung."

„Und?", fragte Siv.

„Und er hat Robbies Autopsie durchgeführt und auch die neuen Todesfälle übernommen, die an Organversagen gestorben sind. Dazu kommt, dass er sich gerade ein sehr teures, neues Boot gekauft hat."

Ryder holte tief Luft und spürte, wie ihm warm wurde.

„Eines, das er sich nicht leisten kann", fügte Ace hinzu.

„Die Fosters haben ihn bestochen", sagte Ryder.

„Ich verfolge die Spur des Geldes zurück, aber es ist eine ziemlich verschachtelte Konstellation von Firmen. Es wird einige Zeit dauern, es aufzuspüren."

Ryder begegnete Sivs Blick. „Ich denke, wir sollten Dr. Hyland einen Besuch abstatten."

„Ich stimme zu."

SIV FUHR den X6 in Richtung des Büros des leitenden Gerichtsmediziners in Bayview im Süden der Stadt.

„Hunt wohnt in dieser Gegend." Ryder saß ausgestreckt auf dem Beifahrersitz, aber sie glaubte keine Sekunde lang, dass er so entspannt war, wie er aussah.

„Was ist der Plan?", fragte sie.

„Wir gehen als Angehörige hinein, sichtlich gebeutelt vom Tod eines Familienmitglieds. Ace schickt mir eine Liste von Autopsien, die Hyland durchgeführt hat." Er nahm sein Handy in die Hand. „Wir erkundigen uns nach unserem geliebten Bruder Aaron."

„Ist das einer der Obdachlosen, die unlängst gestorben sind?"

Er nickte.

„Kanntest du ihn?"

„Nein." Ryder sah aus dem Fenster.

Sie starrte auf sein Gesicht. Aber er hatte Robbie und Scratch gekannt. Er würde für sie alle eintreten, ihnen eine Stimme geben.

Bald hielt sie vor dem modernen, gläsernen Gebäude, in dem die Gerichtsmedizin untergebracht war. Davor stand eine ausgefallene, abstrakte Metallskulptur.

Sie gingen hinein. Eine junge Frau saß am Empfang.

„Ich bringe uns rein", sagte Ryder. „Du bist dafür zuständig, Hyland zu umgarnen."

Ryder schlenderte auf den Tresen zu. Die Frau war jung, vielleicht Ende zwanzig, und trug ihr schwarzes Haar in einem niedlichen Pixie-Schnitt. Als sie ihn näherkommen sah, weiteten sich ihre Augen.

Siv sah, wie er sein Lächeln auspackte. Die Empfangsdame war erledigt.

Siv hielt sich zurück. Sie beobachtete, wie die Frau errötete, als Ryder sie umgarnte und verzauberte.

Komisch, wie Siv es jetzt durchschauen konnte. Natürlich, Ryder Morgan hatte Charme, daran bestand kein Zweifel, aber er benutzte ihn wie eine Waffe oder ein Schutzschild. Er hielt die Dinge simpel und locker und ließ nicht viele Leute daran vorbei.

Zum echten Ryder.

Aber für sie hatte er eine Ausnahme gemacht.

Ihr Puls schnellte in die Höhe. Sie sah, wie die Frau den Hörer abnahm und lächelte. Ryder blickte zurück zu Siv und zwinkerte ihr zu.

Okay, sie war nicht völlig immun gegen diesen Charme. Besonders jetzt, wo sie ganz genau wusste, wie gut er im Bett war. Wie talentiert er mit seinen Händen, seinem Mund und seinem Schwanz war.

Ein Kribbeln breitete sich zwischen ihren Schenkeln aus. Dritt, *nicht jetzt, Siv.*

Ryder kam zu ihr zurück. „Wir sind drin. Hyland ist unten im Labor."

Die Empfangsdame führte sie zu einer Tür. „Folgen Sie einfach den Schildern zu Autopsiesaal 1."

„Danke, Aimee." Ryder lächelte.

Siv sah, wie Aimee ihn anstarrte und errötete.

„Komm schon, Brüderchen." Siv schob ihn vor sich her.

„Aber sicher, Schwesterherz."

Siv schnaubte. Ihre Schritte hallten von den Bodenfliesen wider. „Ich glaube, du wirst heute Nacht in Aimees Träumen vorkommen, Morgan."

Er zerrte an ihrem Haar. „Solange ich auch in deinen vorkomme, ist mir alles andere egal."

Sie erreichten eine Doppeltür mit der Aufschrift

Autopsiesaal 1. Die Türen öffneten sich und ein Mitarbeiter schob eine Bahre mit einer in ein Laken gehüllten Leiche hindurch.

Ryder und Siv traten zur Seite, drückten sich an die Wand und ließen den Mann passieren.

Sie betraten das Labor. Darin standen drei Untersuchungstische, alle aus rostfreiem Stahl. Eine war leer. Auf zweien lagen verhüllte Körper.

Ein Mann in einem Laborkittel stand im hinteren Teil des Raumes und tippte auf einer Computertastatur.

Siv knöpfte die oberen beiden Knöpfe ihrer Bluse auf und ließ ihren Pferdeschwanz herunter. Ryder beobachtete sie und hob eine Augenbraue.

Sie zwinkerte und schüttelte ihr Haar aus. Dann trat sie einen Schritt in den Raum hinein. „Dr. Hyland?"

Der stellvertretende Gerichtsmediziner drehte sich um, mit einem Stirnrunzeln im Gesicht. Er war in seinen Sechzigern, hatte eine große Nase und schütteres, grau meliertes Haar. Außerdem hatte er die gerötete Haut von jemandem, der zu viel Alkohol trank.

„Ich bin Steve Hyland." Er ignorierte Ryder und sein Blick fiel auf Siv. Er lächelte.

Sie lächelte ein wenig schüchtern zurück. „Danke, dass Sie Zeit für uns haben. Ich bin Sarah. Ich wollte mich nach meinem armen Bruder erkundigen." Sie stieß einen traurigen Seufzer aus. „Er hat viele Jahre auf der Straße gelebt. Wir haben versucht, ihm zu helfen." Sie gestikulierte mit den Händen. „Wir haben alles versucht."

„Es tut mir leid." Mitgefühl zeichnete sich auf Hylands Gesicht ab, obwohl sein Blick kurz zu ihrem

Dekolleté wanderte. „Wie war der Name Ihres Bruders?"

„Aaron", sagte Ryder. „Aaron Mullen."

Hyland nickte und wandte sich wieder dem Computer zu. „Es tut mir leid, Sarah. Der Drogenkonsum hat seinen Tribut gefordert und den Tod Ihres Bruders herbeigeführt."

Siv legte den Kopf schief. „Aber er hat gar keine Drogen genommen."

„Ich bin sicher, Sie hatten keine Ahnung, was er auf der Straße so alles getrieben hat. Es ist gefährlich da draußen. Überall gibt es Drogen."

„Dann sollten wir vielleicht über Ihr neues Boot sprechen, Dr. Hyland." Ihre Stimme wurde zu einem seidigen Schnurren.

Der Mann versteifte sich. „Was? Wer sind Sie?"

Ryder stellte sich hinter Siv. „Menschen, die nach Antworten suchen. Antworten für die Menschen, die von den Fosters und ihrer Firma Chiron benutzt und getötet werden."

In Hylands Augen flackerte ein Anflug von Panik auf. „Fosters? Chiron? Noch nie davon gehört."

Siv lehnte sich gegen den leeren Untersuchungstisch. „Ich denke, das haben Sie. Und ich denke, wir werden die saftige Zahlung, die Sie erhalten haben, letztendlich zu Christian und Caroline Foster zurückverfolgen können."

Ryder trat näher, und Hyland stieß gegen einen der anderen Tische, so dass ein paar metallische Gegenstände klapperten.

„Reden Sie", sagte Ryder.

Hyland schüttelte stotternd den Kopf. „Ich habe nichts zu sagen. Ich habe keine Ahnung, wovon Sie reden."

„Wir reden von reichen, skrupellosen Unternehmern, die benachteiligte, schwache Menschen auf der Straße ausnutzen. Illegale Drogen an ihnen testen."

„Nein." Hyland schüttelte den Kopf. „Diese Menschen sind an ihrer Sucht nach illegalen Substanzen gestorben."

„Das sind sie nicht", brüllte Ryder.

„Ich schlage vor, Sie hören auf zu lügen, Hyland", sagte Siv. „Wir wollen eine Bestätigung, dass die Fosters Sie aufgefordert haben, diese Todesfälle zu vertuschen."

Hyland schluckte krampfhaft. „Ich weiß nicht –"

„Hören Sie auf, zu lügen!" Ryder schlug mit der Faust auf den Tisch.

Hyland ruckte hoch.

Siv berührte mit einer Hand Ryders Brust und spürte die Spannung, die darin pulsierte.

Hyland sah weg und stieß einen Atemzug aus. „Wenn ich rede, bin ich tot."

„Das hier ist *die* Gelegenheit, Verantwortung zu übernehmen und das Richtige zu tun", sagte Siv.

Das Gesicht des Mannes verzog sich zu einer hässlichen Fratze. „Was kümmert Sie das? Diese Toten waren nur obdachloses Gesindel. Der Abschaum von –"

Ryder stürmte vor, packte Hyland an der Kehle und schleuderte ihn gegen die Wand.

Der stellvertretende Gerichtsmediziner röchelte und versuchte, Ryders Hand von seiner Luftröhre zu zerren.

„Sie waren Menschen", donnerte Ryder. „Sie waren

lebende, atmende Menschen. Sie hatten Dämonen, wie wir alle, aber sie haben gelacht und geweint und hatten Freunde, und sie waren wichtig."

Hyland gab ein gurgelndes Geräusch von sich.

Siv packte Ryder am Arm. „Hey, lass ihn los."

Die Wut stand Ryder ins Gesicht geschrieben.

„Es ist okay, Ryder. Wir werden dafür sorgen, dass ihnen Gerechtigkeit widerfährt. Und wir werden nicht aufhören, bis wir das erreicht haben."

Schließlich ließ er Hyland los. Der Mann taumelte, ließ sich in einen Bürostuhl fallen und rieb sich den Hals.

Siv drehte sich um und sah Ryder an. „Alles klar bei dir?"

Er presste die Lippen zusammen. „Sie waren weitere Menschen, die ich nicht retten konnte." Sein Blick fiel auf die verhüllten Körper auf den Tischen neben ihnen.

Ihr Herz zog sich schmerzlich zusammen. Sie sah ihren Schmerz in seinen Augen widergespiegelt. Seine eigenen Dämonen.

„Du kannst sie nicht alle retten", sagte sie. „Das ist nicht deine Aufgabe."

Er schloss die Augen.

Sie schlang ihre Arme um ihn. „Ich bin da. Halte dich an mir fest."

Seine Arme legten sich fest um sie. Sie spendete ihm so viel Trost, wie sie nur konnte. Sie hörte, wie er zittrig einen Atemzug ausstieß. Dann quietschte ein Stuhl und sie drehte sich zu Hyland um.

Der Mann war wie erstarrt. „Verschwinden Sie, oder ich rufe den Sicherheitsdienst."

„Sie haben ein paar ziemlich schlechte Entscheidungen getroffen, Hyland", sagte sie.

Der Mann räusperte sich. „Ich habe sie nicht umgebracht."

„Vielleicht nicht, aber Sie haben den Leuten geholfen, die es getan haben."

Ryder gab einen wütenden Laut von sich und Siv ergriff seine Hand.

„Wenn Sie über unseren Besuch sprechen, werden wir wiederkommen", sagte sie.

Hyland blieb stumm.

„Sie wollen nicht, dass ich wiederkomme", warnte Siv.

Sie würde heute gehen und ihn in Ruhe lassen, aber schon bald würde sie die Informationen über den Mann bereitwillig an die Polizei weitergeben, damit diese sich mit ihm befassen konnte.

Sie zerrte Ryder hinaus.

KAPITEL VIERZEHN

Zurück in ihrer vorübergehenden Wohnung marschierte Ryder durch den Hauptwohnbereich. Er kochte vor Wut.

Dieses *Arschloch*.

Hyland hatte über Robbie und die anderen gesprochen, als wären sie wertlos. Bedeutungslos. Ryder trat gegen den Couchtisch und ließ ihn über den Boden schlittern, aber danach fühlte er sich auch nicht besser.

Er verschränkte seine Hände im Nacken.

Wie viele Menschen würden noch sterben, bevor er verstand, was hier vor sich ging? Wie viele Menschen würde er noch im Stich lassen?

„Ryder?"

Er drehte sich um. Siv stand da und beobachtete ihn. Sie war offensichtlich besorgt.

„Ich weiß nicht, wie ich dir helfen kann", sagte sie.

Er schüttelte den Kopf. Er fühlte sich, als hielte er eine Flut von beschissenen Gefühlen zurück.

„Fuck", brüllte er. Am meisten *hasste* er dieses Gefühl der Hilflosigkeit.

„Ryder, hör auf." Siv packte seine Handgelenke und er begegnete ihrem blauen Blick. „Es wird alles wieder gut", flüsterte sie. „Es wird Zeit brauchen, aber du schaffst es da wieder raus. Wir werden es gemeinsam schaffen, indem wir zuerst die Fosters an die Wand nageln. Und danach werden wir diese ganze hässliche Situation an die Öffentlichkeit bringen."

Er holte ein paar Mal tief Luft. Mehr als alles andere wollte er, dass diese selbstgefälligen Geschwister, die sich für etwas Besseres hielten als alle anderen, für ihre Taten bezahlen mussten.

Ryder zog Siv an seine Brust. Sie schlang ihre Arme um ihn.

„Gut so. Halt dich einfach an mir fest."

Er vergrub sein Gesicht in ihrem Haar und tat genau das. Er hielt sich fest, stützt sich auf sie. „Verdammt noch mal."

„Ist schon in Ordnung. Vielleicht nicht jetzt, aber irgendwann wird es das sein. Dafür werden wir sorgen."

Seine Siv brach nicht zusammen. Sie stürmte vorwärts und versuchte, eine Lösung zu finden. Er strich mit seinen Händen über ihren Rücken.

„Willst du allein sein?", fragte sie leise.

Seine Arme zogen sich enger um sie. „Nein."

„Ich kann –"

Er hob den Kopf. „Nein."

Er presste seinen Mund auf ihren. Der Kuss war schnell und intensiv. Sie ließ sich darauf ein und stöhnte tief in ihrer Kehle.

„Ich brauche dich", murmelte er.

Das tat er. Sein Kopf war voll mit Siv und die Gedanken an sie verdrängten alles andere.

„*Ryder*." Ihre Zunge tanzte mit seiner.

Er schob sie vor sich her und zerrte mit den Händen ihren Gürtel und ihre Jeans auf. Sie half ihm, indem sie Jeans und Höschen abstreifte. Ihr Top folgte und nun trug sie nur noch einen zarten, blauen Spitzen-BH. Er liebte die sexy Dessous, die sie unter ihren Sachen anhatte, fast so sehr wie den Körper, der darin steckte. Er streichelte eine Brustwarze durch die Spitze hindurch und beobachtete, wie sie hart wurde.

Sie gab einen sehnsüchtigen Laut von sich und Verlangen leuchtete in ihren Augen auf.

Er schob sie noch einen Schritt zurück, bis ihre Kniekehlen die Couch berührten. Sie setzte sich.

Ryder ließ sich vor ihr auf die Knie fallen und schob ihre durchtrainierten Beine auseinander.

„Du bist so verdammt schön, Siv." Sein eigenes Verlangen pochte in ihm. „Jedes Mal, wenn ich dich ansehe, dich berühre, habe ich das Gefühl, dass ich etwas richtig gemacht habe, um deiner würdig zu sein."

Ihr Ausdruck wurde weicher. „Ryder –"

„Jedes Mal." Er streichelte sie zwischen ihren Beinen und bei dem Blick in ihrem Gesicht – dem Verlangen und dem Bedürfnis nach ihm – zog sich sein Magen wohlig zusammen. „Ich muss in dir sein, Siv."

„*Ja*."

Er fummelte an seiner Hose und befreite seinen Schwanz. Es dauerte nur Sekunden, bis er ein Kondom aus seiner Brieftasche gezogen und übergerollt hatte.

Dann beugte sich Ryder vor und drückte die Spitze seines Schwanzes an ihren Eingang.

„Ryder", keuchte sie.

Er glitt in ihre feuchte Hitze und sah zu, wie ihr Körper ihn aufnahm. „*Verdammte* Scheiße." Er ertrank in dem Gefühl von ihr.

Sie stöhnte.

Er zog sich zurück und glitt wieder hinein. Er drückte seinen Daumen auf ihre Klitoris und rieb sie in Kreisen, während er das Tempo seiner Stöße steigerte.

„Ja." Sie stöhnte. „*Gott*. Schneller."

Er verlor sich in der süßen Gedankenleere, die sie ihm schenkte. Er bearbeitete weiter ihre Klitoris und lauschte ihren heiseren Schreien.

„Ryder, ich bin nah dran."

„Gut, Babe. Ich will spüren, wie du kommst." Ihre Finger schlossen sich um sein Handgelenk und sie hielt ihn daran bei sich. Ihre Blicke trafen sich. *Verdammt*. Es gab nichts Erregenderes, als sich in ihr zu bewegen, während sie sich gegenseitig beobachteten.

Dann stöhnte sie auf und ihr Körper bäumte sich auf, als sie sich ihm entgegenschob.

Er sah zu, wie sie kam, lange und hart, während er weiter ihren Kitzler rieb und seinen Schwanz tief in ihrer Enge vergrub.

Nur mit Mühe gelang es Ryder, sein eigenes brennendes Verlangen zu unterdrücken. „Ich will, dass du nochmal kommst."

„Ich kann nicht", keuchte sie und zuckte immer noch, als die letzten Wellen ihrer Lust abklangen.

„Doch." Er fickte sie härter, den Daumen immer noch auf ihrer geschwollenen Klitoris.

Ihr zweiter Höhepunkt kam schnell und mit voller Wucht. Sie schrie auf und ihre Pussy klammerte sich um seinen Schwanz.

Er konnte sich nicht länger zurückhalten. Er stieß nach oben und tief in sie hinein. Dort, bis zum Anschlag in ihr vergraben, kam er und stöhnte, als seine Lust alles andere auslöschte.

Ryder fand die Kraft, sich auf den Boden zu setzen, und zog eine erschöpfte Siv von der Couch auf seinen Schoß.

„Zu schwer", murmelte sie.

„Wohl kaum. Ich will dich genau hier haben." Er drückte sie an sich.

„Deine Verletzungen –"

„Alles okay, solange du dich nicht bewegst."

Sie schmiegte sich an ihn.

„Ich mag es, dich nah bei mir zu haben." Er vergrub seine Nase in ihrem Haar. „Danke, Siv."

„Es war eine echte Qual, mich von dir zu zwei Orgasmen ficken zu lassen", sagte sie trocken.

Er grunzte. „Es war mehr als das und ich habe es gebraucht. Dich gebraucht."

„Gern geschehen, Ryder", sagte sie leise.

Sie blieben eine Weile so sitzen und kuschelten.

„Können wir jetzt wieder an die Arbeit gehen?", fragte sie. „Wir werden die Stepford-Geschwister nicht aufhalten, wenn wir nackt hier rumsitzen."

„Jammerschade." Er nahm ihren Kiefer, hob ihr Gesicht an und küsste sie. „Es tut mir im Herzen weh, dass du deinen prächtigen Körper jetzt bedecken musst, aber ja, lass uns an die Arbeit gehen."

Sie wuschen sich, zogen sich an und setzten sich schließlich beide mit ihren Laptops an den Esstisch. Siv machte ihnen Kaffee und Snacks.

„Ace hat einen Teil der Immobilienliste rübergeschickt, die wir uns ansehen sollen." Sie nippte an ihrem schwarzen Kaffee.

„Ich dachte, du magst Milchkaffee?"

„Ich mag Kaffee in all sein den Variationen." Sie aß ein paar Apfelstücke und Mandeln, die sie auf einen Teller gelegt hatte. „Tatsächlich hat Norwegen nach Finnland den zweithöchsten Pro-Kopf-Kaffeekonsum der Welt."

„Wirklich? Ich schätze, da oben muss man sich irgendwie warmhalten."

„Ich mache dir mal einen *Kokekaffe*. Das ist ein spezieller, norwegischer Kaffee, der länger zieht. Man brüht ihn am besten über einem Lagerfeuer auf, wenn man eine Wanderung macht. Wir nennen ihn dann *Turkaffe* oder Wanderkaffee."

Ryder nippte an seinem eigenen Kaffee. „Wanderst du gern?"

„Ich liebe es."

„Irgendwann nehme ich dich übers Wochenende mit in den Mount Tamalpais State Park. Das ist eines meiner Lieblingsgebiete zum Wandern. Dort gibt es über zwei hundert Meilen an Wanderwegen, die bis zum Pazifik reichen, und jede Art von Landschaft, von Wäldern über wunderschöne Aussichten aufs Meer bis hin zu sanften Hügeln."

Ihr Blick begegnete seinem für einen Moment. „Das klingt wirklich schön. Und ich mache dir einen *Turkaffe*."

„Und ich werde ein abgelegenes Plätzchen finden, an dem ich dich nackt ausziehen und vernaschen kann."

Sie lachte.

Sie nippten an ihrem Kaffee und machten sich wieder an die Arbeit.

„Das sind die Objekte, in denen ein Labor am wenigsten wahrscheinlich ist", sagte Ryder.

„Genau. Ace kämmt die vielversprechendsten durch."

„Schätze, es lohnt sich, trotzdem einen Blick darauf zu werfen."

Sie klickten und tippten. Ryder arbeitete gern mit ihr. Er mochte die Stille und die leisen Geräusche, die sie machte, wenn sie nachdachte.

„Mann, die beiden besitzen ja haufenweise Immobilien", murmelte er.

„Warum all das riskieren, indem man illegale Drogentests durchführt?", sagte sie. „Das bedroht doch ihr gesamtes Vermögen."

„Mit dem Medikament stimmt definitiv etwas nicht", sagte er.

Siv schüttelte den Kopf. „Es ergibt trotzdem keinen Sinn. Wenn es sich herumspricht, dass Trelaskin nicht so großartig ist, wie alle gehofft hatten, würden die Aktien sicher einen Schlag erleiden, aber warum sollte man sein gesamtes Geschäft riskieren, indem man das Gesetz bricht?"

„Wir werden die Antwort auf diese Frage herausfinden", versprach er. Wir werden nicht ruhen, bis wir es wissen."

GOTT, war das langweilig.

Siv klickte sich durch weitere Immobiliendaten. Es gab Anlagewohnungen, ein Haus in Napa, Gewerbeimmobilien.

Was es nicht gab, war etwas, das auf ein Labor hindeutete.

Sie warf einen Blick zu Ryder und ihr Herz klopfte wie wild. Er war so verdammt heiß. Seine Haare hingen herunter und streiften fast seine Schultern. Mit gerunzelter Stirn hämmerte er auf die Tastatur.

„Irgendetwas?", fragte sie.

Er grunzte. „Nein. Absolut gar nichts."

„Es ist wichtig, dass wir alles überprüfen." Sie erhob sich. „Noch einen Kaffee?"

„Lieber eine Limo. Noch mehr Kaffee und ich schlafe eine Woche lang nicht."

Es war später Nachmittag und langsam begann der Tag, in den Abend überzugehen. Sie holte Softdrinks für sie beide und ließ sich in ihren Stuhl zurückfallen. Ihr Computer bimmelte und Aces hageres Gesicht erschien in einem Fenster. Er wirkte ein wenig mitgenommen.

„Hi, Ace", sagte sie.

„Hi." Er fuhr sich mit der Hand über die Haare.

„Du siehst müde aus, mein Freund." Ryder lehnte sich vor.

Ace seufzte. „Das bin ich auch. Maggie schläft nachts nicht gut."

Aces Verlobte stand kurz vor der Geburt ihres gemeinsamen Babys. Ryder nickte. „Findet sie keine Position, die angenehm ist?"

„Ja, das und dann drehe ich auch noch jeden Stein im Leben der Fosters um. In Summe ist es einfach zu viel. Ich bin heilfroh, dass ihr mir helft."

„Wir haben nichts gefunden", sagte Ryder.

„Nun, ich habe einige interessante Fakten über das dynamische Duo gefunden", sagte Ace.

Siv und Ryder richteten sich auf.

„Wirklich?", sagte sie.

„Chiron steht mit einem Fuß über dem Abgrund", sagte Ace.

Siv runzelte die Stirn. „Was? Ich dachte, das Unternehmen hätte Milliarden. Chiron wird doch von allen geliebt, oder? Der Aktienkurs ist gestiegen. Und sie verkaufen auch noch andere Medikamente."

„Einige dieser anderen Medikamente waren nicht ganz so erfolgreich wie erhofft. Und Forschung und Entwicklung sind teuer. Die Fosters sind bis über beide Ohren verschuldet."

„Aber sie besitzen einen Arsch voll Immobilien." Ryder deutete mit der Hand auf seinen Laptop-Bildschirm.

„Die *Bank* besitzt einen Arsch voll von Immobilien. Christian und Caroline sind hoch verschuldet. Wenn sie Milliardäre sind, dann nur auf dem Papier, und das nur dank der Aktien von Chiron."

„Und wenn die Aktienkurse von Chiron fallen …“ Siv lehnte sich in ihrem Stuhl zurück.

Ace nickte. „Verlieren sie alles.“

„Also fällt und steht alles mit ihrem Wundermittel Trelaskin“, sagte Ryder.

Ace hob einen Finger. „Korrekt. Ich habe einige hastig versteckte Berichte entdeckt. Eine Studie eines unabhängigen Arztes, die besagt, dass Trelaskin nicht wirkt. Dass die ersten Testergebnisse überbewertet waren.“

Siv schnappte nach Luft. „Wenn Trelaskin nicht wirkt …“

Wären die Fosters finanziell ruiniert.

„Das erklärt, warum das schicke Labor leer steht“, sagte Ryder.

Ace nickte. „Wenn sie ohnehin wissen, dass sie keine Genehmigung für Versuche an Menschen bekommen werden, dann ist auch klar, dass sie kein Geld auf Personal in ihrem Labor verschwenden.“

„Gleichzeitig wartet der Markt“, fügte Siv hinzu. „Sie haben Investoren, die ihnen Unmengen an Geld in den Rachen werfen …“

„Und wenn jemand davon Wind bekommt, geht Chiron pleite.“ Ryder fluchte. „Aber sie glauben immer noch, dass sie es schaffen können.“

Siv begegnete seinem Blick. „Sie führen also illegale Menschenversuche durch und versuchen, das Medikament zu perfektionieren.“

„Diese verdammten Pisser“, spuckte Ryder die Worte förmlich aus.

„Wir müssen immer noch ihr Labor aufspüren", sagte Ace. „Wenn ich etwas finde, sage ich euch Bescheid."

„Danke, Ace", sagte Siv.

Ace fuhr sich mit der Hand übers Gesicht. „Ich fahre nach Hause, aber ich lasse die Suche weiterlaufen. Wir sprechen uns morgen."

„Wir werden auch weitersuchen", sagte sie. „Nacht, Ace."

Ryder stieß ein Schnauben aus. „Wir sollten wahrscheinlich auch eine Pause einlegen. Etwas zu essen bestellen." Seine Lippen zuckten. „Was möchte meine reizende Ehefrau denn essen?"

Siv blickte zurück auf die Computer. „Ich möchte noch ein paar Dinge überprüfen ..."

Es klopfte an der Eingangstür.

Sie standen beide auf. Niemand hatte sie angerufen, um ins Gebäude gelassen zu werden.

Siv begegnete seinem Blick und bewegte sich dann in den Eingangsbereich. Sie sah durch den Spion in der Tür und richtete sich auf. Als sie sie schwungvoll öffnete, standen vier Frauen davor.

Sie hatte sie alle kennengelernt, seit sie bei Norcross Security angefangen hatte. Die blonde Sexbombe in einem taillierten, marineblauen Kleid war Harlow Carlson, Eastons Verlobte. Die hübsche, schlanke Brünette in ihrem cremefarbenen Spitzenkleid mit einer schwarzen, taillierten Jacke war Rhys' Frau, Haven McKinney. Die zarte Blondine in Leggings und einer weiten, weißen Bluse, mit blassblonden, lockigen Haaren, die sie zu einem wirren Dutt auf ihrem Kopf zusammengefasst waren, war

Savannah Cole, die Verlobte von Hunter Morgan. Und die zierliche Brünette ganz vorn, im roten Hosenanzug und mit einer riesigen Designerhandtasche, war Gia Norcross.

„Was macht ihr vier denn hier?", Ryder knurrte. „Siv und ich sind undercover."

„Wissen wir." Gia schritt herein und die anderen Frauen folgten ihr. „Wir haben auch gehört, dass ihr glücklich verheiratet seid." Sie lächelte. „Wir sind gekommen, um zu sehen, ob Siv dich schon umgebracht hat."

Ryder verschränkte die Arme vor der Brust. „Ihr seid gekommen, weil ihr neugierig seid. Wenn die bösen Jungs euch gesehen haben –"

Gia winkte mit einer Hand ab und ihr Verlobungsring glitzerte. „Oh, bitte. Du weißt, wer meine Brüder sind. Unsere Tarnung ist, dass ich einen wichtigen Kunden treffe, der im zehnten Stock wohnt. Und wir sind durch den Hintereingang gekommen."

„Ich nehme an, eure Männer wissen nicht, dass ihr hier seid", sagte Ryder.

Gia warf sich ihre dunklen Locken über eine Schulter und machte sich auf den Weg in die Küche. „Sie können nicht über uns bestimmen."

Savannah zuckte mit den Schultern. „Ich wollte nicht mitkommen, aber Gia hat mich gezwungen. Sie ist klein, aber sie hat die Hosen an."

„Ich bin organisiert und selbstbewusst", entgegnete Gia.

„Und ein bisschen furchteinflößend", fügte Savannah hinzu.

Ryder schüttelte den Kopf. „Ihr werdet Ärger bekommen."

„Ryder", stieß Haven erschrocken aus. „Du hast ja überall blaue Flecken." Sie ging zu ihm hinüber und berührte die Seite seines Gesichts.

„Ein Zusammenstoß mit ein paar Schlägern. Alles bestens."

„Bist du sicher?" Harlow beugte sich vor und umarmte ihn.

Siv sah, wie er zusammenzuckte, aber er erwiderte die Umarmung. Savannah berührte seinen Arm und ihre Sorge war deutlich zu spüren.

„Siv kümmert sich gut um mich", sagte er.

Die Blicke aller Frauen schweiften in ihre Richtung.

„Wirklich?" Ein kokettes Lächeln umspielte Harlows Lippen.

Ryder grinste. „*Wirklich* sehr gut."

Siv gab einen Laut von sich. „Warum sagst du ihnen nicht einfach, dass wir miteinander schlafen?"

„Weil von Schlaf nicht wirklich die Rede sein kann."

Savannah fing an, zu lachen, während Harlow die Hände zusammenklatschte. Gia und Haven grinsten.

Gia legte ihre riesige Handtasche auf dem Küchentisch ab und holte eine Flasche Tequila, einen Cocktailshaker und andere Zutaten heraus. „Das schreit nach Margaritas."

Ryders Augenbrauen wanderten zu seinem Haaransatz. „Hast du eine ganze Bar in dieser Tasche?"

Gia ignorierte ihn. „Siv, da wir dich nicht auf ein paar Cocktails entführen und mit Fragen über Ryder löchern können, haben wir die Cocktails eben zu dir gebracht."

Ryder schüttelte den Kopf.

Ein lautes Poltern ertönte an der Tür.

Siv hob die Brauen, während Ryder hinüberging. Als er durch den Spion sah, musste er sich ein Lachen verkneifen.

Diesmal waren es Vander, Saxon, Easton, Rhys, Hunter und Cam.

Saxon schritt herein. „Contessa, ich habe dir gesagt, du sollst *nicht* hierherkommen." Er winkte mit einer Hand. „Da steckst doch eindeutig du dahinter."

Gia schnaubte. „Ich lasse mich nicht von dir herumkommandieren, Saxon Buchanan."

Sein Blick verengte sich. „Manchmal schon."

„Ihr hättet Ryder und Sivs Tarnung gefährden können", sagte Vander.

„Niemand hat uns gesehen und wir haben uns natürlich eine Geschichte einfallen lassen." Gia stützte eine Hand auf ihre Hüfte. „Wir sind nicht dumm."

Vander sah aus, als wollte er schreien.

Brynn erschien in der noch offenen Tür und schleppte einen Arm voller Pizzakartons. „Tut mir leid, dass ich zu spät bin. Kann mir jemand helfen? Ich habe Pizza von Tony's geholt."

Vander beäugte seine Frau und schüttelte den Kopf. Dann half er ihr, die Schachteln hineinzutragen.

Cam hob die Bierdosen in seiner Hand. „Wer hat Durst?"

Siv sah zu, wie die Männer alle ihre Frauen für einen kurzen Kuss an sich zogen. Sie sah, wie Hunt Morgan an Savannahs Haaren zog und ihr etwas zuflüsterte. Der Detective sah Ryder sehr ähnlich, nur wirkte er wie der korrektere, große Bruder.

Bald fand sie sich auf der Couch neben Ryder wieder, der einen Arm um ihre Schultern gelegt hatte, aß hervorragende Pizza und trank eine köstliche Margarita.

„Ryder konnte Siv also mit seinem berüchtigten Charme für sich gewinnen." Gia saß auf einem Sessel, Saxon zu ihren Füßen. „Wir waren uns nicht sicher, in welche Richtung das Pendel ausschlagen würde."

Siv erstarrte und warf Vander einen Blick zu. Sie war noch nicht ganz bereit gewesen, vor versammelter Mannschaft zu verkünden, dass sie und Ryder waren, was auch immer sie waren. Vanders Gesicht wirkte teilnahmslos wie immer, aber er war schwer zu lesen.

„Verdammt", murmelte Cam. „Das bedeutet, dass Vander die Kohle kriegt."

Siv senkte ihr Glas. „Ihr habt gewettet, wann Ryder und ich ...?"

„Wann du Mitleid mit ihm haben würdest", sagte Cam. „Ich habe gegen ihn gewettet."

„Was?" Ryder zeigte seinem Bruder den Mittelfinger.

„Er hat mich solange genervt, bis ich nachgeben musste", sagte Siv.

Das brachte alle zum Lachen.

„Und ich glaube, mein Charme hat sogar gegen mich gearbeitet." Er lächelte sie an. „Zum Glück habe ich noch andere gute Eigenschaften."

Siv wirkte überrascht. „Wirklich?"

Er kniff sie in die Seite.

Das Gespräch schweifte ab. Sie sprachen eine Weile über den Fall, aber sie bemerkte, dass die Norcross-Männer sich zurückhielten und nicht zu sehr ins Detail gingen. Die Frauen sprachen über ihre Arbeit, bevorstehende Hochzeiten, Sofie und Rome, die an einer Veranstaltung in Mexiko-City teilnahmen, und die bevorstehende Ankunft von Maggie und Aces Baby.

Siv saß da, lauschte Ryders tiefem Lachen, während er abwesend ihren Nacken streichelte, und beobachtete die Gruppe. Sie nahmen sie ohne weiteres in ihre Runde auf, und sie stellte fest, wie viel Spaß sie hatte. Das hier waren gute Leute. Viele von ihnen waren sehr wohlhabend – ihr Blick wanderte zu Harlow, die auf Eastons Schoß saß –, aber trotzdem waren sie alle so bodenständig. Es ging ihnen nicht darum, etwas vorzugeben, das Richtige zu tun oder an den richtigen Orten gesehen zu werden. Sie waren einfach sie selbst und akzeptierten Siv als Teil der Gruppe, so wie sie war.

Sie alle bedeuteten einander etwas. Sie hörte Ryder und Cam zu, wie sie sich über Football stritten. Diese Gruppe von Leuten war ein Team. In diesem Moment wurde ihr klar, wie sehr sie ihr Team beim FSK vermisste. Es war schön, wieder irgendwo dazuzugehören.

Irgendwann stand Vander auf. „Ich denke, das reicht für heute."

Alle setzten sich in Bewegung und fingen an, Sachen einzupacken.

Ihr Boss begegnete Sivs Blick. „Ace hat mich vorhin gebrieft. Er sagte, ihr sucht nach dem Labor der Fosters."

Sie nickte. „Wir haben es noch nicht gefunden, aber wir bleiben dran. Morgen machen Ryder und ich solange weiter, bis wir herausgefunden haben, wo sie die Droge herstellen."

Brynn erschien an Vanders Seite und sah sie ernst an.

„Sobald ihr eindeutige Beweise habt, wollen Hunt und ich die Informationen haben. Ich will dabei sein, wenn diese Arschlöcher zur Strecke gebracht werden."

Vander legte seinen Arm um seine Frau. „Keine Sorge, Detective, du wirst deine Chance bekommen."

Bald leerte sich die Wohnung. Siv schloss die Eingangstür.

„Hattest du Spaß?" Ryder lehnte sich an den Küchentresen.

„Ich mag deine Freunde und deine Brüder."

„Sie mögen dich auch und ich bin mir ziemlich sicher, dass du jetzt hoch offiziell in die Gang aufgenommen wurdest." Er lächelte, langsam und sexy. „Sind Sie bereit fürs Bett, Miss Pedersen?"

Hitze stieg ihr in den Unterleib und schickte ein Kribbeln zwischen ihre Schenkel. „Ich denke, das bin ich, Mr. Morgan."

Ihr Fall würde morgen früh auch noch da sein und auf sie warten. Jetzt gerade wollte sie mit einem heißen, sexy Rettungssanitäter spielen.

KAPITEL FÜNFZEHN

Siv umklammerte Ryders breite Schultern und die Fliesen in ihrem Rücken waren kühl. Sie stöhnte auf und spürte, wie ihr Orgasmus anschwoll und sie langsam in die Knie zwang.

Er packte ihre Hüften und trieb seinen Schwanz in sie, während das Wasser auf ihren Körper prasselte.

„Komm, Siv", knurrte er.

„*Härter*", keuchte sie.

Sein Mund nahm ihren und sie spürte seine Zähne. Sein kraftvoller Körper stieß sich weiter in sie und sie wusste, dass sie jeden Moment kommen würde.

„Gott", hauchte sie gegen seine Lippen.

„Komm, Babe. *Komm*."

Sie war von ihm ausgefüllt, sein Schwanz dehnte sie und eine Welle der Lust überkam sie. Sie schrie auf und spürte, wie sich alles in ihrem Körper zusammenzog.

„Fuck, ich kann spüren, wie du auf meinem Schwanz kommst."

Siv klammerte sich an ihn und schloss die Augen,

während sie auf einer Welle des köstlichsten Vergnügens ritt. Die Welt bestand nur aus ihr und Ryder.

Dann spürte sie seinen nächsten heftigen Stoß. Er vergrub seinen Schwanz tief in ihr und verharrte dort, während er sich durch seinen Höhepunkt stöhnte und in ihr kam.

Sie holte zitternd Luft und drückte ihr Gesicht an sein nasses Haar, ihre Lippen auf seine Schläfe, schmeckte seine Haut. Sie atmete seinen Duft ein, Ryders Essenz. Sie lauschte auf das Geräusch seiner tiefen, unregelmäßigen Atemzüge, dann streichelte sie mit der Hand über seine Schulter.

Er gab einen Laut von sich und sein Mund fand den ihren.

„Morgensex unter der Dusche mit meiner Ehefrau ist einfach der Hammer", sagte er.

Sie zitterte. „Ich werde mich nicht beschweren."

Ryder setzte sie schließlich ab und gab ihr einen Klaps auf den Hintern. „Ich kümmere mich um das Kondom, dann mache ich Kaffee. Ich vermute, du willst welchen."

„Du liegst richtig mit deiner Vermutung."

Sie beobachtete durch das Glas, wie er sich mit einem Handtuch die wohlgeformte Brust trocknete und es dann um seine schlanken Hüften wickelte. Er schlenderte aus dem Badezimmer.

Siv tauchte ihren Kopf unter den Wasserstrahl. Sie hatte die Sache mit ihm schon viel zu weit gehen lassen. Er hatte die unsichtbare Mauer um ihr Herz längst niedergerissen. Was auch immer Ryder wollte, sie würde es schwer haben, Nein zu ihm zu sagen.

Der Fall kommt zuerst, Siv. Kümmere dich um Trelaskin und die Fosters, und danach kümmerst du dich um dein Liebesleben.

Allein der Gedanke an das L-Wort ließ sie die Dusche abschalten und verlassen.

Was auch immer geschah, sie wusste, dass sie Ryder vertrauen konnte. Wenn er mit ihr fertig war, würde er nicht lügen oder sie betrügen, er würde es ihr sagen. Ihr wurde warm ums Herz.

Arbeit. Sie musste sich an die Arbeit machen.

Zwei Stunden später saß sie mit einer halb leer getrunkenen Tasse mittlerweile kalten Kaffees und einem steifen Nacken am Tisch.

Siv klickte auf ein Foto von Christian und Carolines Anwesen in Palo Alto. Es war wunderschön, mit viel Naturstein und Blick auf das umliegende Tal. Der Artikel war ein Beitrag für eine Zeitschrift und die Vorzeigegeschwister posierten in der riesigen, renovierten Küche.

„Sieh dir dieses Haus an", murmelte Siv.

Ryder betrachtete die viel zu perfekten Fotos stirnrunzelnd. „Ist es nicht seltsam, dass zwei erwachsene Geschwister zusammenleben?"

„Ja. Und noch dazu in einem so großen Haus. Das Anwesen ist fünf Hektar groß und kostet läppische fünfzig Millionen."

„Nett."

„Betrug zahlt sich aus." Siv klickte sich durch einige Fotos. Eines zeigte Caroline in einem Laborkittel.

Siv erstarrte.

Die Frau lehnte an einer glänzenden Arbeitsplatte aus rostfreiem Stahl.

„Warte. Das ist ein Bild von Caroline in einem Bereich, den sie als Privatlabor ausgestattet hat. Sie sagt: ‚Ich mache mir immer noch gern die Hände schmutzig. Ich liebe die Herausforderung, Medikamente zu entwickeln, die helfen, heilen und Leben retten können.‘"

Ryder erstarrte. „Verdammt, sie haben ein Labor in ihrem eigenen Haus."

„Ich habe irgendwo Rechnungen für den Umbau des Hauses gesehen." Siv suchte frenetisch danach. „Ich habe sie gestern überflogen."

Der erste Stapel von Rechnungen war für den Küchenumbau. Es gab einen für Bodenbeläge. Die Gartenanlage.

Dann fand sie sie.

„Ryder, *sieh nur*." Sie zeigte auf den Bildschirm. Es gab Rechnungen für Labortische, Kühlschränke, Laborgeräte und eine Hightech-Sprinkleranlage.

Er schnaubte. „Sie haben ein Labor im Keller ihres verdammten Hauses."

Siv überprüfte die Rechnungen erneut. „Es sieht definitiv danach aus."

Er tippte auf die Tastatur und drehte sich dann um. „Sieh dir diesen Artikel an."

Er zeigte Caroline, jünger, weniger herausgeputzt. Sie stand grinsend in einem Labor und hielt ein Reagenzglas in der Hand.

„Laborarbeit war ihr Ding", sagte Siv.

„Sie könnte selbst an Trelaskin forschen."

„Sie müssen die Entwicklung daran fertigstellen,

oder sie verlieren alles." Siv drehte sich um. „Wir müssen in ihr Anwesen in Palo Alto gelangen."

Ryder zog sie für einen kurzen Kuss zu sich heran. „Ich koche noch mehr Kaffee und dann machen wir einen Plan."

Wenige Augenblicke später öffnete er alle Informationen, die sie über das Anwesen hatten.

„Sie haben jede Menge Kameras." Ryder tippte mit einem Finger auf den Tisch. „Und Sicherheitsleute, aber die Firma, mit der sie arbeiten, hat keinen guten Ruf. Die Wachen haben keine Vorkenntnisse und bekommen nur eine fünfwöchige Ausbildung."

„Rufen wir Vander und Ace an." Siv tippte auf ihr Handy.

Wenige Augenblicke später erschienen ihr Boss, Ace, und Saxon auf dem Bildschirm.

„Wir haben das Labor der Fosters gefunden", sagte sie.

Ace beugte sich vor. „Wo?"

„In ihrem Haus. Dem schicken Anwesen in Palo Alto. Sie haben im Zuge des Umbaus ein Labor im Keller einrichten lassen."

Aces Augen weiteten sich. „Ergibt Sinn. Gute Arbeit."

Siv legte den Kopf schief und sah Vander an. „Sie haben ein paar Sicherheitsleute, aber Ryder sagt mir, dass die Wachen nicht gerade von einer ernstzunehmenden Firma kommen."

„Arma Services", sagte Ryder.

„In keiner Hinsicht ernst zu nehmen", stimmte Vander zu.

„Ich klinke mich mal in ihr Überwachungssystem ein." Ace tippte auf sein Tablet. „Mittelmäßiges System und leicht zu knacken."

„Gibt es Kameras im Labor?", fragte Siv.

Der Technik-Guru schüttelte den Kopf. Er hob sein Tablet an und tippte darauf. „Sieht aus, als wären die Fosters heute nicht zu Hause. Sie nehmen an einem Mittagessen in Stanford teil."

„Siv, Ryder, wir treffen euch bei dem Anwesen", sagte Vander. „Ihr beide müsst darauf achten, dass niemand euch folgt."

„Wir glauben, dass sie das Interesse verloren haben, aber ich werde auf Nummer Sicher gehen", sagte Siv.

„In Ordnung", sagte Vander. „Wir bringen die Ausrüstung mit. Bis gleich."

Sobald das Gespräch beendet war, stand Ryder auf. Sie spürte seine Anspannung und das machte sie nervös.

„Du musst dich zusammenreißen", sagte sie. „Du musst dich an den Plan halten."

Er nickte ihr knapp zu. „Ich habe meine Wut im Griff." Er atmete tief ein und aus. „Wir sind so nah dran. Ich kann es fühlen. Endlich werden wir alle Details über Robbies Tod erfahren. Und die Fosters dafür bezahlen lassen."

Siv legte ihre Hände an seine Oberarme. „Ja, aber du musst dich konzentrieren. Du darfst dich nicht von deinen Gefühlen leiten lassen." Sie wollte nicht, dass er verletzt wurde.

Er schenkte ihr ein schiefes Grinsen. „Machst du dir Sorgen um mich, meine norwegische Blume?"

Sie verdrehte die Augen, aber ja, sie machte sich

tatsächlich Sorgen. Dieser Mann hatte den Weg in ihr Herz gefunden. Er bedeutete ihr etwas.

Ryder legte seine Hand an ihre Wange. „Ich habe dir versprochen, nicht unüberlegt zu handeln, Siv." Er streichelte ihre Haut. „Wir werden dafür sorgen, dass Trelaskin nicht noch mehr Leuten Schaden zufügt, und dafür, dass die Fosters hinter Gittern landen. Hinterher kommen wir nach Hause und feiern. Nackt. Mit einer Flasche irgendwas."

Sie lächelte. „Denkst du auch jemals nicht an Sex?"

Er küsste sie. „Nicht mehr, seit ich dich über die Tanzfläche schlendern gesehen habe."

Ihr Herz schlug wie wild. Der Ausdruck des Verlangens in seinem Gesicht machte etwas mit ihr, aber sie beobachtete, wie er es unterdrückte. Sein Gesicht wurde ernst und sie sah wieder den mutigen Sanitäter, der schon so oft in den Kampf gezogen war, um andere zu retten.

Ein Mann, der alles für einen obdachlosen Veteranen riskieren würde, der sein Freund gewesen war.

Der Mann, in den Siv sich verliebte.

Sie drängte ihre Gefühle in den Hintergrund und sog tief Luft in ihre Lungen. Sie musste sich an ihre eigenen Worte halten und durfte sich nicht von ihren Gefühlen leiten lassen.

Sie musste Ryder beschützen und ihren Auftrag erledigen.

SIV FUHR DAS AUTO, das sie zur Tarnung benutzten – eine niedliche, kleine Mercedes C-Klasse, die auf Stella Peters zugelassen war. Sie fuhren auf die Straße hinaus und Ryder sah sich diskret um und überprüfte die Rückspiegel.

Keine Spur von einem Verfolger.

Offensichtlich hatten die Fosters beschlossen, dass Ryan und Stella glaubwürdige Investoren waren.

„Ich werde ein bisschen durch die Gegend fahren, bevor wir uns auf den Weg nach Palo Alto machen", sagte Siv.

Sie trugen beide Cargohosen und T-Shirts und waren bereit, sich in das Anwesen der Fosters zu schleichen.

Ryder sah in den Seitenspiegel und runzelte die Stirn. „Wechsle die Spur."

Siv zögerte oder fragte nicht, sondern tat es einfach. Er beobachtete, wie die silberne Limousine drei Autos hinter ihnen dasselbe tat.

„Siehst du sie?", fragte er.

Sie sah in den Rückspiegel. „Ich sehe sie." Sie lächelte. „Aber das wird sich bald ändern."

Sie bog zügig um die nächste Kurve und Ryder wurde in seinen Sitz gedrückt. Sie ließ sich nicht anmerken, dass sie ihren Verfolger entdeckt hatte. Stattdessen hielt sie sich an die Geschwindigkeitsbegrenzung, aber sie zeigte ihr Können, als sie noch weitere Kurven nahm, die Spur wechselte und schließlich in eine enge Gasse fuhr.

„Siehst du den Wagen immer noch?", fragte sie.

„Verdammt, nein. Weil meine Frau knallhart ist und einen Verfolger im Schlaf abschütteln kann."

Sie sah ihn von der Seite an. „Deine Frau?"

„Ja. Hast du ein Problem damit?"

Sie verdrehte die Augen. „So eingebildet."

„Ich glaube, das magst du an mir." Er zwinkerte.

Siv lachte. Gott, er liebte diesen Klang. Er wollte sie viel öfter zum Lachen bringen.

Es war ein Klang, den er für den Rest seines Lebens hören wollte.

Seine Hände ballten sich zu Fäusten. *Verdammt.* Sie war die Eine für ihn. Die Frau, die er heiraten und eines Tages schwängern wollte, wenn sie Kinder mit ihm haben wollte. Er wollte neben ihr schlafen, mit ihr Liebe machen, sie jeden Tag lachen hören. Er war verliebt in Siv Pedersen. Natürlich war er das.

Ryder schluckte. *Konzentrier dich.* Im Moment brauchte Robbie ihn, aber wenn dieser Job erledigt war, würde er viel Zeit damit verbringen, Siv Pedersen zu überzeugen, ihm eine Chance zu geben.

Er würde sie glücklich machen.

Sie fuhren auf dem Highway nach Süden und erreichten schließlich Palo Alto. Anstatt in die Stadt zu fahren, bogen sie nach Westen in Richtung der Hügel ab.

„Das Anwesen der Fosters liegt im Portola Valley", sagte er. „Dreitausend Quadratmeter mit Blick auf die umliegenden Berge und das Tal."

Siv folgte der Wegbeschreibung zum Treffpunkt und fand zwei X6, die in einer kleinen, von Bäumen gesäumten Seitenstraße auf sie warteten. Saxon, Rhys, Cam und Vander standen neben den Fahrzeugen. Die

Männer trugen alle schwarze Cargohosen und hatten schwarze, schutzsichere Westen über ihre Hemden gezogen.

Siv fuhr an den Straßenrand. Ryder stieg aus und nickte den Männern zu. Seinem Bruder gab er einen Fistbump.

„Gute Arbeit, ihr zwei." Vander übergab ihnen Westen und Waffen.

Als Siv in ihre Weste schlüpfte und ihre Glock 19 überprüfte, hatte Ryder alle Mühe, bei ihrem Anblick nicht hart zu werden. Ja, seine knallharte Frau machte das mit ihm.

Er zog seine eigene Weste an und zog sie fest, wobei seine Prellungen leicht zu stechen begannen. Er überprüfte seine Glock und steckte sie dann in das Holster an seinem Gürtel.

Er sah Vander an. „Wie lautet der Plan?"

„Wir werden in Zweierteams arbeiten. Wir gehen rein und machen alle Wachen kampfunfähig." Er hielt eine Schachtel mit kleinen Ohrstöpseln hoch. „Ace wird für die Kommunikation sorgen und die Kameras abschalten. Wir sehen uns nur um, um das Labor zu finden. Tötet niemanden."

Ryder setzte seinen In-Ear ein.

„Die Kameras werden in einer Minute abgeschaltet", sagte Aces Stimme in seinem Ohr. „Ich orte zwei Wachen. Eine am Tor, eine irgendwo drinnen."

„Verstanden", antwortete Vander. „Die vordere werden wir umgehen, indem wir das Anwesen von der Ostseite betreten, wo das Haus nahe am Zaun steht. Er musterte die Gruppe. „Saxon und ich werden die Außenseite sichern und das Areal absuchen. Cam und Rhys übernehmen die obere Etage des Hauses. Ryder und Siv übernehmen die untere. Meldet euch, wenn ihr Hilfe braucht. Alle bereit?"

Sie nickten alle.

Dann liefen sie die Nebenstraße hinunter, verließen sie und machten sich auf den Weg zwischen die Bäume. Ryder schlang einen Arm um Sivs Schultern. „Das macht Spaß. Und ich könnte mich auch daran gewöhnen, so zu tun, als wären wir ein Paar."

Siv verdrehte die Augen.

„Es gefällt mir", murmelte er.

Ihr Blick huschte zu ihm.

Er musste sie küssen, und er hasste es, dass er es schnell tun musste. Er genoss für eine flüchtige Sekunde das Gefühl ihrer Lippen auf seinen.

Sie stieß ihn mit dem Ellbogen an. „Konzentrier dich auf die Arbeit –", ihre Stimme wurde leiser, „– bis später."

„Das ist mal ein guter Ansporn, diesen Job zu erledigen. Ich will später, Siv. Sehr viel davon."

Sie warf ihm einen langen Blick zu, bevor sie ihren Kopf abwandte und wieder nach vorn sah.

Sie erreichten den Zaun, der eigentlich eine imposante Steinmauer war. Er beobachtete, wie Siv losrannte, sprang und sich dann über den Rand zog. Ryder folgte ihr, sprang auf der anderen Seite hinunter und landete in der Hocke.

Vander und die anderen waren bereits verschwunden. Alle vier der Männer waren bei den Ghost-Ops gewesen und sie waren verdammt unheimlich, wenn es darum ging, ungesehen durch die Gegend zu schleichen. Er wusste, dass sie allein klarkommen würden.

„Hier entlang", murmelte Siv.

Blitzschnell liefen sie über einen gepflegten, grünen Rasen. Das Haus war atemberaubend. Es war ein Architektenhaus mit Unmengen an Stein und Stuck.

Sie bewegten sich auf eine geräumige Terrasse und Siv nickte mit dem Kopf zu ein paar Glasschiebetüren. Sie waren nicht verriegelt und glitten lautlos auf.

In dem großen Wohnbereich war niemand zu sehen. Er war ganz in Holz und Cremetönen gehalten, mit Holzdecken, aus denen dicke Balken ragten, Holzböden und einem riesigen Kamin aus Stein.

„Nette Bude", murmelte Ryder.

„Suchen wir die Treppe ins Untergeschoss." Siv bewegte sich lautlos tiefer in den Raum hinein.

Sie schlich vor ihm in Richtung eines ausladenden Eingangsbereiches.

Ryder folgte ihr. Er nahm eine flüchtige Bewegung zu seiner Linken wahr und entdeckte eine dunkelhaarige Frau in einer Dienstmädchenuniform, einen Stapel gefalteter Handtücher in den Händen.

Verdammt, Siv würde sie aus diesem Winkel nicht sehen. Wenn die Frau noch ein paar Schritte weiterging, würde sie sie entdecken.

Er ließ sich in die Knie sinken und zerrte Siv mit sich.

Es sprach für sie, dass sie sich nicht wehrte oder einen Mucks machte. Er deutete zu dem Dienstmädchen und presste einen Finger an seine Lippen.

Sie krochen hinter die große, cremefarbene Couch und er drückte sich von hinten an sie.

Er spähte um die Ecke und sah das Dienstmädchen, das vor sich hin summte, vorbeigehen.

Die Schritte der Frau verklangen.

Siv nickte und sie erhoben sich. Vorsichtig bewegten sie sich den Flur entlang. Er entdeckte die Treppe im selben Moment, als Siv darauf deutete.

Schnell machten sie sich auf den Weg nach unten. Siv hielt eine geschlossene Faust hoch und sie lauschten.

„Keine Spur von der Innenwache in der oberen Etage", murmelte Rhys in ihre In-Ears.

Verdammt. Das bedeutete, dass sie den Standort der Wache immer noch nicht kannten.

Siv bewegte sich langsam vorwärts und hielt sich dicht an der Wand.

Die nächste Etage führte in einen großen Wohnbereich mit einer U-förmigen Couch und einem riesigen Fernseher. An der Seite befand sich ein Air-Hockey-Tisch. Ryder warf einen Blick in mehrere der Räume, die von dem Bereich abgingen, und stellte fest, dass es sich dabei um Gästezimmer handelte.

Sie arbeiteten sich weiter vor. Das Haus war riesig. Vor ihnen führten Glastüren in einen überdachten Innenhof mit einer gläsernen Decke. Er war mit üppigen, grünen Pflanzen und einem bequemen Sitzbereich eingerichtet.

Gleich dahinter befand sich ein Hallenbad. Er wusste, dass es im Obergeschoss auch einen großen Pool und einen Außenbereich gab, in dem Gäste unterhalten werden konnten. Dieser hier war für richtigen Sport gedacht und daneben befand sich ein ausgestatteter Fitnessraum.

Wo zum Teufel war das Labor? Scheiße, er hoffte, dass sie sich nicht geirrt hatten. Vielleicht hatten die Fosters es verlegt?

Sie gingen gerade durch den Fitnessbereich, als sich die Tür auf der anderen Seite des Raumes öffnete.

Verflucht. Sein Puls schoss in die Höhe. Sie konnten sich nirgendwo verstecken.

Ein Wachmann im Anzug trat ein. Er sah etwa so alt aus wie Ryder und hatte rostrotes Haar.

Der Mann entdeckte sie und runzelte die Stirn. „Wer zum Teufel sind Sie und wie sind Sie hier reingekommen?"

Siv lächelte. „Oh, ich bin eine Freundin von Caroline. Sie hat uns eingeladen."

Der Wachmann trat auf sie zu und sein Stirnrunzeln vertiefte sich. „Heute steht niemand auf der Liste."

„Oh, ich schätze, sie hat vergessen –"

Der Blick des Wachmanns fiel auf Sivs Weste und die Glock. Er riss seine eigene Waffe hoch. „Auf den Boden. Sofort!"

Siv atmete tief durch. „In Ordnung, wir machen es auf Ihre Art."

Sie bewegte sich blitzschnell und trat dem Mann die Waffe aus der Hand.

Ryder stürmte los und schlug auf den Mann ein. Der Wachmann fiel über eine Hantelbank, und Siv hockte sich hin und berührte den Hals des Mannes. Welchen Nerv auch immer sie gedrückt hatte, es dauerte nur wenige Sekunden, bis der Kerl zusammensackte.

Sie zog Kabelbinder aus einer Tasche, fesselte und knebelte den Mann.

„Du siehst so heiß aus, wenn du das machst", sagte Ryder.

Er sah, wie sie ein Lächeln unterdrückte und sich aufrichtete. „Komm, wir verstecken ihn und suchen weiter."

VORSICHTIG ÖFFNETE Siv die Tür und schlüpfte aus dem Fitnessraum in den Korridor.

Ryder war dicht hinter ihr. Er bewegte seinen großen Körper gekonnt und lautlos.

Der Wachmann lag nun gefesselt und geknebelt in einem Schrank im Fitnessraum.

Sie suchte den Flur ab. Dieser war eher zweckmäßig gehalten. Ihre Instinkte regten sich. Hier war nichts wohnlich dekoriert und mit teuren Designermöbeln ausgestattet. Sie machte eine Handbewegung in Ryders Richtung und er nickte. Sie bewegten sich auf die Tür am Ende des Flurs zu.

Siv öffnete sie langsam und warf einen Blick hinein. Es kam weder ein Geräusch noch eine Bewegung, also stieß sie die Tür auf.

Bingo.

Das Labor war nicht groß, aber im Gegensatz zu jenem, dem sie und Ryder im Industriegebiet einen Besuch abgestattet hatten, wurde in diesem eindeutig gearbeitet.

Die Arbeitstische waren mit Geräten, Notizblöcken, Computern und mit Flüssigkeit gefüllten Reagenzgläsern bedeckt.

Sie ging hinein und suchte nach Mitarbeitern.

Niemand.

Sie ging an einem der Arbeitstische entlang und sah sich dann die Kühlschränke mit Glastüren genauer an. Die Regale darin waren voller Injektionsfläschchen, die mit einer klaren Flüssigkeit gefüllt waren.

„Sieh zu, was du herausfinden kannst", sagte sie.

Ryder nickte, sein Gesicht konzentriert. Er beugte sich vor und berührte die Tastatur eines Computers, dessen Bildschirm daraufhin zum Leben erwachte. Er begann, zu tippen.

„Vander?" Siv berührte ihren In-Ear. „Vander, bist du da?" Es kam keine Antwort. „Ace? Hier ist Siv."

Schweigen.

Sie fluchte. „Irgendetwas stört den Funkverkehr."

Ryder sah nicht von den Daten auf dem Bildschirm auf. „Dann lass uns alles mitnehmen, was wir brauchen, und schnell von hier verschwinden." Er erstarrte.

„Ryder?" Sie kam näher.

„Es ist alles hier." Er begegnete ihrem Blick und die blanke Wut stand ihm ins Gesicht geschrieben. „Caroline hat hier an Trelaskin gearbeitet. Es ist bei den ersten Tests durchgefallen und sie war der Meinung, sie brauche menschliche Daten, um es zu perfektionieren." Sein Kiefer spannte sich an. „Obwohl sie nicht wusste, ob es sicher sein würde, hat sie sich ihre ganz persönlichen Versuchskaninchen besorgt."

Sivs Puls raste. Ihre Taten waren durch und durch böse. Ein unbekanntes, potenziell gefährliches Medikament an verletzlichen Menschen zu testen.

Ryder tippte auf die Tastatur. „Alle ihre verdammten

Notizen sind hier. Sie hat alles akribisch festgehalten." Er holte scharf Luft. „Scheiße, sie hat sogar den Leiter eines Pflegeheims bestochen."

Sivs Magen zog sich zusammen. „Sie hat die Medikamente an älteren Menschen getestet?"

Er nickte. „Einige starben. Aber man schob es auf ihr hohes Alter oder auf bestehende Krankheiten. Caroline brauchte jüngere, gesündere Testpersonen. Es ist alles hier. Haarklein. Diese verdammte *Hexe*." Er drehte sich um und fegte mit einem Arm über den Tisch, wobei er Dinge zu Boden warf. Ein gläserner Messbecher zerbrach.

„Ryder." Siv packte ihn am Arm.

„Sie beschloss, Obdachlose ins Visier zu nehmen. Ihnen Geld anzubieten. Sie brauchte die gesündesten unter ihnen." Ryder wandte sich wieder dem Bildschirm zu und fluchte. „Hier steht Jackos Name."

Siv brauchte eine Sekunde, um den Namen zuzuordnen. „Der Krankenpfleger aus der Klinik?"

„Das Drecksschwein hat Caroline die Krankenakten der gesündesten Obdachlosen verkauft, die in die Klinik kamen."

„Nein", hauchte Siv.

Ryder tippte wütend auf die Tastatur. „Hier sind die Aufzeichnungen. Sie hat gewusst, dass es nicht funktioniert und dass Menschen starben, aber sie hat einfach weiter gemacht."

Siv drückte sich an ihn, spürte seinen Schmerz.

Dann sah sie den Namen im selben Moment wie er.

Thomas Robert Wilcox, Testperson 25.

„Robbie war eines ihrer Versuchskaninchen." Ryders

Stimme klang fassungslos. „Er hatte keine Ahnung, dass er sein Todesurteil unterschrieben hatte. Sie hat ihn getötet. Wozu?"

„Damit er die Welt retten kann."

Die Frauenstimme ließ sie beide herumwirbeln.

Caroline betrat das Labor, schloss die Tür hinter sich und verriegelte sie mit einem lauten Klicken.

Die Frau trug eine schmale, schwarze Hose, eine schwarze Bluse und einen Labormantel. Ihr Haar war zu einem kunstvollen Knoten hochgesteckt und Siv vermutete, dass die Frau wahrscheinlich viel Zeit damit verbracht hatte, ihn zu perfektionieren.

„Sie sind eine Mörderin", knurrte Ryder.

„Nein, ich bin eine Lebensretterin. Ich werde Krebs heilen und *Millionen* von Leben retten. Das endlose Leiden beenden."

„Sie machen sich selbst etwas vor", sagte Siv. „Ihr Medikament hat versagt und Sie haben Menschen getötet."

Carolines elegantes Gesicht verzog sich zu einem mitfühlenden Ausdruck. Hatte diese Frau das vor dem Spiegel geübt?

„Um Großes zu erreichen, muss man Risiken eingehen. Opfer müssen gebracht werden."

Ryder stürzte nach vorn und Siv packte ihn.

„Dann riskieren Sie *Ihr eigenes Leben*, nicht das anderer Menschen", fauchte er wutentbrannt. „Warum pumpen Sie sich Ihr verdammtes Medikament nicht in Ihre eigene Vene?"

Caroline verzog das Gesicht. „Ich wollte nie, dass

jemand stirbt. Ich brauchte nur mehr Zeit, um meine Arbeit zu perfektio–"

„Ich habe die Daten gesehen, Caroline." Ryder deutete mit dem Finger auf den Computer. „Ihr Medikament ist Schrott. Es ist eine Fehlentwicklung, die tötet."

Die Frau sah weg und schnaubte. „Die einzigen Menschen, die gestorben sind, waren wirklich alt oder obdachlos. Wen interessiert das schon."

Siv musste Ryder zurückhalten. Er knurrte wieder.

„Mich interessiert es", blaffte er. „Sie haben einen guten Menschen getötet. Er hatte vielleicht keine beeindruckende Karriere und er war auch kein Technologie-Milliardär, aber er war ein guter Mensch. Obwohl Sie selbst auch keine Milliardärin sind, nicht wahr? Alles, was Sie sind, ist eine Betrügerin und eine Versagerin."

Caroline versteifte sich und presste die Lippen zusammen.

Ryder fuhr fort: „Robbie war nicht reich, aber er war anständig. Die Menschen mochten ihn und er kümmerte sich um andere. Ich werde Sie dafür bezahlen lassen, dass Sie ihn umgebracht haben."

Furcht blitzte in Carolines Augen auf. „Ich *werde* Trelaskin hinbekommen. Es wird die Welt verändern –"

„Es ist vorbei, Caroline", sagte Siv. „Chiron wird auffliegen und Sie und Ihr Bruder werden ins Gefängnis gehen."

Die Augen der Frau weiteten sich. „Nein. *Nein.* Ich bin ein Genie. Ich bin –"

„Eine Hochstaplerin." Ryder schüttelte den Kopf. „Die Leute werden sich an Robbie und die anderen erinnern, die Sie umgebracht haben. Sie hingegen? Werden in Vergessenheit geraten. Ein Nichts sein. Man wird Sie in eine Zelle sperren als ein hässliches, abschreckendes Beispiel für das gesamte Silicon Valley."

Carolines Brustkorb hob und senkte sich schnell. Panik stieg in ihr auf und auf ihren Wangen bildeten sich rote Flecken. „Wer sind Sie beide? Christian hatte das Gefühl, dass etwas mit Ihnen nicht stimmt. Er hat Nachforschungen über Sie anstellen lassen."

„Das wissen wir", sagte Ryder. „Wir haben eine Show für Ihren Privatdetektiv abgezogen."

Siv bewegte sich und beobachtete Caroline dabei genau. Die Frau hatte keine Kampfausbildung, aber in die Enge getriebene, verzweifelte Menschen konnten gefährlich sein.

„Ich bin Siv Pedersen, von Norcross Security and Investigations. Das ist Ryder Morgan, ein Sanitäter und Freund von Thomas Robert Wilcox. Mr. Wilcox' Familie beauftragte uns, seinen Mörder zu finden. Er mag auf der Straße gelebt haben, aber er war ein Kriegsveteran und sein Bruder Peter hat ihn sehr geliebt."

„Peter Wilcox." Caroline sah erschrocken aus. „Ich habe ihn kennengelernt. Sein Bruder war obdachlos ...?"

„Robbie war ein Veteran, der unter einer PTBS litt", sagte Ryder. „Aber seine Familie hatte ihn nicht abgeschrieben. Er war kein Abschaum."

„Sie sollten alle namenlose Niemande sein", flüsterte sie.

Abscheu legte sich in Ryders Züge. „Es sollte keine Rolle spielen, ob sie eine reiche Familie hatten oder nicht, sie waren alle Menschen. Was stimmt nicht mit Ihnen, Caroline?"

Caroline richtete sich auf. „Ich wollte nie, dass jemand stirbt.“

„Nun, tot sind diese Leute trotzdem, und Sie sind dafür verantwortlich.“

Sie schluckte. „Ich kann nicht ins Gefängnis gehen.“

Siv stieß einen spöttischen Laut aus. „Zu spät.“

„Nicht, wenn Sie niemals jemandem davon erzählen.“ Caroline leckte sich über die Lippen. „Ich kann dieses Labor verschwinden lassen.“ Ihr Blick verengte sich. „Und Sie beide auch.“

Siv lachte. „Wollen Sie es etwa mit uns aufnehmen?“ Sie schüttelte den Kopf. „Wir sind keine schutzlosen Obdachlosen und wir sind nicht allein. Andere wissen, was Sie getan haben.“

Ein seltsamer, panischer Blick huschte über das Gesicht der Frau. „*Nein*. Wenn Sie beide verschwinden, verschwindet auch alles andere. Ich kann an Trelaskin arbeiten, bis es ein Erfolg wird. Ich werde die Welt verändern.“

Siv sah, wie Ryder sich anspannte.

Caroline schnappte sich ein paar mit Flüssigkeit gefüllte Reagenzgläser von einem der Tische. Sie hob ihr Kinn an. „Ich kann nicht zulassen, dass Sie diesen Raum verlassen. Ich kann nicht zulassen, dass Sie mein Lebenswerk zerstören.“

Sie warf die Gläser.

Mist. Siv wich aus. Sie prallte gegen einen Tisch und eines der Gläser landete nicht weit von ihr und zerschellte. Die Flüssigkeit zischte, als sie sich in das Metall fraß.

Dritt. Es war eine Art Säure.

KAPITEL SECHZEHN

V *erdammte Scheiße.* Ryder sah, wie sich die Säure in das Metall der Werkbank biss.

Wenn sie Siv damit erwischt hätte ...

Nicht, dass seine Frau besorgt aussah. Sie stürzte sich auf Caroline.

Die Wissenschaftlerin warf ein weiteres Glas. Siv schlug es beiseite und es prallte gegen die Wand. Caroline wich hinter den Arbeitstisch zurück und Siv folgte ihr.

„Es ist vorbei, Caroline", sagte Siv.

„Nein! Ich bin zu Großem bestimmt, zu Erfolg. Dank mir wird die Welt zu einem besseren Ort werden."

Ryder biss die Zähne zusammen. Diese selbstsüchtige, eingebildete Frau glaubte tatsächlich jedes Wort, das sie sagte.

„Dank Ihnen ist die Welt bereits ein schlechterer Ort." Siv stürmte nach vorne.

Mit einem Aufschrei schlitterte Caroline um den nächsten Tisch herum. „*Nein.*"

„Doch. Sie haben Menschen umgebracht, Ihre Investoren belogen und ihnen das Geld aus der Tasche gezogen. Sie sind Abschaum."

Carolines Gesicht war kreidebleich und ihr Haar löste sich aus ihrer Hochsteckfrisur. Sie riss einen Kühlschrank auf und holte Injektionsfläschchen heraus. „Ich kann nicht zulassen, dass Sie mich und Christian ruinieren."

„Es geht hier nicht mehr nur um Sie beide", knurrte Ryder und rückte näher. „Es geht um Gerechtigkeit für die Menschen, die Sie getötet haben."

„Geben Sie auf, Caroline", sagte Siv. „Machen Sie es nicht noch schwieriger für sich selbst."

Caroline schüttelte entschlossen den Kopf. Ihr Haar löste sich endgültig aus dem Knoten. „Ich bin ein Genie. Ich bin eine der jüngsten Tech-Milliardärinnen des Landes. Ich werde etwas verändern –"

Verdammt. Ihr verblendeter Glaube war zu tief in ihr verwurzelt.

Caroline schnappte sich eine Spritze von der Werkbank und tauchte die Nadel in eine der Injektionsfläschchen. Sie bewegte sich rückwärts.

Ryder runzelte die Stirn und sah, dass Siv ihr folgte.

„Caroline, legen Sie das weg", sagte Ryder.

Die Frau atmete schnell. „Das ist Trelaskin. Eine hochkonzentrierte Dosis. Sie werden beide schnell sterben. Es tut mir leid."

Ryder riss seine Glock hoch. „Legen Sie es weg." Verdammt, Siv war zu nah dran.

Dann griff Siv an.

Sie trat Caroline und die Frau krümmte sich und

gab einen schmerzhaften Laut von sich. Sivs nächster Tritt landete auf dem Arm der Wissenschaftlerin. Die Spritze flog durch die Luft und landete auf den Fliesenboden.

Siv setzte mit zwei Fausthieben nach. Caroline knallte stöhnend gegen einen Tisch. Sie war keine ebenbürtige Gegnerin für Siv.

Siv zog ein paar Kabelbinder heraus. „Es ist vorbei –"

Mit einem wilden Schrei schnappte sich Caroline eine kleine Zentrifuge und schleuderte das Gerät auf Siv.

Es gelang ihr, sie am Kiefer zu erwischen. Caroline nutzte das Überraschungsmoment und sprang auf Siv. Die beiden Frauen stürzten zu Boden.

Mist. „Siv!" Ryder umrundete den Tisch.

„Alles im Griff", rief Siv. „Gib mir eine Sekunde."

Die Frauen rangen miteinander. Siv schaffte es, nach oben zu gelangen, und presste Caroline mit dem Bauch auf die Fliesen.

Die Wissenschaftlerin schob sich ruckartig vorwärts und streckte die Hand aus. Siv bohrte ein Knie in den Rücken der Frau.

In diesem Moment sah Ryder, worauf Caroline es abgesehen hatte.

Es war die Spritze mit dem Trelaskin, die noch auf dem Boden lag.

Sein Herz klopfte wild in seiner Brust und er versuchte, eine freie Schussbahn zu bekommen. „Siv, pass auf!"

Caroline schnappte sich die Spritze und stach auf Siv ein. Siv rollte sich ihm letzten Moment von ihr herunter.

Verdammt noch mal. Ryder hatte immer noch keine

freie Schussbahn. Er konnte nicht riskieren, Siv zu treffen.

Die Frauen rangen wieder miteinander.

„Lassen Sie die Spritze fallen, Caroline." Ryder näherte sich, aber die Frauen hörten ihn nicht einmal.

Siv rollte sich zur anderen Seite. Mit einem wutentbrannten Brüllen stürzte sich Caroline auf Siv.

Die Nadel bohrte sich in das Fleisch an Sivs Arm. *Nein.*

Siv griff danach, während Caroline sich aufrichtete. Panik erfüllte Ryders Brust und er feuerte einen Schuss ab, der laut im Labor widerhallte.

Die Kugel streifte Carolines Arm. Sie schrie auf und der Aufprall wirbelte sie von Siv weg.

„Auf den Boden", brüllte er. „Sofort!"

Caroline taumelte und stolperte über einen Hocker.

Ryder sah zu, wie die Frau mit einem spitzen Schrei zu Boden fiel. Ihr Hinterkopf schlug gegen die Ecke der Werkbank und sie sackte zu Boden.

Er eilte zu Siv. Sie setzte sich auf und zog die Spritze aus ihrer Haut.

„Siv. *Scheiße.*" Er sank auf die Knie und sein Herz pochte wie wild.

Sie warf die Spritze auf den Boden und ergriff seine Hand. „Ist schon gut. Sie hat nicht runtergedrückt."

Sein Blick senkte sich und er sah, dass die Spritze immer noch mit Flüssigkeit gefüllt war. Er stieß einen scharfen Atemzug aus.

„Gott sei Dank." Er drückte sie an seine Brust. Der Gedanke, sie zu verlieren …

Siv küsste seinen Kiefer und versteifte sich dann. „Oh, Scheiße."

Ryder blickte zurück und sein Magen krampfte sich zusammen. Caroline hatte sich nicht bewegt. Sie lag auf der Seite und ihre reglosen Augen starrten ins Leere. Unter ihrem Kopf begann sich eine Blutlache zu bilden.

„Ach, verdammt." Er ging zu der Frau hinüber und überprüfte ihren Puls. Die Kugel hatte ihren Arm nur gestreift. Es war der Sturz gegen die Tischkante gewesen, der sie getötet hatte.

Gemischte Gefühle regten sich in ihm. Jeder Tod war schlimm. Obwohl er wusste, was sie getan hatte – dass sie für Robbies Tod verantwortlich war, für den Tod anderer, und ganz zu schweigen davon, dass sie versucht hatte, Siv zu töten –, war es trotzdem traurig.

Eine Hand legte sich auf seine Schulter und er blickte zu Siv auf.

„Es ist nicht deine Schuld", sagte sie.

„Ich weiß, aber ich wollte, dass sie in den Knast wandert, nicht das hier."

„Komm schon. Wir müssen den Funkverkehr wieder-herstellen und mit den anderen reden."

Mit einem Nicken erhob er sich.

Plötzlich öffnete sich die Labortür. „Caro, warum war die Tür verschlossen? Geht es dir –?"

Christian Foster blieb ruckartig stehen und starrte sie an. Er trug Jeans und, Überraschung, einen schwarzen Rollkragenpullover. „Was zum Teufel tun Sie beide hier?"

Ryder trat vor, die Waffe seitlich an sein Bein gepresst. „Foster –"

Aber Christian stürmte vorwärts und entdeckte die Waffe. Dann fiel sein Blick auf den reglosen Körper seiner Schwester.

Schock, Wut und Trauer verzerrten sein Gesicht. „Caro ... Nein."

„Es tut mir leid", sagte Siv. „Wir –"

„Sie haben sie getötet!", schrie Christian im Flüsterton und sein Gesicht verzerrte sich zu einer wütenden Fratze. „*Caro*."

Ryder holte tief Luft. „Es war ein Unfall."

Christians Blick wurde leer. „Sie sind keine Investoren. Ich wusste, dass mit Ihnen etwas nicht stimmt."

„Wir ermitteln gegen Sie wegen Ihres so genannten Medikaments und der Menschen, die Sie getötet haben", sagte Ryder.

Christian fuhr sich mit den Händen durch die Haare. „Sie waren alle unbedeutend. Niemanden kümmerte es, dass sie starben. Caroline war wunderschön, angesehen ..." Er war schwer getroffen.

„Diese Menschen waren auch wichtig und niemand verdient es, ermordet zu werden", sagte Ryder.

Christian starrte ihn erzürnt an. „Und doch haben Sie meine Schwester getötet."

„Sie hat uns zuerst angegriffen. Ich habe in Selbstverteidigung auf sie geschossen und sie ist gestürzt."

Christian schüttelte den Kopf. „Das werden Sie büßen."

„Das reicht." Siv trat vor. „Es ist vorbei. Wir wollen nicht, dass noch jemand verletzt wird."

Der Mann stieß einen wütenden Laut aus, drehte sich um und rannte zur Tür.

„Halt!", schrie Ryder.

Christian schlug mit der Hand gegen die Wand. Das Licht ging aus und ein Alarm ertönte.

Verdammt. Ryder konnte nichts sehen. „Siv?"

„Ich kann ihn nicht sehen."

Aus den Sprinklern an der Decke spritzte Wasser und durchnässte sie.

Verdammt noch mal. Ein plötzlicher Schubs ließ Ryder ausrutschen. Er prallte gegen den nächstgelegenen Tisch und stürzte. Irgendwo nahm er die Geräusche eines Handgemenges wahr.

„Siv!" Er rappelte sich auf.

Die Tür öffnete sich und schlug zu.

Verdammte Scheiße. Ryder sprang auf und fand die Wand. Er tastete sie mit den Händen ab, auf der Suche nach dem Lichtschalter.

„Siv!", brüllte er.

Es kam keine Antwort. Mit rasendem Puls fand er die Tür und wollte sie öffnen. Sie war von außen versperrt.

Er suchte weiter und fand den Lichtschalter.

Er schaltete das Licht wieder ein.

Bis auf Ryder und Carolines toten Körper war das durchnässte Labor leer.

Foster hatte Siv.

Nein. Verdammt, nein. Er drehte sich um und hämmerte gegen die Tür.

UFF, warum fühlte sie sich so groggy?

Siv versuchte, den Nebel in ihrem Kopf zu lichten. Ihr Körper wippte seltsam auf und ab. Hatte sie eine lange Nacht hinter sich? Normalerweise trank sie nicht genug, um einen Kater zu haben.

Es gelang ihr, ein Auge zu öffnen.

Jemand trug sie. Sie hing über die Schulter eines Mannes.

Gedanken versuchten sich einen Weg an die Oberfläche zu bahnen, aber sie konnte sich keinen Reim darauf machen. Es war alles ein konfuses Durcheinander. Sie blinzelte langsam. Ihre Kleidung war nass. Sie hob den Kopf und sah, dass sie in einer Garage waren. Sie nahm eine Reihe von teuren Autos wahr. Dann entdeckte sie den Elektroschocker am Gürtel des Mannes.

Elektroschocker.

Die Erinnerungen brachen über sie herein.

Robbie Wilcox. Die Fosters. Ryder.

Verdammt, Caroline war tot. Und in der von Wassertropfen aus den Sprinklern durchtränkten Dunkelheit hatte Christian Foster sie überrumpelt und betäubt.

Ging es Ryder gut?

Sie versuchte, ihre Sorge um ihn in den Griff zu bekommen. Zuerst musste sie sich befreien. Und leider waren ihre Extremitäten immer noch kribbelig und fühlten sich taub an.

Die Welt drehte sich und sie wurde auf den Beifahrersitz eines Fahrzeugs geworfen.

Siv blinzelte.

„Ah, du wachst auf." Christian zerrten an ihren Händen und band sie mit einem Stück Seil zusammen.

Sie blinzelte und versuchte, die Unschärfe aus ihrer Sicht zu vertreiben. Sie hatte Erfahrung damit, die Auswirkungen des Elektroschockers abzuschütteln.

Aber dieses Mal fühlte es sich anders an.

„Ich habe dir etwas gespritzt", sagte er.

Sie ließ ihren Blick nach oben schweifen.

Christians Gesicht war eine Maske der Boshaftigkeit. „Betäubungsmittel. Damit du gefügig bleibst." Er schlug die Tür zu und umrundete das schnittige, rote Auto.

Sie erkannte, dass es ein Tesla Roadster war. Der Innenraum war fast futuristisch, mit glatten, cremefarbenen Sitzen, einem kleinen Lenkrad, das so geformt war, als gehöre es in ein Raumschiff, und einem glänzenden, rechteckigen Bildschirm in der Mitte des Armaturenbretts.

Er stieg ein, griff nach dem Lenkrad, und das Fahrzeug rollte lautlos aus der Garage. Das Garagentor weiter vorn öffnete sich.

Er war angespannt und sah sich um, als sie die Garage verließen. Dann schoss er die lange, von Bäumen gesäumte Auffahrt hinunter.

Als sie davonfuhren, sah Siv im Seitenspiegel zwei Männer aus dem Haus rennen. Sie sahen aus wie Vander und Saxon.

„Caroline –" Christians Stimme brach und seine Hände krümmten sich um das Lenkrad. „Dieses Arschloch hat sie umgebracht."

„Wo ist er?" Ihre Stimme war rau.

„Ich habe ihn im Labor eingesperrt." Christian sah sie flüchtig an. In seinem stechenden Blick lag Wut. „Ich wollte ihn umbringen, aber so ist es besser. Er hat mir etwas Wichtiges weggenommen, also nehme ich ihm etwas Wichtiges weg."

Ihr Herz schlug schneller. „Er ist … nicht wirklich mein Ehemann."

„Ich habe gesehen, wie er dich ansieht. Du bist ihm wichtig."

Sivs Atem stockte. „Nein, ich –"

Christian gab einen Laut von sich. „Er hat deinen Namen geschrien. Wir werden schon sehen, wie er sich fühlt, jetzt, wo ich etwas habe, das ihm etwas bedeutet."

„Foster –"

„Halt die Klappe." Er beschleunigte und die Hinterräder scherten leicht aus.

Siv spürte, wie Schmerzen sich in ihren Körper bohrten und unterdrückte ein Stöhnen. Ihr Gehirn und ihr Körper fühlten sich träge an von dem, was er ihr gegeben hatte.

„Ihr beide habt Betrug und Mord begangen", sagte sie. „Trelaskin wirkt nicht. Es tötet. Was mit Caroline passiert ist, war –"

„Ich sagte, *halt die Klappe*." Er fuhr auf die Autobahn und machte sich auf den Weg in Richtung Stadt.

„Wohin fahren wir?" Sie hob ihre gefesselten Hände an ihr Gesicht. Verdammt, er hatte offensichtlich ihren In-Ear gefunden, denn er war weg.

„Ich weiß es noch nicht." Er schlug eine Hand auf das Lenkrad. „Alles, woran ich denken kann, ist meine Schwester. Sie ist tot." Kummer durchtränkte seine Stimme.

Siv schluckte. „Es tut mir leid."

Ein Muskel in seinem Kiefer spannte sich an. „Das wird es noch – und deinem Mann auch."

Sie holte tief Luft. Ryder und die anderen würden sie finden. Sie musste einfach ruhig bleiben und den richtigen Moment abwarten, um Christian zu überwältigen.

Sie konnte nur hoffen, dass die anderen nicht zu lange brauchten.

Eines wusste sie allerdings ganz genau: Ryder würde kommen, um sie zu retten.

BLANKE PANIK LECKTE durch seine Adern. Ryder hämmerte gegen die verschlossene Tür des Labors.

Dieser Scheißkerl Foster hatte Siv.

Ryder wusste, dass sie auf sich selbst aufpassen konnte, aber wenn man Hals über Kopf in jemanden verliebt war, half keine Logik.

Sein Herz pochte. Er *durfte* sie nicht verlieren.

„Ryder?" Vanders Stimme drang durch die Tür.

„Hier drin!"

Er hörte zwei gedämpfte Schüsse und die Tür schwang auf.

Vander trat in den Türrahmen. Er nahm Notiz von der Sprinkleranlage und Carolines Leiche. „*Scheiße.*"

„Sie ist gestürzt und hat sich den Kopf angeschlagen." Ryder stürmte hinaus und strich sich das nasse Haar aus dem Gesicht. Ein grimmig dreinblickender Cam stand auf dem Flur.

„Geht es dir gut?", fragte sein Bruder, die Pistole in der Hand.

„Ja. Christian Foster hat Siv."

Vander fluchte und berührte sein Ohr. „Ace, ich muss sofort wissen, wo Fosters Auto ist. Er hat Siv."

Ein Muskel zuckte in Ryders Augenwinkeln. „Er muss sie kampfunfähig gemacht haben."

„Wir haben gesehen, wie sein Auto mit Vollgas davongefahren ist", sagte Vander.

„Rhys und Saxon sind draußen. Na los, bewegen wir uns." Vander berührte wieder sein Ohr. „Und Ace, ruf Hunt an. Wir haben eine Leiche. Caroline Foster."

Ryder versuchte, seine Gefühle in den Griff zu bekommen. Die Angst saß ihm im Nacken. „Foster wird ihr vielleicht etwas antun."

„Sie ist hart im Nehmen", sagte Vander.

Ja, aber sie hatte auch ihre sanften Seiten. Und sie hatte Ryder genug vertraut, um ihm diese Sanftheit zu zeigen.

„Verdammt." Er fuhr sich mit den Händen durch die Haare. „Nicht zu wissen, ob sie verletzt ist –"

„Ich habe mir die Aufnahmen der Überwachungskameras angesehen", sagte Ace. „Foster hat sie mit einem Elektroschocker betäubt und es sieht so aus, als hätte er ihr etwas gespritzt."

Ryders Puls peitschte in die Höhe. Er hoffte inständig, dass es nicht Trelaskin war.

„Es sah so aus, als wäre sie in der Garage zu sich gekommen", fuhr Ace fort.

Ryder stieß einen scharfen Atemzug aus. Cam legte ihm eine Hand auf den Arm und drückte ihn.

Draußen liefen sie durch die Baumreihen und kletterten über den Zaun, um zu den parkenden Geländewagen zu gelangen.

„Wir *müssen* sie finden." Ryder kratzte jedes Fünkchen Gelassenheit zusammen, um Ruhe zu bewahren. „Foster hat gesehen, dass seine Schwester tot ist, und ist total durchgedreht."

Vanders Kiefer spannte sich an.

„Und er weiß, dass wir Chiron auf der Spur sind."

„Er hat nichts mehr zu verlieren", sagte Saxon.

Ryders Magen drehte sich um. Er musste zu Siv gelangen, bevor Foster in die Luft ging.

Sie erreichten die Autos und Ryder sprang auf den Beifahrersitz. Vander ließ den Motor aufheulen und stieg aufs Gas. Der andere X6 raste ihnen hinterher.

Dann berührte Vander das Armaturenbrett. „Rede mit mir, Ace."

„Okay, ich habe Fosters Tesla-Roadster auf ein paar Kameras erwischt. Er ist auf dem Weg zurück in die Stadt."

„Wo bringt er sie hin?", murmelte Ryder vor sich hin.

„Verstanden, Ace", sagte Vander. „Wir sind auf dem Weg. Halte uns auf dem Laufenden."

„Kannst du sehen, ob es ihr gut geht?", fragte Ryder.

„Sie ist jedenfalls bei Bewusstsein", sagte Ace. „Wir werden sie finden, Ryder. Und wie ich unser Mädchen kenne, wird Siv sich selbst um Foster gekümmert haben, bis wir zu ihr kommen."

Ryders Hand ballte sich zu einer Faust. Er hoffte es. Inständig. Aber bis sie Siv sicher zurück hatten, bis er sie in seinen Armen halten konnte, würde er nicht aufhören, sich Sorgen zu machen.

„Es wird alles gut", sagte Vander.

„Verdammt, hast du dich so gefühlt, als diese Biker-Gang Brynn entführt hat?" Und so musste sich auch Hunt gefühlt haben, als seine Frau Savannah ihrem Stalker gegenübergestanden hatte. Als würde man ihm die Eingeweide einzeln herausreißen.

„Fühlt es sich an, als hättest du Motoröl geschluckt?", fragte Vander.

„Ja", stimmte Ryder zu.

„Dann ja."

Ryder stieß einen Atemzug aus.

„Reiß dich zusammen", befahl Vander. „Für Siv."

Ryder nickte. „Kannst du schneller fahren?"

Mit einem einseitigen Lächeln beschleunigte Vander.

KAPITEL SIEBZEHN

S iv versuchte immer wieder, die Seile um ihre Handgelenke zu lockern, ohne dass ihr Entführer es bemerkte.

Sie waren zurück in San Francisco, aber Foster schien keine Anstalten zu machen, langsamer zu werden.

„Wohin fahren wir?", fragte sie.

„Sei still." Er umklammerte reflexartig das Lenkrad.

„Du hast keinen Plan, oder?" Sie senkte ihre Stimme. „Tu das Richtige, Christian. Es ist vorbei. Steh deinen Mann und –"

„Ruhe! Das ist alles deine Schuld. Wenn du und dieser Typ nicht gekommen wärt, um eure Nasen in die Angelegenheiten anderer –"

„Menschen sind *tot*. Ihre Familien wollten Antworten."

Foster fluchte. „Caro und ich wollten die Welt verändern."

„Du machst dir nur etwas vor."

Er knurrte, stieg aufs Gas und wich den anderen

Autos aus, wann immer er konnte. In der Ferne sah sie das Grün des Presidios. Sie hatte vorgehabt, sich den Park anzusehen, sobald sie etwas Freizeit hatte. In der Ferne konnte sie einen Blick auf die Golden Gate Bridge erhaschen.

„Wohin fahren wir?", fragte sie erneut.

Keine Antwort.

Sie fuhren durch mehrere kurze Tunnel und befanden sich auf dem Weg zur Brücke. Siv warf einen Blick in den Rückspiegel.

Und entdeckte einen schwarzen X6, der mehrere Wagenlängen Abstand hielt.

Ihr Herz schlug ihr bis zum Hals. Ryder und ihr Team kämpften sich zu ihr vor.

Die roten Türme der Brücke ragten vor ihnen auf. Foster beschleunigte und fädelte sich wie wild durch den Verkehr.

„Du musst langsamer fahren", sagte sie.

„Ich pfeife auf deine Meinung. Dank dir und diesem Kerl habe ich das Wichtigste in meinem Leben verloren." Sein Gesicht verzog sich. „Mein Leben ist vorbei und deins auch."

Ihr Puls beschleunigte sich. Er war nicht mehr zurechnungsfähig.

Er gab Gas und sie fuhren auf die Brücke. Siv nahm sich einen Moment Zeit, um ihren Blick über die Wasseroberfläche schweifen zu lassen. Plötzlich verriss Foster das Lenkrad, um ein Auto vor ihnen zu überholen. Er rammte das Heck und das andere Auto kam mit quietschenden Reifen und um hundertachtzig Grad gedreht zum Stehen. Siv blickte zurück und sah, wie ein weiteres Auto in das davor krachte.

Hinter ihnen sah sie, wie die Autos der Reihe nach anhielten ...

Alle, bis auf zwei X6, die die Unfallstelle links liegen ließen.

„Langsamer", versuchte sie es erneut.

Foster lachte. „Vielleicht lenke ich das Auto von der Brücke und wir ertrinken in der Bucht."

Sie ließ sich nichts anmerken und bearbeitete weiter ihre Fesseln. Bald spürte sie, wie sie sich lockerten und zu Boden fielen. Sie warf einen Blick aus dem Fenster und war sich ziemlich sicher, dass das rote Metallgeländer der Brücke halten würde, selbst wenn das Auto mit voller Wucht dagegen krachte.

Vor ihr sah sie blinkende Lichter. Ihre Brust zog sich zusammen. Die Polizei hatte am nördlichen Ende der Brücke eine Barrikade errichtet.

Foster sah die Männer und fluchte. Er legte eine Vollbremsung hin.

„Caroline würde nicht wollen, dass du stirbst, Christian", sagte Siv langsam.

Er presste die Lippen zusammen. „Sie würde auch nicht wollen, dass ich ins Gefängnis wandere."

„Ein guter Mensch übernimmt die Verantwortung für sein Handeln." Sie dachte an Ryder. Er war ein guter Mensch, der immer noch an all die Leben dachte, die er im Einsatz verloren hatte, und der immer noch ein Gefühl hatte, versagt zu haben, obwohl er alles getan hatte, was er konnte, und mehr.

Christian übernahm für nichts die Verantwortung. Ryder halste sich sogar zu viel davon auf.

Gott, sie liebte ihn.

Siv biss sich auf die Lippe. Sie war dabei, sich in Ryder Morgan zu verlieben.

Die Geländewagen von Norcross kamen hinter ihnen mit quietschenden Reifen zum Stehen. Die Männer stiegen aus.

Vander übernahm die Führung und schritt auf sie zu. Dann sah sie Ryder. Seine Haare waren nass und er hielt eine Waffe in der Hand.

Um sie zu retten.

Er würde nie ihre Schlachten für sie schlagen wollen, aber er würde ihr immer helfend zur Seite stehen. Er würde sie immer unterstützen, wenn sie tat, was sie am besten konnte.

Er würde sich nie von ihr abwenden, sondern immer für sie da sein.

Plötzlich riss Foster eine Waffe hoch und richtete sie quer durch den Innenraum des Wagens auf sie. Sie zuckte zusammen, als sie erkannte, dass es ihre eigene Glock war.

Verdammt. Er starrte durch die Windschutzscheibe auf die Polizeiabsperrung. Selbst aus der Ferne konnte Siv Hunts hochgewachsene Gestalt ausmachen. Dann blickte Foster zurück zu den Norcross-Männern.

Er richtete die Waffe auf Sivs Kopf. „Wir steigen aus."

„Okay, ich werde –"

Er packte sie grob am Oberteil und zerrte sie zur Tür. Sie knallte mit der Hüfte gegen die Mittelkonsole, aber mit dem Mann mit der Waffe würde sie nicht diskutieren.

Er kletterte hinaus und zog sie mit sich. Draußen schob er sie vor sich her und rammte ihr die Waffe in den Rücken.

„Legen Sie die Waffe nieder, Foster." Vanders Stimme war eiskalt.

„*Nein.*" Foster schüttelte den Kopf. Sein Blick richtete sich auf Ryder. „Nein, *er* muss für den Mord an meiner Schwester bezahlen." Er stieß Siv an. „Ein Leben für ein Leben."

Sie sah Ryder an. Sein Körper war angespannt, sein Mund zu einer flachen Linie zusammengepresst.

Sie begegnete seinem Blick.

Ich habe das im Griff, versuchte sie ihm zu vermitteln.

Er hob kaum merklich sein Kinn.

Ihr wurde warm ums Herz. Ihr Mann vertraute ihr damit, dass sie tat, was getan werden musste.

„Bewegung!", knurrte Foster.

Sie erreichten das Geländer, das die Straße vom Fußgängerweg trennte.

„Drüber klettern."

Siv schwang die Beine über das Geländer und sah, dass mehrere Radfahrer in ein paar Metern Entfernung stehen geblieben waren und das Drama gespannt beobachteten.

Der Wind zerzauste ihr Haar. Die Bucht und die Skyline von San Francisco breiteten sich vor ihr aus. Sie hätte sich gern die Zeit genommen, die Aussicht zu bewundern, wäre da nicht die Pistole gewesen, die sich an ihre Wirbelsäule presste.

Foster kletterte nach ihr hinüber und achtete darauf, dass sie zwischen ihm und den Norcross-Männern blieb.

Er zerrte sie an das äußere Geländer. Das Wasser unter ihm war blau, mit kleinen Schaumkronen, die der Wind verursachte.

Sie sah, wie Fosters Gesicht blass wurde. Es war ein tiefer Fall, aber nichts, was Siv nicht schon von ihrem Einsatz auf der Bohrinsel kannte.

„Geh." Er zerrte sie rückwärts und erhob seine Stimme. „Alle bleiben, wo sie sind, oder sie bekommt eine Kugel in den Rücken."

Die Norcross-Männer erstarrten. Sie sah Wut und Angst in Ryders Augen auflodern.

Sie erreichten eine Stelle, an der Wartungsarbeiten an der Brücke durchgeführt wurden. Über das Geländer hing weiße Plastikfolie und daneben standen ein paar provisorische Schilder und schwere Werkzeugkästen.

„Du kannst nirgendwo hin, Christian." Sie hielt ihre Stimme ruhig und gleichmäßig. „Du steckst zwischen der Polizei und Norcross fest. Es ist an der Zeit, die Waffe niederzulegen."

„Nein." Er schüttelte sie. „Ich kann nicht zurück. Caroline ist tot." Sein Schmerz war nicht zu überhören. „Ein wunderschönes Leben ist für immer verloren."

In Siv brodelte die Wut. Dieser Typ lebte doch im Traumland. Dieses wunderschöne Leben, das seine Schwester und er angeblich lebten, war eine bloße Erfindung. Sie waren Killer mit gesunden Zähnen, gepflegten Haaren und einer teuren Ausbildung.

Siv hatte gesehen, worauf es ankam. Nämlich auf die kleinen Dinge. Freundlich zu sein. Das Richtige zu tun.

Menschen mit Würde zu behandeln. Sich um andere zu kümmern.

All die Dinge, für die Ryder Morgan stand.

Genug. Sie hatte genug. Siv wirbelte herum. Ihr Schlag ließ die Waffe aus Fosters Hand segeln.

Er schrie auf und sie hörte Männer rufen und Schritte, die auf sie zugelaufen kamen.

Ihre Männer waren auf dem Weg.

Mit einem animalischen Schrei stürzte sich Foster auf sie. Er packte sie an den Schenkeln und hob sie daran hoch.

Ihr Herz schlug wie verrückt.

Oh, faen.

Alles ging so schnell. Plötzlich war ihr Hintern auf dem Geländer, und Foster schubste sie.

Siv versuchte, sich irgendwo festzuklammern. Sie schaute über Fosters Kopf hinweg, das Herz pochte ihr bis zum Hals. Die Norcross-Männer sprinteten auf sie zu, aber sie waren zu weit weg.

Ihr Blick begegnete Ryders. Er rannte auf sie zu, so schnell er konnte, mit all seiner Kraft und all den Muskeln in seinen Beinen, die Arme an seinen Seiten verschwommen, so schnell holte er mit jedem Schritt aus.

Dann kippten sie und Foster rückwärts in die Luft und von der Brücke.

RYDER SPÜRTE, wie seine Welt implodierte. Schockiert musste er zusehen, wie erst Siv über das Geländer stürzte und im nächsten Moment Foster.

Sie fielen, bis er sie nicht mehr sah.

Von der verdammten Golden Gate Bridge.

„*Siv*!" Ryders verzweifelter Schrei hallte über die Brücke.

Arme packten ihn und zwangen ihn, stehenzubleiben.

„Lasst mich los!" Er kämpfte gegen die Fesseln aus Muskeln an.

Cam, kein Mann hatte je grimmiger dreingesehen, und ein fassungsloser Saxon hielten ihn fest. Ryder versuchte mit aller Kraft, sich aus ihrem Griff zu befreien.

„Ich sagte, lasst mich los!"

Vander stellte sich vor ihn. Sein Gesicht war wie versteinert, aber die Wut in seinen dunkelblauen Augen sprach Bände.

„Lasst ihn los", befahl Vander.

Ryder sprintete zum Geländer. Siv. S*iv*.

Nein. So durfte es nicht enden. Er hatte sie doch gerade erst gefunden. Er durfte nicht auch noch sie im Stich lassen. Er konnte nicht ohne sie leben.

Er erreichte das Geländer und starrte in die Tiefe.

Er atmete keuchend aus.

Foster und Siv lagen beide mit gespreizten Beinen auf einer Gitterplattform darunter.

„Fuck!", schrie Ryder.

Die anderen scharten sich am Geländer um ihn.

„Die Suizidbarriere", sagte Vander.

„Die Stadt arbeitet derzeit daran, sie flächendeckend anzubringen", fügte Saxon hinzu. „Wegen der vielen Selbstmorde auf der Brücke."

Foster kroch auf allen Vieren los und machte einen Satz, um auf die Arbeitsplattform zu gelangen, die unter der Brücke hing.

Siv sprang auf. Der Wind zerrte an ihrer Kleidung, als sie ihm folgte. Ryders Herz drohte, stehenzubleiben, als er sie springen und auf der Arbeitsplattform landen sah.

Mit einem Schrei stürzte sich Foster auf sie.

Verdammte Drecksscheiße. Die Plattform hatte kein Geländer. Es standen nur ein paar Kisten mit Ausrüstung darauf, daneben mehrere Stapel von Metall und Seilen für die Installation der Suizidbarriere.

Die Arbeiter wären mit Gurten gesichert, die sie vor dem Absturz schützen sollten, wenn sie auf der Plattform arbeiteten. Sein Puls pochte in seinen Ohren.

Siv hatte keinen solchen Gurt. Ein Schubser in die falsche Richtung ...

Foster und Siv hielten einander gepackt und drehten sich im Kreis. Während die beiden kämpften, kamen sie dem Abgrund beängstigend nahe.

„Wir müssen da runter", knurrte Ryder.

Er sah, wie Siv Foster trat. Der Mann prallte gegen ein paar der Kisten. Er sprang auf und stieß sie an, Siv geriet ins Wanken ... und rutschte viel zu nah an den Rand.

Auf ihrem Gesicht war keine Angst oder Panik zu erkennen. Trotz des Abgrunds unter ihr war sie die Ruhe selbst.

Als Foster erneut angriff, wurde Ryder noch etwas klar. Siv versuchte nicht, den Mann zu töten. Sie versuchte, ihn zu überwältigen.

Christian Foster hingegen hatte nichts mehr zu verlieren.

Das Geräusch eines Schusses ließ Ryder hochfahren und herumwirbeln.

Vander hatte das Schloss von einem der großen Werkzeugkästen geschossen. Er klappte den Deckel auf. Darin befanden sich Auffanggurte und Seile.

Vander schnappte sich eines und hielt es Ryder hin, dann ein weiteres, das er Cam reichte. „Zieht das an und seilt euch ab."

Sie hatten alle schon in militärischen Haltegurten in Hubschraubern gesessen. Es dauerte nicht lange, bis sie ihre Gurte entwirrt und angelegt hatten. Saxon half Ryder, die Gurte festzuziehen. Rhys half Cam.

Vander fixierte die Seile an den Befestigungspunkten des Geländers. „Los!"

Ryder kletterte darüber und schwebte eine Sekunde lang in der Luft. Er sah eine Leiter, griff danach und machte sich auf den Weg nach unten.

Cam tauchte über ihm auf.

Ryder bewegte sich schnell. Die Kampfgeräusche wurden immer lauter.

„Ergeben Sie sich, Foster", rief Siv.

Foster gab nur einen wütenden Laut von sich. Ryder warf einen Blick zu den beiden hinüber und sah, wie der Mann nach Siv schlug.

Sie duckte sich.

Foster taumelte zurück und warf einen Blick auf die Arbeitsmaterialien, die umher lagen. Er schnappte sich ein Metallrohr von der Länge eines Baseballschlägers.

Oh, verdammt.

Der Mann holte aus und Siv sprang zur Seite.

Ryders Stiefel berührten das Metall und er eilte über die Plattform, seine Glock im Anschlag.

„Foster, lassen Sie das Rohr fallen und knien Sie nicder."

Es war, als ob der Mann Ryder nicht einmal gehört hätte. Er schlug erneut nach Siv.

Sie duckte sich und versuchte, Foster die Beine unter den Füßen wegzutreten.

„Ich schleiche mich von hinten an ihn ran", murmelte Cam.

Ryders Bruder bewegte sich um die Stapel von Kisten und Geräten in der Mitte der Plattform herum.

Ryder rückte näher. Ein sauberer Schuss war alles, was er brauchte.

Als Foster ausholte, packte Siv das Rohr und die Muskeln in ihren Armen waren zum Bersten gespannt. Sie und Foster versuchten, sich gegenseitig damit wegzustoßen.

Schließlich schaffte er es, ihr das Rohr aus den Händen zu reißen.

Siv taumelte, warf die Arme in die Höhe und balancierte auf der Kante der Plattform.

Verflucht. Ryder feuerte einen Schuss ab.

Die Kugel zischte an Fosters Ohr vorbei, brachte ihn aus der Balance und schlug seitlich in eine Ecke der Plattform ein. Foster krachte gegen eine Kiste voller Werkzeuge, woraufhin diese umkippte, über den glatten Boden glitt und in einen Stützpfeiler schlitterte.

Ein tiefes, metallisches Ächzen ertönte.

Plötzlich gab der Stützpfeiler nach und die Plattform kippte.

Oh, Scheiße.

Werkzeuge, Seile und Metallteile begannen, zu rutschen, und fielen wie ein Metallregen hinab ins Wasser der Bucht.

„Siv!", schrie Ryder.

Gelassen und ruhig hockte Siv sich hin und packte die Kante des Metallbodens.

Foster rutschte mit einem Schrei abwärts, über den Rand, schaffte es aber, sich an der Kante festzuklammern, doch seine Beine baumelten nun in der Luft.

„Siv, komm hier rüber." Ryders Mund war trocken. Eine falsche Bewegung und Siv würde abstürzen.

Nein. Er würde sie nicht verlieren. Er rückte näher.

„Ich kann mich nicht mehr lange halten." Fosters Stimme war ein verängstigtes, schrilles Kreischen. „Ich will nicht sterben!"

Ryder ignorierte den Mann, aber Siv starrte Foster an. Er sah, wie sie sich ein Seil schnappte, das neben ihr lag, und es am Gitterboden befestigte.

Sie hatte diesen Ausdruck im Gesicht.

Scheiße. Sie hatte einen Freund auf diese Weise verloren. Das hier war ihr persönlicher, verdammter Albtraum.

„Siv. Hier entlang", drängte Ryder erneut.

Cam tauchte auf und bewegte sich vorsichtig auf Foster zu.

„Ich ... rutsche ab", schluchzte Foster.

Verdammt, Ryder wünschte sich, der Mann wäre ihm egal. „Cam, kannst du Foster sichern?"

„Schon dabei." Cam schnappte sich eine Rolle Seil und rückte näher heran.

„Siv?", fragte Ryder.

„Es geht mir gut."

Foster machte ein Geräusch ...

Dann lösten sich seine Finger von der Kante.

„Fuck", stieß Ryder hervor.

Siv sprang und griff mit der linken Hand nach dem Seil.

Ihm wurde blitzartig klar, was seine viel zu mutige, viel zu ehrenhafte Frau plante.

Sein Herz schlug ihm bis zum Hals. „Siv!"

Sie sprang von der Plattform und griff im freien Fall nach Foster.

KAPITEL ACHTZEHN

Siv erwischte Fosters Hand. Seine Finger klammerten sich in verzweifelter Panik um ihre.

Das Seil spannte sich und sie trug sein gesamtes Gewicht. Ein quälender Schmerz bohrte sich in ihre Schulter.

„Lass mich nicht fallen", flehte er.

Sie war gerade von einer Plattform gesprungen, um ihn zu retten. Da würde sie ihn ganz bestimmt nicht in den sicheren Tod stürzen lassen.

Foster strampelte mit den Beinen. Das Wasser war ein sich kräuselndes, blaues Tuch, weit, weit unter ihnen.

Das Seil, an dem sie sich festhielt, war rutschig, und sie konnte nicht verhindern, dass sie zusammenzuckte, als sie ein Stück daran abwärts glitt. Sie stöhnte auf und der Schmerz ließ ihr den Kopf schwirren.

Sie wollte unbedingt wieder festen Boden unter den Füßen haben. Und sie wollte Ryder. Sie wollte ihm sagen, dass sie in ihn verliebt war.

Er hatte nicht nur durch ihre harte, abweisende

Schale hindurchgesehen, er mochte, was er darunter vorgefunden hatte. Er mochte sie.

„Siv. *Fuck.*" Sie hörte Ryders Stimme über ihrem Kopf.

Im nächsten Moment spürte sie, wie an dem Seil gezogen wurde, und vertraute darauf, dass er sie hielt.

„Cam, hilf mir", beorderte Ryder.

Fosters verschwitzte Finger begannen, durch ihre zu gleiten. Sie biss die Zähne zusammen und packte ihn fester. Der Schmerz, der dabei durch ihren Körper schoss, verlangte ihr jedes verbleibende Bisschen ihrer Kraft ab.

„Nicht ... bewegen", presste sie zwischen zusammen-gebissenen Zähnen hervor.

Das Seil, an das sie sich klammerte, wurde nach oben gezogen.

Cam griff nach unten und packte Foster hinten am Hemd. Er hievte den Mann auf die geneigte Plattform.

Sie konnte nicht verhindern, dass sie schmerzhaft aufstöhnte.

Dann wurde sie selbst hochgezogen und fand sich in Ryders Armen wieder.

„Ich habe dich. Ich habe dich." Er drückte sein Gesicht in ihr Haar. Sein muskulöser Körper zitterte.

Sie stöhnte.

„Scheiße, Babe. Deine Schulter ist ausgerenkt. Na, komm." Er hob sie in seine Arme.

Ausnahmsweise wehrte Siv sich nicht dagegen, Hilfe anzunehmen. Sie schmiegte sich an ihn, schloss die Augen und erlaubte ihm, sich um sie zu kümmern.

Er versuchte, ihre Schulter nicht zu bewegen,

während er mit ihr die Leiter hinaufkletterte und jemand an seinem Sicherungsseil zog, um ihm zu helfen, aber mit jeder Bewegung schoss ein weiterer Schmerz durch sie hindurch. Sie biss sich auf die Lippe.

„Tut mir leid, Babe. Wir sind fast oben."

Schließlich wurden sie über das Geländer gezerrt. In der Ferne nahm sie das Heulen von Sirenen wahr.

Ryder setzte sie ab und schaltete, ganz der Sanitäter, in den Arbeitsmodus, während er sie untersuchte.

Neben ihnen hievten Saxon und Rhys Cam und Foster zurück auf die Brücke.

Vander hockte sich vor Siv. „Hattest du Lust auf eine Runde Schaukeln?"

Sie versuchte, zu lächeln. „Ich konnte ihn nicht sterben lassen. Ich will, dass er bezahlt. Damit die Welt sieht, was er und seine Schwester Robbie und den anderen angetan haben."

Sie spürte, wie Finger über ihren Kiefer strichen, und sah in Ryders Gesicht hoch. Der Blick in seinen Augen raubte ihr den Atem.

„Danke, Siv." Wieder streichelte er sie mit seinen schwieligen Fingern. „Jetzt lass uns deine Schulter in Ordnung bringen. Ich kann sie wieder einrenken, dann bist du den Großteil der Schmerzen los."

Sie stieß einen zittrigen Atemzug aus. Sie wusste genau, wie sehr es gleich wehtun würde.

Sie begegnete Vanders Blick.

Ihr Boss verzog das Gesicht. „Es ist beschissen, ich weiß. Ich habe mir selbst schon zweimal die Schulter ausgekugelt."

„Und einmal, auf einer Mission, hat er sie sich selbst wieder eingerenkt", sagte Rhys hinter ihm.

Ein weiterer Beweis dafür, dass Vander der Härteste von allen war.

„Auf drei", sagte Ryder.

Sie nickte und bereitete sich innerlich vor.

„Eins –" Ryder manipulierte ihre Schulter mit einer schnellen Bewegung.

Der Schmerz ließ weiße Flecken in ihren Augen aufblitzen. Sie schrie auf, doch schon im nächsten Moment waren alle Schmerzen verschwunden.

„Du Arschloch, Morgan", keuchte sie.

Die Männer gluucksten alle.

Ryder küsste sie auf den Scheitel und setzte sich neben sie. „Gott, du hast keine Ahnung, wie sehr ich diesen bissigen Tonfall liebe." Er zog sie auf seinen Schoß und sah ihr tief in die Augen. „Oder wie sehr ich dich liebe."

Sie atmete scharf ein. Bei dem ungewohnten Gefühl von Tränen, die ihr in die Augen stiegen, musste sie blinzeln.

Ein schwaches Lächeln umspielte seine Lippen. *„Jeg elsker deg."*

„Ryder …"

„Ich weiß schon, jetzt sagst du gleich, dass du den Männern abgeschworen hast und wir uns noch nicht lange genug kennen. Aber das ist okay, ich werde warten. Ich werde alles tun, was ich tun muss, damit du erkennst, dass du die Richtige für mich bist. Dass ich dich liebe und dich glücklich machen kann."

Siv leckte sich über die Lippen. Es war an der Zeit,

das größte Risiko von allen einzugehen. „Eigentlich wollte ich dir sagen, dass ich auch in dich verliebt bin."

Ryders Mund klappte auf und er blinzelte. Er wirkte vollkommen überrascht.

Sie grinste.

Um sie herum lachten die Männer hell auf.

„Du bist ... in mich verliebt?"

Sie konnte sehen, wie sich Verwunderung und Leidenschaft in seinen Augen mischten. Sie streichelte seine Wange. Sie wollte, dass er erkannte, *wie* viel er ihr bedeutete. „Du bist ein wundervoller Mann, Ryder Morgan. Ein Heiler, ein Beschützer, ein Charmeur, teuflisch sexy und unterm Strich ein guter Mann. Und du gehörst mir."

„Verdammt, ja." Er küsste sie. Ziemlich leidenschaftlich, aber er achtete darauf, ihre Schulter nicht zu berühren.

„Geht es allen gut? Geht es Siv gut?"

Sie lösten sich voneinander und sie blickte auf. Hunter Morgan, mit seiner Dienstmarke am Gürtel und mehreren Polizeibeamten hinter sich, stand ein paar Schritte entfernt, die Hände in die Hüften gestützt.

„Ich habe da etwas für dich." Vander zerrte Christian Foster hoch. „Einen mordlustigen, betrügerischen Milliardär."

Hunts Blick verfinsterte sich. Er winkte den Beamten zu, die einen kleinlauten Foster zu einem der Streifenwagen brachten.

Ryder half Siv auf.

„Meine Frau hat die Lage gerettet", sagte er mit unüberhörbarem Stolz in seiner Stimme.

„Es war Teamwork", sagte sie. „Ich will nur, dass Foster bekommt, was er verdient."

Hunt nickte. „Wir haben auch ein Team auf dem Anwesen der Fosters. Ich brauche von jedem von euch eine Aussage über Caroline Fosters Tod und darüber, was zum Teufel sie mit ihrer Droge gemacht haben." Hunt warf einen Blick zu Siv und ein schiefes Grinsen hob seine Mundwinkel an. „Und Siv, danke, dass du keine wilde Verfolgungsjagd veranstaltet oder die Golden Gate Bridge in die Luft gejagt hast. Wenn diese Jungs hier das Sagen gehabt hätten, wäre genau das passiert."

Vander grunzte amüsiert.

„Es war eine gute Idee, eine Frau einzustellen, Vander." Hunt nickte. „Sie bringt etwas Zurückhaltung und Beherrschung in dein Team."

Ryder machte ein Geräusch. „Sie ist gerade von der Brücke gesprungen, mit nichts weiter als einem Seil in einer Hand, um Fosters Arsch zu retten."

„Wie eine verdammte Superheldin", fügte Cam hinzu.

Hunts Augenbrauen schossen hoch. „Bitte was?"

Vander schlug Hunt kameradschaftlich auf den Arm. „Früher oder später wird Siv bestimmt auch etwas in die Luft jagen. Gib ihr einfach ein bisschen Zeit."

Siv lachte. „Mal sehen, was sich machen lässt."

Ryder strich mit seiner Hand über ihren unteren Rücken. „Jetzt lass uns erst einmal nach Hause fahren, meine norwegische Kampfblume."

DREI TAGE später ging Siv durch die Zentrale von Norcross Security und aß den letzten Rest ihrer Blaubeerschnecke. Sie warf einen Blick auf ihr Handy.

Bin unterwegs.

Sie tippte eine Antwort ein.

Wir sehen uns, wenn du hier bist.

Wie geht es deiner Schulter?

Sie hob den Blick an die Decke.

Du hast sie dir heute Morgen angesehen und weißt, dass alles damit in Ordnung ist.

Als du mich heute Morgen in der Dusche geritten hast, war tatsächlich alles okay.

Sie verspürte einen Hitzeschwall. Es war eine sehr schöne Art gewesen, den Tag zu beginnen.

Sie hatten die letzten Tage bei ihr verbracht. Nach den Ereignissen auf der Golden Gate Bridge hatte Ryder eine Tasche mit ein paar Sachen gepackt und war zusammen mit seiner schlecht gelaunten Katze zu ihr gekommen.

Crank behandelte Ryder mit herablassender Verachtung, aber Siv schien das widerspenstige Fellknäuel zu mögen. Er versuchte immer, auf ihren Schoß zu gelangen, sehr zum Ärger von Ryder.

Sei nicht so selbstgefällig. Und jetzt beweg deinen heißen Arsch hierher. Du lädst mich nämlich zum Mittagessen ein.

Bin gleich da. Also ... was hast du an?

Denkst du jemals nicht an Sex, Morgan?

Nicht, wenn es um dich geht, meine süße, sexy Honningblomst.

Sie konnte nicht aufhören, zu lächeln.

„Siv?"

Sie drehte sich um und Vander stand vor ihr.

„Ich wollte dich nur wissen lassen, dass die Foster-Story jetzt in den Medien gebracht wird. Die ganze niederträchtige Nummer – Trelaskin, die illegalen Tests, die Menschen, die ihr Leben verloren haben. Alles, was Caroline und Christian Foster verbrochen haben."

Sie hob ihr Kinn. „Gut." Gerechtigkeit fühlte sich verdammt gut an.

„Gegen Christian Foster wird in mehreren Punkten Anklage erhoben. Die Aktien von Chiron sind abgestürzt. Es ist mir gelungen, deinen und Ryders Namen rauszuhalten, aber Norcross Security wird erwähnt werden. Oh, und der Pfleger in der öffentlichen Klinik und der stellvertretende Gerichtsmediziner, die daran beteiligt waren, kommen ebenfalls vor Gericht."

Genugtuung war eine *richtig* feine Sache. Robbie und den anderen würde endlich Gerechtigkeit widerfahren. Ryder würde so glücklich sein. „Das sind tolle Neuigkeiten."

„Peter Wilcox wird bald zu einer Abschlussbesprechung hier sein und möchte mit dir sprechen", sagte Vander.

Sie nickte.

Ihr Boss schenkte ihr ein verhaltenes Lächeln. „Gute Arbeit, Siv. Es ist schön, dich im Team zu haben."

Als er davon marschierte, lächelte sie. Das Leben war wirklich verdammt gut. Sie hatte einen heißen Kerl, der sie liebte. Einen Job, der ihr wirklich Spaß machte. Und Kollegen, die sie mochte. Sogar die neugierigen Partnerinnen der Männer wuchsen ihr langsam ans Herz.

Die Frauen der Norcross-Truppe waren innerhalb weniger Stunden nach dem Vorfall auf der Brücke vor ihrer Tür aufgetaucht. Sie hatten Eisbeutel, Wärmekissen, Getränke, Schokolade und Essen mitgebracht. Siv lächelte. Diese Frauen waren jetzt ihre Freundinnen, ob es ihr gefiel oder nicht.

„Siv?"

Die männliche Stimme ließ sie erstarren und aufblicken. Herrgott, war ihr denn niemals eine Pause vergönnt?

Johan kam auf sie zu.

Was zum Teufel wollte er hier?

Sie nahm ihn in Augenschein – glänzendes, blondes Haar, hübsches Gesicht, schlanker Körper, gepflegte Kleidung. Sie konnte sehen, was sie anfangs an ihm gefunden hatte, aber wenn sie ihn jetzt ansah, wirkte er so … langweilig. Er hatte kein Charisma und auch kein echtes Selbstbewusstsein.

„Gott, Siv, du siehst fantastisch aus."

Dann schockierte er sie damit, dass er sie umarmte.

Was zum …? Sie stieß ihn von sich.

„Johan, was tust du hier?"

Er fuhr sich mit der Hand durch die Haare. „Ich

hatte Zeit zum Nachdenken, und mir wurde klar, dass ich einen großen Fehler gemacht habe."

Sie runzelte die Stirn. „Inwiefern?"

„Mit uns. Ich vermisse dich."

Sie hob die Augenbrauen. „Und du bist den ganzen Weg nach San Francisco geflogen, um mir das zu sagen?"

Er lächelte. „Ja."

Er sah aus, als ob er fand, dass er dafür ein Lob verdient hätte. Als sie ihn jedoch nur anstarrte, verblasste sein Lächeln.

Er ergriff ihre Hand. „Wir hatten etwas Besonderes, Siv, und ich habe es für selbstverständlich gehalten."

Sie versuchte, ihre Hand loszureißen. „Wo ist deine Verlobte?"

„Um die brauchst du dir keine Sorgen zu machen. Das war auch ein Fehler. Mit Marit ist es vorbei. Ich habe erkannt, dass mein Herz dir gehört."

Gott, sie fühlte sich wie in einem schlechten Film gefangen. „Hör zu, Johan –"

Er zog sie an sich und streichelte ihre Wange. „Siv, ich will dich zurück."

Bevor sie etwas sagen konnte, spürte sie ein Kribbeln in ihrem Nacken und hob den Blick.

Ein vor Wut schäumender Ryder kam auf sie zu.

Oh, oh.

Er sah *nicht* glücklich aus. Sein Blick fiel auf Johan, und wenn Blicke hätten töten können, hätte Johan sich bereits blutend in der nächsten Ecke gewunden.

Siv räusperte sich. „Johan –"

„Verpiss dich, Arschloch." Ryder schubste Johan zurück.

„Hey." Ihr Ex richtete sein Hemd gerade. „Das hier geht nur mich und meine Freundin etwas an."

Siv blinzelte. *Wie bitte?*

Ryders ohnehin schon finsterer Blick verfinsterte sich noch weiter und er sah sie an. „Das ist das Arschloch?"

Sie nickte.

Johan baute sich zu seiner vollen Größe auf. „Ich weiß nicht, wer Sie sind, aber wir wären gerade lieber ungestört."

Ryder verschränkte die Arme vor der Brust. „Nein."

Siv war einen Moment lang abgelenkt, weil seine Tätowierungen ihren Blick auf sich zogen. Johan hingegen wurde wütend. Er war es gewohnt, seinen Willen durchzusetzen.

„Sie ist fertig mit dir", sagte Ryder.

„Ich weiß nicht, wer Sie sind, aber das hier geht Sie nichts an", sagte Johan.

„Es geht mich sehr wohl etwas an, denn ich bin Sivs Freund."

Sie beobachtete, wie Johan die Augenbrauen zusammenzog.

„Was war das gerade?", sagte ihr Ex.

„Ich war es, den sie heute Morgen in der Dusche gefickt hat, und es war mein Name, den sie dabei gestöhnt hat. Ich heiße übrigens Ryder Morgan."

Siv unterdrückte ein Lachen und sah, wie Johan der Mund offen stand und er einen nichtssagenden Laut von sich gab.

Sie verschränkte die Arme. „Subtil, Morgan."

„Männer wie er verstehen nichts von Subtilität." Ryder zog sie an sich und küsste sie.

„Du würdest Subtilität nicht erkennen, wenn sie dir ins Gesicht springen würde", flüsterte sie gegen seine Lippen.

Er schenkte ihr eines seiner strahlenden, sexy Lächeln.

„Siv, du bist ... mit diesem Mann zusammen?"

Sie wandte sich wieder an Johan. „Ja."

Sein Ausdruck verhärtete sich. „Das ging aber schnell."

Sie verengte ihren Blick und gab ein spöttisches Lachen von sich. „Du hast dich *verlobt,* wenige Wochen, nachdem wir uns getrennt hatten. Du hast mich betrogen."

„Das war ein Fehler –"

„Nein, dass wir zusammen waren, war der Fehler." Sie nahm Ryders Hand. „Ich bin nicht nur mit Ryder zusammen, ich bin in ihn verliebt."

Seine Finger schlossen sich um ihre. „*Babe.*"

Der Blick in seinen Augen, als hätte er den Jackpot gewonnen, traf sie mitten ins Herz.

„Bevor ich Ryder kennenlernte, wusste ich nicht, was Liebe ist", sagte sie. „Ich bin genau da, wo ich hingehöre."

Ryder streckte die Hand aus und berührte den Anhänger mit dem Wikingerschild um ihren Hals – den er ihr geschenkt hatte und den sie jetzt nie ablegte. Er küsste sie erneut, und keiner von ihnen sah zu, als Johan verärgert davonstapfte.

Ein Räuspern ließ sie hochfahren. Vander stand in der Nähe, ein nachsichtiges Lächeln auf den Lippen.

„Wenn ihr hier fertig seid, Peter Wilcox wartet in meinem Büro darauf, mit euch beiden zu sprechen."

Siv zog ihren Pferdeschwanz fest und folgte ihrem Boss. Als eine Hand ihren Hintern berührte, stieß sie sie weg und warf Ryder einen erhitzten Blick zu.

In Vanders Büro stand Robbies Bruder am Fenster und blickte auf die Straße hinaus. Er drehte sich um.

Er sah aus wie bei ihrem letzten Treffen – ein Mann in einem schönen Anzug, mit einem guten Haarschnitt und einer teuren Uhr. Aber die hilflose Wut und Erschöpfung waren verschwunden und zurück blieb nur die Trauer in seinen Augen.

„Siv, Mr. Morgan, Vander hat mich über Ihre Ermittlungen auf den neuesten Stand gebracht. Ich wollte Ihnen beiden danken." Er durchquerte den Raum.

Siv schüttelte die Hand des Mannes. „Ich bin froh, dass wir die Leute gefunden haben, die für den Tod Ihres Bruders verantwortlich sind, und Gerechtigkeit herstellen konnten."

Peter nickte. „Ich werde dabei sein, wenn Christian Foster der Prozess gemacht wird." Die Stimme des Mannes vibrierte vor Wut. „Ich werde alles tun, was ich kann, um für meinen Bruder und die anderen Toten einzutreten. Um eine Stimme für die Opfer zu sein."

In seinen Worten lag eine tiefe Entschlossenheit. Peter Wilcox würde Christian Foster nicht davonkommen lassen, und er würde dafür sorgen, dass die Gesellschaft Robbie und die anderen Opfer als echte Menschen ansah und nicht nur als gesichtslose Obdachlose, für die sich niemand interessierte.

Peter wandte sich an Ryder. „Thomas hat von Ihnen gesprochen, Mr. Morgan. Sie haben ihn Robbie genannt, richtig?"

Ryder nickte. „Und bitte, nennen Sie mich Ryder." Die Männer gaben sich die Hand.

„Er fing an, diesen Namen zu benutzen, als er das Militär verließ, aber für mich wird er immer Thomas sein. Er hat Sie respektiert."

„Robbie war mein Freund und ich habe ihn auch respektiert. Ich –" Ryders Stimme brach und er holte tief Luft. „Ich vermisse ihn."

„Ich auch", sagte Peter leise. „Sein Leben war nicht das, was ich mir für ihn gewünscht hätte, aber ich habe schon vor langer Zeit akzeptiert, dass ich die Rolle annehmen musste, die er mir in seinem Leben zugestand. Er war eine gute Seele."

„Das war er." Ryder nickte. „Wir werden ihn nicht vergessen. Weder ich noch die Leute, die seine Freunde waren. Er hat so vielen Menschen geholfen. Hat sie beschützt, ihnen zu essen gegeben, war für sie da."

Peter lächelte. „Das klingt ganz nach Thomas."

„Einige von ihnen möchten ihm die letzte Ehre erweisen. Auch sie trauern um ihn. Vielleicht könnten wir eine Art Gedenkfeier veranstalten?"

„Das ist eine tolle Idee. Können wir sie gemeinsam organisieren?"

Ryder lächelte und streckte seine Hand aus. „Klar doch."

„Ich kann mich nur noch einmal bedanken. Bei Ihnen beiden." Mit einem Nicken zu Vander schritt Peter hinaus.

Ryder nahm Sivs Hand. „Ich führe meine Frau zum Mittagessen aus."

Vander nickte. „Ich denke, sie hat sich einen freien Nachmittag verdient."

Siv schnaubte. „Ich bin doch erst heute zurück zur Arbeit gekommen."

„Du musst es ruhig angehen. Langsam wieder in den Sattel steigen." Vander winkte mit einer Hand zur Tür. „Haut schon ab."

Ryder zerrte sie hinaus und wurde schneller, als er sie durch die Lagerhalle zog. „Ryder –"

„Ich habe Pläne, meine norwegische Blume. Heißer Sex bei dir zu Hause, dann Mittagessen, und vielleicht halten wir zum Nachtisch bei Flour and Branch."

„Du denkst wirklich immer nur an Sex", murmelte sie und grinste.

Er grinste zurück. „Jepp."

KAPITEL NEUNZEHN

Ryder stand vor der kleinen Menschenmenge und in seinem Herzen überschlugen sich die verschiedensten Gefühle.

Sie waren im Boeddeker Park, dem größten Park im Tenderloin. Und jenem Ort, an dem Robbie gern gesessen und die Vögel gefüttert hatte.

Verdammt, Ryder vermisste ihn wirklich.

Eine Hand drückte seine. Er sah Siv an. Es war ein kühler Tag und der Himmel über ihm war mit grauen Wolken verhangen. Sie trug eine schwarze Lederjacke, eine schwarze Hose und ein hellbraunes Top. Sie betrachtete ihn mit Liebe und Sorge in ihren Augen. Er drückte ihre Hand.

Peter Wilcox und der Rest der Familie Wilcox standen unweit von ihnen. Die Männer von Norcross standen dahinter, zusammen mit Ryders Brüdern. Santiago, Iris und andere Mitarbeiter der Anderson-Klinik waren ebenfalls da. Einige trugen noch ihre weißen Mäntel, da sie direkt aus der Klinik kamen.

Unter ihnen war auch eine große Gruppe von Menschen, die die Straßen ihr Zuhause nannten, in wild zusammengewürfelter Kleidung und mit tief ins Gesicht gezogenen Wollmützen.

Ryder räusperte sich und trat einen Schritt vor.

„Robbie war mein Freund. Wir beide waren Kampfsanitäter beim Militär und haben oft Geschichten darüber ausgetauscht. Wir haben viel Schlimmes erlebt und deshalb konnte ich gut verstehen, wie es Robbie ging. Er war einer dieser Menschen mit Ehrgefühl und einem guten Herzen. Ich weiß, dass er vielen von Euch hier geholfen hat, auf ganz unterschiedliche Weise."

„Er hat dafür gesorgt, dass die bösen Menschen mich in Ruhe lassen", schallte Annies hohe Stimme durch die Menge.

„Er hat mir Essen gegeben", rief ein Mann.

„Er hat mir eine Jacke gegeben, als mir kalt war", sagte ein jüngerer.

Ryder sah, wie sich Peters Gesicht verkrampfte – vor Kummer ... und Stolz.

„Ich werde ihn nie vergessen", sagte Ryder.

Bish schlurfte nach vorn, sein Haar und seinen Bart für die Gedenkfeier gebändigt, so gut es eben ging. Er hielt einen Blumenstrauß in den Händen und räusperte sich nervös. „Robbie war auch mein Freund." Bishs Lippen bebten. „Außerdem war er meine Familie. Wir hielten zusammen. Ich war bei ihm, als die Dinge gut waren, und auch, als sie nicht so gut waren." Bish sah Peter an. „Er liebte seine echte Familie. Er hat oft von Ihnen gesprochen. Er war sehr stolz auf Sie."

Peter presste die Lippen zusammen und nickte.

„Ryder, Robbie war sehr stolz darauf, dich zum Freund zu haben. Er hat mir gesagt, dass du ein geborener Kampfsanitäter bist. Ein guter Mensch durch und durch."

Mist. Ryder wollte nicht weinen.

Siv legte einen Arm um ihn. Er zog sie an sich, dankbar für die Unterstützung, und hielt sich an ihr fest.

„Auf Robbie." Bish hielt die Blumen hoch. „Auf den Besten von uns."

Jubel und Beifall brachen aus. Jemand pfiff.

„Auf Robbie", rief die Menge.

„Auf Robbie", murmelte Ryder. „Wo auch immer du bist, ich hoffe, du hast deinen Frieden gefunden, Kumpel."

Peter trat vor. Er deutete auf einen Lieferwagen, der gerade vorgefahren war. Mehrere Personen in weißen T-Shirts kletterten heraus. „Ich habe Essen und Getränke organisiert. Robbie liebte Dan's Kitchen, also habe ich sie zu einer Zustellung überredet. Es ist genug für alle da."

Wieder brach Jubel aus.

Hunt und Cam kamen herüber und umarmten Ryder. Er sah Siv, Bish und Annie plaudern und lächelte ihnen zu.

„Gute Arbeit, Ryder", sagte Hunt.

Ryder nickte. „Robbie hätte diese Feier gefallen. Bestimmt tut es ihm leid, dass er das Essen verpasst."

Später, nachdem die Gedenkfeier vorüber war, ging er mit Siv den Bürgersteig entlang.

„Ich wünschte, ich hätte ihn kennenlernen können", sagte sie.

„Robbie hätte dich geliebt. Er hätte gedroht, dich mir wegzuschnappen."

Sie lächelte, warf einen Blick die Straße hinunter und spannte sich spürbar an.

Ryder folgte ihrem Blick ...

Und sah Tattoo-Typ und Zottelkopf, die an der Straßenecke rauchten.

Siv richtete sich auf, ein tödliches Funkeln in den Augen.

Oh, oh. „Siv –"

„Bin gleich wieder da."

Sein Puls beschleunigte sich. „Babe –"

Sie schritt auf die Männer zu und Ryder folgte ihr.

„Hey!", rief sie.

Die Köpfe der Männer drehten sich zu ihr und ihre Augen weiteten sich.

„Erinnert ihr euch an mich?", fragte sie. „Ich habe euch verprügelt. Dann habt ihr ein paar Freunde zusammengetrommelt und meinen Mann überfallen."

Die beiden Männer wichen zurück, als sähen sie einen tödlichen Sturm aufziehen.

Siv griff an.

Ryder wartete, aufmerksam, für den Fall, dass sie Hilfe brauchte.

Natürlich tat sie das nicht.

Ihr Frontkick traf Zottelhaar in den Magen und er taumelte zurück. Sie packte Tattoo-Typ und verpasste ihm zwei zügige Schläge in den Bauch. Dann wirbelte sie ihn herum und schleuderte ihn gegen die Wand des nächstgelegenen Gebäudes.

Als Nächstes packte sie Zottelhaar an seiner langen

Mähne und zerrte daran. Er heulte auf. Sie rammte ihm ihr Knie ins Gesicht und ließ ihn mit einem schmerzhaften Stöhnen zu Boden gehen.

Tattoo-Typ warf die Hände hoch. „Tu mir nichts."

Sie trat ihn noch einmal. Er landete auf seinem Freund.

Siv ging in die Hocke. „Wenn ihr meinen Mann noch einmal anfasst oder irgendjemanden hier angreift, werde ich davon erfahren. Wisst ihr, für wen ich arbeite?"

Die stöhnenden Männer schüttelten den Kopf.

„Vander Norcross", sagte sie.

Die Angst in den Augen der Kerle wuchs.

„Ich werde ihm alles über euch zwei erzählen. Und jetzt sorgt dafür, dass ich eure hässlichen Gesichter nie wieder ansehen muss."

Die beiden Kerle rappelten sich auf und humpelten davon, so schnell sie konnten.

„Babe", sagte Ryder, als sie zu ihm zurückkam. „Ich bin gerade hart wie Stahl."

Sie lächelte und nahm seine Hand. „Deine Wohnung ist näher als meine."

Er zog sie an sich und küsste sie. Sie biss ihm auf die Lippe, fest. Da war wohl noch jemand ein bisschen erregt.

„Dann zu mir." Sie machten sich auf den Weg – im Laufschritt.

„*JA*", hauchte Siv.

„Verdammt, ja, Babe", stöhnte Ryder.

Sie bewegte ihre Hüften und ritt ihn hart. Sie liebte die Art, wie er sie mit jedem Stoß ausfüllte.

Es war ein paar Tage nach der Gedenkfeier und sie genossen einen faulen Sonntagmorgen. Sie waren immer noch bei ihr zu Hause und Ryder war schon halb eingezogen.

Siv hatte für sich herausgefunden, dass Morgensex der beste Sex war.

„Fick mich, Baby", murmelte er.

Sie drückte ihre Hände auf seine Brust und füllte sich mit Ryders Schwanz aus. Seine blauen Flecken verblassten und sie konnte jeden Zentimeter seines prächtigen Körpers genießen, wie es ihr gefiel.

Er setzte sich auf, schlang seine Arme um sie und presste seine Lippen auf ihre.

Siv behielt ihren Rhythmus bei und wurde langsam schneller und wilder. „*Ryder*." Ihr Atem ging stoßweise.

„Ich liebe dich, Siv."

„Gott, ich liebe dich auch."

Seine andere Hand glitt nach unten und spielte mit ihrer Halskette, bevor er sie tiefer wandern ließ, viel tiefer.

„Du bist großartig, Babe", murmelte er. Dann fanden seine Finger ihre Klitoris.

Sie stöhnte. „Ich komme gleich."

„Dann komm auf mir."

Siv drückte ihre Wirbelsäule durch und warf den Kopf zurück. Ihre Lust war heiß und köstlich intensiv, als sie sie durchfuhr. Sie schrie auf und ihr Körper bebte, als sie ihre Erlösung fand.

Plötzlich warf Ryder sie auf den Rücken und stieß

sich noch ein paar Mal hart und gnadenlos in sie. Eine Sekunde später erbebte sein ganzer Körper bei seinem letzten Stoß. Sein Stöhnen war lang und laut.

Sie ließen sich auf die Matratze fallen.

„Die beste Art, den Tag zu beginnen", sagte er. „Die allerbeste." Er drückte ihr einen Kuss auf den Mund. „Und jetzt lass uns duschen. Wir treffen uns mit Cam, Hunt und Savannah zu einem späten Frühstück, weißt du noch?"

„Brunch."

„Babe, Männer brunchen nicht."

Siv hob den Kopf. „Es ist ein Frühstück, nur später am Tag. Das nennt man Brunch."

„Nein." Er verpasste ihr einen Klaps auf die Pobacke. „Beweg dich, Pedersen."

Sie duschten. Siv zog Jeans und eine blaues Strickbluse an. Sie schminkte sich, während sie Ryder im Spiegel betrachtete, als er sich abtrocknete. Sie hatte Glück, dass sie sich nicht mit ihrer Wimperntusche ins Auge stach.

Er erwischte sie dabei, wie sie ihn anstarrte, posierte albern und grinste dabei. Dieses sexy Lächeln ... Nein, es war das Gesamtpaket, das sie liebte.

Es läutete an der Tür.

Siv runzelte die Stirn. „Ich habe niemanden hochgelassen."

Ryder wickelte ein Handtuch um seine Taille. „Ich sehe nach. Mach du dich fertig."

Sie rief ihm nach. „Wenn es eine Frau ist, dann sorg bitte dafür, dass sie nicht alles vollsabbert." Crank sprang auf den Waschtisch und starrte sie mürrisch mit seinem einen Auge an. „Dein Daddy kann nicht anders. Er verzaubert einfach jeden." Sie kraulte den Kater zwischen den Ohren. Crank schnurrte.

Sie hörte Stimmen. Ryders tiefe Stimme und ... eine weibliche.

Eine, die sie kannte.

„Oh, *dritt*." Sie ließ die Mascara fallen und eilte hinaus.

Als sie zur Tür kam, stand ihr fast nackter Liebhaber ihrer Mutter gegenüber.

Christie Pedersen sah aus wie eine ältere, kurvigere Version von Siv. Sie hielt sich mit Yoga und Wandern in Form und hatte gute Gene. Sie färbte ihr blondes Haar immer eine Nuance heller als Siv ihre Strähnen und ging regelmäßig zum Friseur.

Blaue Augen drohten, Siv aufzuschlitzen.

„Du hast gesagt, keine Männer", sagte ihre Mutter knapp. „Und doch steht ein gut aussehendes, tätowiertes Exemplar *nackt* in deiner Wohnung."

„Hallo, Mamma."

„Komm mir nicht so. Was hat das zu bedeuten?"

Siv räusperte sich. „Nun ..."

Ihre Mutter hob eine Augenbraue.

„Mrs. Pedersen, es ist mir ein Vergnügen, Sie kennenzulernen." Ryder versprühte seinen ganzen Charme und versuchte, sie mit seinem umwerfenden Lächeln für sich zu gewinnen. „Sie sind genauso atemberaubend schön wie Ihre Tochter. Sie beide könnten Schwestern sein."

Seine Worte führten nur dazu, dass seine Mutter ihn aus zusammengekniffenen Augen ansah.

Ryder verlor unter ihrem funkelnden Blick sein Selbstvertrauen. „Ähm ...“

Siv grunzte. „Netter Versuch, Morgan.“

„Mein Charme hat immer bei allen funktioniert, außer bei dir“, beschwerte er sich. „Und jetzt bei deiner Mutter.“

„Offensichtlich sind die Pedersen-Frauen dagegen immun“, sagte sie.

Er machte die paar Schritte zu ihr hinüber. „Zum Glück habe ich es bei dir am Ende trotzdem geschafft.“ Er küsste sie.

Sie streichelte sein Kinn. „Weil unter dem gefährlichen Charme ein guter Mensch steckt.“

Ihre Mutter gab einen Laut von sich und Siv zuckte zusammen. Sie hatte sie schon ganz vergessen.

Siv richtete sich auf. „Mamma –“

Ihre Mutter sah zwischen ihnen hin und her. „Du bist in ihn verliebt.“

Sivs Kehle schnürte sich zu. „Ja. Ich wollte es dir sagen, aber wir mussten einen Fall abschließen und es ging alles so schnell –“

„Und du wusstest, dass ich dagegen wäre.“

„Ich wollte, dass du ihn kennenlernst.“ Ryder schob einen Arm um Siv. Sie lächelte zu ihm hoch. „Ryder, das ist meine Mom, Christie. Mom, Ryder Morgan. Er ist Rettungssanitäter.“

„Und ehemaliger Soldat“, sagte ihre Mutter. „Das sieht man.“

„Schön, Sie kennenzulernen“, sagte er. „Und nur, damit Sie es wissen, ich bin Hals über Kopf in Ihre Tochter verliebt.“

Sivs Mutter beobachtete die beiden und lächelte dann. „Ich denke, das glaube ich Ihnen sogar."

„Wissen Sie was? Wir treffen uns gleich mit meinen Brüdern zu einem späten Frühstück. Wollen Sie vielleicht mitkommen?"

„Das würde ich wirklich gern", sagte ihre Mutter.

„Ich werde ..." Er deutete auf seine nackte Brust und das Handtuch. „... mir etwas anziehen." Er zwinkerte Siv zu. „Bin gleich wieder da, meine norwegische Blume."

Er schlenderte hinaus und die beiden Frauen sahen ihm nach.

„Er ist eine Augenweide", murmelte Sivs Mutter. „Diese Tätowierung ist faszinierend. Und sein Sixpack –"

„*Mamma*."

Ihre Mutter kam zu ihr und sie umarmten sich.

„Ich freue mich für dich, mein Schatz."

„Ich dachte eher, du würdest dir Sorgen machen", murmelte Siv.

„Ich habe gesehen, wie du ihn ansiehst." Ihre Mutter lächelte. „Und wie er dich ansieht."

„Er macht mich glücklich."

„Gut. Das hast du verdient."

Nachdem Ryder sich angezogen hatte, die Koffer ihrer Mom im Gästezimmer verstaut waren und ihre Mom aufgehört hatte, von Crank zu schwärmen, als wäre er eine Rassekatze, machten sie sich auf den Weg zum Plow in Potrero Hill. Gia hatte das Restaurant, das seine Zutaten von lokalen Farmen bezog, für den Brunch empfohlen.

Hunt, Savannah und Cam warteten schon auf sie.

Nachdem alle sich miteinander bekannt gemacht hatten, nahmen sie in dem rustikalen Speisesaal Platz und bestellten.

„Savannah, ich liebe Kunst", sagte Sivs Mutter. „Was für eine fabelhafte Berufswahl."

„Danke." Savannah schob eine blonde Locke über ihre Schulter und nahm einen Schluck von ihrem Kaffee. „Ich liebe meine Arbeit. Und seit meiner Vernissage hatte ich alle Hände voll zu tun."

„Bei dieser Vernissage habe ich Siv zum ersten Mal gesehen." Ryder lächelte und spielte mit Sivs Haar. „Es war Liebe auf den ersten Blick."

Hunt und Cam prusteten und Savannah lachte so laut, dass sie fast ihren Kaffee verschüttete.

Sivs Mutter blinzelte. „Was?"

„Ryder hat versucht, Ihre Tochter zu verzaubern", sagte Cam. „Siv hat ihn flachgelegt. Wörtlich. Er landete mit dem Rücken auf der Tanzfläche."

Ihre Mutter hielt sich eine Hand vor den Mund und ihre Augen leuchteten.

Ryder nippte an seinem Saft. „Wie ich schon sagte, Liebe auf den ersten Blick."

Plötzlich läuteten alle Handys der Männer und auch das von Siv.

Sie alle runzelten die Stirn.

Savannah berührte Hunt am Arm. „Stimmt etwas nicht?"

Hunt schaute auf sein Handy. „Oh, verdammt."

Siv las die Worte laut.

„Maggie bekommt das Baby", sagte Ryder.

„Das ist doch wundervoll", sagte Savannah.

„Es hört sich aber so an, als würde Ace nicht wirklich damit klar kommen", sagte Ryder. „Er ist im totalen Panikmodus."

Siv zog die Augenbrauen hoch. „Der ehemalige Red-Team-Hacker, der eiskalt und kalkuliert unsere Missionen koordiniert?"

„Ich denke, es ist etwas anderes, wenn deine eigene Frau dein Baby bekommt", sagte Ryder.

Die Männer standen alle auf. „Sie sind im Zucker-berg San Francisco General", sagte Hunt. „Das ist nicht weit von hier."

Siv sah ihre Mutter an. „Sieht so aus, als müssten wir den Brunch verschieben."

SIV DÖSTE AN RYDERS SCHULTER GELEHNT, ihre Füße in Cams Schoß.

„Möchtest du noch Kaffee?", fragte Ryder.

Sie öffnete die Augen. „Was sie hier servieren, ist *kein* Kaffee."

„Snob."

Im Warteraum saß immer noch ein großer Teil ihres Freundeskreises. Maggies und Aces Eltern saßen zusammen und unterhielten sich. Mr. und Mrs. Norcross waren für eine Weile vorbeigekommen und die ganze Bande war im Laufe des letzten Tages gekommen und gegangen. Sivs Mutter war inzwischen zurück in Sivs Wohnung und leistete Crank Gesellschaft.

Siv und Ryder waren nach Hause gefahren, um zu schlafen, und erst heute Morgen zurückgekommen.

„Gott, ich wusste nicht, dass es so lange dauert, ein Baby zur Welt zu bringen." Siv war leicht schockiert. „In den Filmen haben sie ein paar Wehen und schon ist das Baby da."

„Du weißt, dass du nicht alles glauben sollst, was du in Filmen siehst", sagte Ryder. „Willst du irgendwann welche?"

Sie blinzelte. „Kinder?"

Er nickte.

Siv verdrängte den Gedanken, dass die arme Maggie seit über vierundzwanzig Stunden in den Wehen lag, und ersetzte ihn durch das Bild eines grinsenden, frechen, kleinen Jungen mit den grünen Augen und dem Lächeln seines Vaters.

„Ja", flüsterte sie. „Irgendwann."

Plötzlich öffneten sich die Türen. Alle im Raum sprangen auf.

Ein erschöpfter Ace erschien, in der Hand ein kleines Bündel gelber Decken. „Baby Isabel ist endlich da." Der frisch gebackene Vater strahlte übers ganze Gesicht. „Und sie ist perfekt."

„Und Maggie?", fragte Vander.

„Nun, sie hat gelegentlich geflucht", sagte Ace.

Die Menge lachte.

„Aber es geht ihr großartig. Sie war einfach fantastisch." Ace hob einen Arm ein wenig an, um allen sein dunkelhaariges Baby zu zeigen.

Alle stürmten nach vorn und versuchten, einen Blick auf das kleine Mädchen zu erhaschen.

Während sie darauf warteten, dass sie an der Reihe waren, sah Siv, wie Cam die Stirn runzelte. Ryders

Bruder hielt sich das Handy ans Ohr. „Saskia? Bist du noch dran?" Dann ließ er es sinken und schüttelte den Kopf.

Ryder hob eine Augenbraue. „Saskia Hawke?"

Siv hatte Savannah von ihrer besten Freundin in New York erzählen hören. Saskia war Balletttänzerin.

Sie war auch die Schwester eines sehr gefährlichen, gut vernetzten Mannes, Killian Hawke. Er war der Besitzer von Sentinel Security und hatte Norcross Security geholfen, als Savannah in Schwierigkeiten gesteckt hatte.

Cam zuckte mit den Schultern. „Wir haben Telefonnummern ausgetauscht, als sie in San Francisco war. Sie hat mich nur angerufen, meinen Namen gesagt, und dann wurde die Verbindung unterbrochen." Er tippte auf den Bildschirm und schüttelte den Kopf. „Ich habe versucht, sie zurückzurufen, aber ich komme nicht durch."

„Ich bin sicher, es geht ihr gut", sagte Siv. „Vielleicht könnte Vander Killian kontaktieren?"

Cam nickte, aber sein Stirnrunzeln legte sich nicht. „Ich bin dann mal weg. Richtet Ace meine Glückwünsche aus. Wir sehen uns später."

Ace erschien mit dem Baby.

„Ich möchte sie halten." Ryder nahm ihm das Baby mit geübter Leichtigkeit ab.

Heiliger Hormonschub. Ein heißer Typ, der ein Baby in seinen tätowierten, muskulösen Armen wiegte, hatte einfach etwas. Siv spürte, wie sich alle Schmetterlinge der Welt in ihrem Bauch versammelten und wie verrückt losflatterten.

Ryder fing ihren Blick auf und zwinkerte ihr zu.

Ja, dieser Mann machte sie glücklich. Er würde ihr Fels in der Brandung sein, ihre Stütze, ihr Liebhaber, ihre Stärke, *ihr Ein und Alles*. Für den Rest der Zeit.

Sie lehnte sich an ihn und streichelte mit einer Hand über das weiche Haar des Babys. Eines Tages, wenn sie gesegnet waren, würde er ihr Baby in seinen Armen wiegen. Und sie würden sich jeden Tag mehr lieben.

Einen Neuanfang zu wagen, war das Beste, was sie je getan hatte.

Nein, Ryder Morgan in ihr Herz zu lassen, war das Beste, was sie je getan hatte.

Ich hoffe, dir hat die Geschichte von Ryder und Siv gefallen!

Willst du mehr von Ryder und Siv? Lies den Bonus-Epilog.

Der Lebensretter Epilog: HOL DIR HIER DEN BONUS-EPILOG

Die Serie rund um das Team von Norcross Security endet mit *Der Beschützer* weiter - kommt 2023. In diesem Band lernst du Camden Morgan und Saskia Hawke.

Bald gibt es eine neue actiongeladene Serie. Halte Ausschau nach dem ersten Buch von **Treasure**

Hunter Security, Verlorene Oase. **Lies weiter und erhalte einen Vorgeschmack auf das erste Kapitel.**

Verpasse nichts! Für Informationen über Neuerscheinungen, kostenlose Bücher und andere Geschenke, melde dich für meine VIP-Mailingliste an und erhalte deine kostenlose Bücherbox, bestehend aus drei englischen Liebesromanen, in denen es auch an Action nicht fehlt.

Hier klicken und anmelden: www.annahackett.com

Would you like
a FREE BOX SET
of my books?

VORGESCHMACK: VERLORENE OASE

Ihr war heiß, überall an ihrem Körper klebte Staub, und sie hatte sich noch nie lebendiger gefühlt.

Dr. Layne Rush wanderte über die Ausgrabungsstätte, ihre Stiefel sanken in den heißen ägyptischen Sand ein. Vor sich erblickte sie ihr Team aus Archäologen und Studenten, die über dem neuen Abschnitt der Ausgrabung knieten und mit Pinseln und kleinen Spaten den Sand entfernten, um ganz methodisch eine erst kürzlich entdeckte Grabstätte freizulegen.

Zu ihrer Linken gähnte die Grube im Boden, wo sie mit der tieferen Grabung begonnen hatten, wie ein großes, weit geöffnetes Maul, das auf einer Seite von einem Holzgerüst flankiert wurde.

Dort, unter dem Sand, befand sich eine ganz außergewöhnliche Grabstelle, und Layne hatte gerade erst begonnen, deren Geheimnisse zu entschlüsseln.

Sie hielt inne und atmete die warme Wüstenluft tief ein. Im Osten lag der Nil, das Lebenselixier Ägyptens. Sie drehte sich um und betrachtete den rot-orangefarbenen Ball der Sonne, die gerade im Sand der westlichen Wüste zu versinken schien. Ringsum glühten die Dünen im Sonnenuntergang. Es erinnerte sie an Gold.

Endorphine pulsierten durch ihre Blutbahn. Erst vor ein paar Tagen hatten sie bei den Ausgrabungen einige äußerst beeindruckende goldene Artefakte entdeckt. Das erste hatte sie selbst gefunden – eine kleine ushabtische Grabfigur, die dem noch unbekannten Bewohner des Grabes im Jenseits dienlich sein sollte. Danach hatte ihr Team noch Schmuck, einen goldenen Skarabäus und ein kleines Amulett eines hundeähnlichen Tieres entdeckt.

Sterne tauchten am Firmament auf, wie winzige Nadelstiche auf dunklem Samt. Sie atmete erneut tief durch. Das Aufregendste waren die seltsamen Inschriften, die in das Hundeamulett eingeritzt waren.

Sie erwähnten Zerzura.

Oh, Layne wollte wirklich so gerne daran glauben, dass Zerzura existierte – eine Legende über eine verlorene Oase in der Wüste, gefüllt mit Schätzen. Sie lächelte, als sie sah, wie die Dunkelheit der Nacht begann, die Dünen zuzudecken. Ihre Eltern hatten ihr als Kind im Bett häufig Geschichten über Zerzura vorgelesen.

Der Gedanke an ihre Eltern und dann die harte Erinnerung an die Trauer, die unmittelbar wie ein Schlag folgte, ließ Laynes Lächeln verschwinden. Leider hatte das Leben sie schon früh gelehrt, dass es keine Märchen gab.

Sie schüttelte die Melancholie von sich ab. Sie hatte sich dieses Leben ganz allein aufgebaut, einschließlich ihrer erfolgreichen Karriere, und verbrachte mittlerweile den Großteil ihrer Arbeitszeit und auch ihre Freizeit mit Abenteuern an abgelegenen Ausgrabungsstätten. Sie hatte kostbare Schätze mit ihren eigenen Händen berührt. Sie teilte ihre Liebe zur Archäologie mit jedem, der es hören wollte. Sie hoffte, dass ihre Mutter und ihr Vater, wenn sie noch am Leben wären, stolz auf das wären, was sie alles erreicht hatte.

Layne machte sich auf den Weg zu den großen quadratischen Zelten, die für die gefundenen Artefakte aufgestellt worden waren. Eines war für die Lagerung und eines für die wissenschaftlichen Untersuchungen.

„Hey, Dr. Rush."

Layne erblickte ihre Assistentin Piper Ross, die die Düne heraufgestapft kam. Die junge Frau war klug, eigenwillig und hatte keine Scheu, ihre Meinung zu vertreten. Ihr dunkles Haar war kurz geschnitten, die Spitzen lila gefärbt.

„Hi, Piper."

Die junge Frau grinste. „Fehlt nur noch die Peitsche und du siehst aus, wie aus einem Film entsprungen." Piper fächelte sich mit einer Handfläche Luft zu. „Dr. Rush, verwegene Abenteurerin."

Layne rollte mit den Augen. „Fang jetzt du nicht auch noch damit an. Ich habe das letzte Interview immer noch nicht verdaut." Was Layne für einen seriösen Bericht über Archäologie gehalten hatte, hatte sich als ein Artikel entpuppt, der sie in eine verdammte Filmfigur verwandelt hatte. Man hatte ihr sogar per Photoshop eine Peitsche in die Hand gedrückt und einen Hut auf den Kopf gesetzt. „Wie geht es am neuen östlichen Quadranten voran?"

„Ausgezeichnet." Piper hielt inne und strich sich mit dem Arm über ihre schweißnasse Stirn. „Ich habe alles dokumentiert und fotografiert und das Maßband ausgelegt. Morgen früh können wir mit den Ausgrabungen beginnen."

„Gute Arbeit." Layne hoffte, dass der neue Grababschnitt einige hervorragende Funde zu Tage fördern würde.

„Nun, ich *bin* eben einfach wahnsinnig gut in meinem Job – deshalb hast du mich ja eingestellt, schon vergessen?" Piper grinste.

Layne tippte auf ihr Kinn. „War das deswegen? Ich dachte, es wäre daran gelegen, weil du mich ständig mit Diet Coke und Schokolade versorgst."

Piper schnaubte. „Hier nennen sie es Cola Light, weißt du noch?"

Layne rümpfte die Nase. „Ich erinnere mich. Dieses verdammte Zeug schmeckt noch nicht mal so."

„Ja, man muss hier draußen an diesen abgelegenen Ausgrabungsstätten wirklich leiden."

„Lass den Sarkasmus, Piper. Sonst vergesse ich vielleicht wirklich, warum ich dich eigentlich hierbehalte."

Piper lachte. „Ein paar von uns fahren heute Abend nach Dakhla. Willst du mitkommen?"

Die Oase Dakhla lag zwei Autostunden nordöstlich der Ausgrabungsstätte. Eine Reihe von Gemeinden, darunter der größere Ort Mut, lagen um die Oase herum verteilt. Von dort kamen auch die meisten der einheimischen Arbeiter, und von dort bezogen sie ihre Vorräte.

Layne schüttelte den Kopf. „Nein, aber danke für das Angebot. Ich möchte die Artefakte, die wir bisher gefunden haben, noch genauer untersuchen und mir die Grabpläne noch einmal zu Gemüte führen. Die Hauptgrabkammer und der Sarkophag müssen irgendwo da unten verborgen sein."

„Es sei denn, Grabräuber haben sie schon vor uns gefunden", meinte Piper.

Layne schüttelte den Kopf. „Als der einheimische Junge diesen Ort entdeckte, war die Stelle eindeutig noch unberührt." In der Zeit zwischen der Entdeckung, die für gehörig Schlagzeilen gesorgt hatte, und der Erteilung der Grabungsrechte an die Universität hatte das ägyptische Ministerium für Altertümer die Stelle hier strengstens bewacht. Ihr war bewusst, dass das Ministerium die Ausgrabung am liebsten selbst durchgeführt hätte, aber es verfügte einfach nicht über die Mittel, um jede einzelne Ausgrabung im Land zu finanzieren. „Ich werde herausfinden, wer hier begraben wurde, Piper."

Die jüngere Frau schüttelte den Kopf. „Nun, vergiss aber nicht, immer nur die Arbeit im Kopf und keinerlei Vergnügen macht Dr. Rush zu einer sehr langweiligen Person – und genau die braucht dringend mal wieder Sex."

Layne verdrehte die Augen. „Ich kümmere mich selbst um mein Privatleben, danke für deine Fürsorge."

Piper stemmte ihre Hände in die Hüften. „Du hast dich seit Dr. Stevens mit niemandem mehr verabredet."

Igitt. Allein wenn sie schon den Namen ihres Kollegen hörte, drehte sich Layne der Magen um. Dr. Evan Stevens war ein kolossaler Fehler gewesen. Er war groß und gut aussehend, auf eine adrette Art und Weise,

299

die gut zu seiner akademischen Karriere als Professor für Klassische Philologie und Geschichte passte.

Er war nett gewesen, intelligent. Sie hatten die gleichen Restaurants gemocht. Der Sex war nicht überragend gewesen, aber in Ordnung. Layne hatte ernsthaft gedacht, dass sie ihn lieben könnte. Mehr als alles andere träumte Layne davon, alles unter einen Hut bekommen – ihre Karriere, Reisen, einen Ehemann, der sie liebte, und vor allem eine eigene Familie. Sie wollte die Art von Liebe, die sie bei ihren Eltern erlebt hatte. Sie wollte aber auch die Karriere, die sie sich für sie erträumt hatten.

Vielleicht hatte sie das blind gemacht für die Tatsache, dass Evan eigentlich ein Arschloch war, das sich hinter einem teuren Anzug versteckte.

Layne winkte abweisend mit einer Hand. „Ich habe dir doch schon einmal gesagt, dass ich den Namen dieses Mannes nicht mehr hören will."

„Ich weiß, ihr hattet eine schlimme Trennung ..."

Was für eine Untertreibung! Piper wusste nicht einmal die Hälfte davon. Evan hatte einige von Laynes Forschungen gestohlen und sie dann als seine eigenen ausgegeben. Und er hatte die Frechheit gehabt, zu behaupten, sie sei schlecht im Bett. Idiot.

„Nun geh schon", erwiderte Layne. „Fahr zu deiner Oase, nimm ein Bad in den Quellen, entspann dich. Dir steht morgen eine Menge Arbeit in der heißen Sonne bevor."

Piper stöhnte. „Erinnere mich bloß nicht daran."

Aber Layne konnte in dem Funkeln der Augen der jungen Frau erkennen, dass sie wegen morgen schon ganz aufgeregt war. Layne sah dasselbe Funkeln jeden

Tag in ihren eigenen Augen. Auf einer Ausgrabungsstätte zu arbeiten, bewirkte das immer in ihr. Ein Stück
unbekannte Geschichte freizulegen ... sie konnte nie
wirklich in Worte fassen, wie sie sich dabei fühlte. Etwas
zu berühren, dass jemand vor Tausenden von Jahren
hergestellt, benutzt und geschätzt hatte. Dessen Geheimnisse zu lüften und zu versuchen, herauszufinden, wo es
seinen Platz in der Weltgeschichte hatte. Zu erkunden,
was sie daraus lernen könnten, um mehr über die
Menschheit an sich zu erfahren.

Sie fand das unendlich faszinierend. Der beste Job
der Welt.

Nachdem sie sich von Piper verabschiedet hatte, ging
Layne zum Lagerzelt. Die Zelttür war noch aufgerollt
und oben befestigt. Als sie hineinging, sank die Tempe-
ratur ein wenig. Jetzt, da die Sonne untergegangen war,
würden die Temperaturen noch tiefer sinken. Die
Nächte in der Wüste konnten selbst im Frühling kalt
sein. Sie sollte zur mobilen Campingdusche gehen, die
sie aufgebaut hatten, und sich noch schnell duschen,
bevor es zu kalt dafür wurde.

Sie hatte aufgehört, mitzuzählen, an wie vielen
Ausgrabungen sie schon gearbeitete hatte. Im Dschungel,
in der Wüste, unter Städten, im Meer. Es war ihr egal, wo
sie sich befand, sie liebte einfach die Herausforderung
und den Nervenkitzel, die Vergangenheit freizulegen
und zu erforschen.

Layne knipste die batteriebetriebene Lampe an, die
an der Zeltwand hing. Behelfsmäßige Regale säumten
den Raum. Die meisten waren noch leer und warteten
geduldig auf die Schätze, die sie noch zu entdecken

hatten. Aber das erste Regal beherbergte bereits Keramikscherben, Fayence-Amulette und diverse gemeißelte Steinarbeiten. Doch am meisten interessierte sie sich für die verschlossene Kiste im unteren Bereich des Regals.

Sie stellte schnell den Code des Zylinderschlosses ein und öffnete den Deckel.

Gott. Ehrfürchtig strich sie über den Ushabti, dessen goldene Oberfläche im Lampenlicht sanft leuchtete. Ihre Eltern hätten das hier gerne miterlebt. Zu wissen, dass ihre Tochter diejenige war, die das gefunden hatte.

Die Halskette befand sich immer noch in ihren Einzelteilen, aber im Labor in Kairo würde sie jemand wieder komplett zusammensetzen. Der klobige goldene Skarabäus passte perfekt in ihre Handfläche. Vorsichtig hob sie das hundeähnliche Amulett auf. Es war etwas kleiner als der Skarabäus, und der Hund hatte einen schlanken Körper, so wie ein Windhund, und einen langen, geraden Schwanz, der am Ende gegabelt war. Sie war sich sicher, dass es sich um ein Seth-Tier handelte, das Symbol des ägyptischen Gottes Seth. Sie strich über die Hieroglyphen auf dem Körper des Tieres und über die Symbole, die Zerzura bedeuteten.

Leider ergaben die Hieroglyphen darauf keinen zusammenhängenden Sinn. Sie hatte viele Stunden damit verbracht, sie zu übersetzen. Es blieb trotzdem ein einziges Kauderwelsch.

Hinter ihr war ein Geräusch zu hören. Das Knirschen von Stiefeln im Sand.

Sie drehte sich um und fragte sich, wer außer ihr noch zurückgeblieben war.

Eine Faust traf sie mit einem harten Schlag direkt ins Gesicht.

Schmerz schoss durch Laynes Wange und sie schmeckte ihr eigenes Blut. Die Wucht des Schlages schleuderte sie in den Sand, und das Hunde-Amulett fiel ihr aus den Fingern.

Layne konnte nichts richtig fokussieren. Sie lag einfach nur still da, mit der Wange im Sand, und versuchte verzweifelt, einen klaren Kopf zu bekommen. Ihr Gesicht schmerzte und sie hörte Stimmen, die sich auf Arabisch unterhielten.

Ein schwarzer Stiefel erschien in ihrem Blickfeld.

Eine Hand griff nach unten und hob das Seth-Tier auf.

Sie schluckte und versuchte verzweifelt, ihr Gehirn zu aktivieren. Dann hörte sie eine andere Stimme. Ein tiefer, kalter Tonfall in einem britischen Dialekt, der ihr das Blut in den Adern gefrieren ließ.

„Bewegt euch. Ich will dies hier erledigt haben. Und zwar schnell."

Sie sah weitere Personen in ihr Blickfeld kommen. Sie trugen alle schwarze Sturmhauben und fingen an, alle Artefakte einzusammeln und in Leinensäcke zu stecken.

„Nein." In ihrem Kopf klang ihr Aufschrei laut und empört. In Wirklichkeit war es nichts anderes als ein heiseres Flüstern.

„Alles einpacken", befahl die kalte Stimme hinter ihr.

Nein, sie würde nicht zulassen, dass diese Diebe ihre Artefakte stehlen. Dies war *ihre* Ausgrabung, und das waren ihre Altertümer, die sie schützen musste.

Sie stemmte sich auf ihre Hände und Knie. „Stopp."
Dann schwang sie sich herum und trat gegen das Knie
des Mannes, der ihr am nächsten stand.

Mit einem Schrei kippte er zur Seite.

„Mmh." Der Mann mit der kalten Stimme trat jetzt
in ihr Blickfeld. Alles, was sie erkennen konnte, waren
seine glänzenden schwarzen Stiefel. Bevor sie noch
irgendetwas unternehmen konnte, griff eine Hand nach
ihren Haaren und riss ihren Kopf zurück.

Der Schmerz ließ sie automatisch die Zähne zusam-
menbeißen. Tränen brannten in ihren Augen. Sie wand
sich und versuchte, sich von ihm loszureißen.

„Ein Hitzkopf. Ich mag temperamentvolle Frauen.
Schade, dass ich keine Zeit habe, mit dir zu spielen."

Er stand hinter ihr und sie konnte sein Gesicht nicht
sehen. Sie versuchte, von ihm wegzukommen, aber eine
harte Faust traf erneut ihren Kopf.

Nein, nein, nein. Ihre Sicht wurde dunkel, der Klang
der Stimmen der Diebe leiser.

Alles wurde schwarz.

Declan Ward schritt durch die Lagerhalle, seine Stiefel
hallten auf dem vernarbten Beton wider. Das Sonnen-
licht von Colorado strömte durch die großen Fenster, die
einen fantastischen Ausblick auf die Innenstadt von
Denver boten.

Er war müde von seinem Jetlag und hatte sich immer
noch nicht daran gewöhnt, jetzt wieder nach lokaler
Mountain Time zu arbeiten.

Er war erst gegen Mitternacht von einem Job in Südostasien nach Hause gekommen. Er hatte lediglich seine Wohnung aufgeschlossen, war hineingestolpert, hatte sich noch schnell ausgezogen und war dann mit dem Gesicht nach unten einfach auf sein Bett gefallen.

Und jetzt war er schon wieder auf dem Weg zur Arbeit.

Zu seinem Glück war es von Vorteil, einer der Eigentümer zu sein. Er wohnte direkt über der Lagerhalle, in dem sich auch das Hauptbüro von Treasure Hunter Security befand.

Der größte Teil der offenen Halle, die in einem früheren Leben mal eine Getreidemühle gewesen war, war leer. Doch in einer Ecke sah es ganz anders aus.

Flachbildschirme bedeckten die Backsteinwand und zeigten verschiedene Bilder und scrollende Feeds an. Einige schlichte Schreibtische waren mit High-End-Computern bestückt.

In einer Ecke befand sich eine kleine Küchenzeile und daneben standen ein paar abgenutzte Sofas, die aussahen, als kämen sie direkt aus einem Secondhandladen oder aus der Wohnung eines Studenten. Gleich dahinter, in der Nähe der großen Fenster, standen ein Billardtisch und ein Air-Hockey-Tisch.

„Dec? Was machst du denn schon hier?"

Eine kleine, dunkelhaarige Frau erhob sich von ihrem Platz an einem der Computer. Wie immer war sie stilvoll gekleidet, mit dunklen Jeans, einem kuscheligen roten Pullover in der Farbe von Himbeeren und unmöglich hohen Absätzen.

„Ich arbeite hier", antwortete er. „Eigentlich gehört

der Laden mir. Ich habe sogar eine Hypothek, die das beweist."

Seine Schwester ging direkt auf ihn zu und schlang ihre Arme um ihn. Er erwiderte ihre Umarmung und spürte ihre starke Energie, die Darcy immer auszustrahlen schien. Sie konnte nie still sitzen, nicht einmal, als sie noch ein kleines Mädchen war.

„Du bist gerade erst zurückgekommen. Du solltest dir eine Woche freinehmen." Sie tätschelte seine Arme und runzelte die Stirn. Sie besaß die gleichen grauen Augen wie er, aber ihre schienen immer blauer zu strahlen als seine.

„Der Job ist erledigt, ich bin bereit für den nächsten."

Ihr Stirnrunzeln vertiefte sich, und sie stemmte ihre Hände in die Hüften. „Du arbeitest zu hart."

„Darcy, ich bin müde und heute Morgen nicht wirklich in der Stimmung für diese Standpauke." Sie beherrschte die Kunst der Kommunikation einfach zu perfekt.

Sie stieß einen tiefen Atemzug aus. „Okay. Aber ich bin noch nicht fertig mit dir. Du kannst dich dann später auf eine Standpauke gefasst machen."

Großartig. Er zwickte sie in die Nase. Das tat er schon, seit sie noch ein unschuldiges kleines Mädchen mit Zöpfen und vom Spielen verschmutzter Kleidung war, die ihm und ihrem Bruder Callum immer hinterherlief. Dec wusste, dass sie das hasste.

„Hey, Dec. Seit wann bist du zurück?"

Dec reichte einem aus seinem Team die Hand. Hale Carter war ein groß gewachsener Mann, noch ein paar Zentimeter größer als Dec mit seinen ein Meter neunzig.

Er war ein verdammt guter SEAL gewesen, ein kleines Genie in Sachen Mechanik und ein Mann, der es schaffte, trotz allem noch zu lächeln. Er hatte ein breites Grinsen und dunkle Haut, die er seiner afroamerikanischen Mutter verdankte, sowie ein attraktives Gesicht, das die Frauen anlockte wie die Fliegen.

Aber Dec wusste, dass der Mann auch Geheimnisse mit sich trug, dunkle Geheimnisse. Verdammt, die hatten sie alle. Sie alle waren mit ihren SEAL-Teams an einigen schrecklichen Orten gewesen. Sie alle hatten Dinge gesehen und getan, die Narben hinterlassen hatten – sowohl körperliche als auch seelische.

Dec war nicht neugierig. Er bot den ehemaligen SEALs, die für ihn arbeiten wollten, Jobs an, bei denen normalerweise nicht auf sie geschossen wurde, und er verlangte auch nicht, dass sie all ihre Dämonen aus der Vergangenheit preisgaben.

Manche Dämonen konnten allerdings auch niemals ganz ausgelöscht werden. Er spürte, wie sich sein Magen bei dem Gedanken daran zusammenzog. Dec hatte schon vor langer Zeit gelernt, das zu akzeptieren.

„Bin erst gestern Abend angekommen. Es ist schön, wieder zu Hause zu sein." Aber schon während er diese Worte sagte, wusste Dec, dass das nicht stimmte. Er verspürte bereits jetzt schon den Drang, wieder hinauszukommen, in Bewegung zu bleiben, einen Job zu machen.

Es war jetzt zweieinhalb Jahre her, seitdem er die Navy verlassen hatte und sich nicht mehr in die schlimmsten Kriegsgebiete der Welt begeben musste. Verdammt, er war nicht freiwillig gegangen – sie hatten ihn hinausgeschmissen. Er war nur knapp einer unehrenhaften Entlassung entgangen, aber sie wollten ihn unbedingt loswerden, und er nahm es ihnen nicht einmal übel.

Er steckte die Hände in die Taschen seiner Jeans. In diesen zweieinhalb Jahren hatte er zusammen mit seinem Bruder und seiner Schwester Treasure Hunter Security gegründet, und er hatte nie mehr zurückgeblickt. Oder zumindest versuchte er, es nicht zu oft zu tun.

Hale war einer ihrer neuesten Rekruten und hatte sich gut in ihr Team eingefügt.

Dec machte sich auf den Weg zur Küchenzeile und schenkte sich eine Tasse Kaffee aus der Kanne ein. Darcy hatte ihn zubereitet, was bedeutete, dass er kaum trinkbar sein würde, aber er war schwarz und stark und enthielt Koffein, also war er genau das Richtige.

Er sah seinen besten Freund auf einem der Sofas sitzen, seine Stiefel auf dem vernarbten Couchtisch hochgelegt, seine langen Beine steckten in einer abgetragenen Jeans. Er schnippte ein Springmesser auf und zu.

„Logan."

„Dec."

Logan O'Connor war ein weiterer SEAL-Kamerad und der beste Freund, den Dec je hatte. Anfangs mochten sie sich nicht, aber nach einer besonders brutalen Mission – gefolgt von einer ebenso brutalen Kneipenschlägerei in den heruntergekommenen Gassen von Bangkok, bei der sie sich gegenseitig den Rücken freigehalten hatten –, waren sie ein unzertrennliches Gespann geworden.

Logan war ebenfalls groß, und die hochgekrempelten

Ärmel seines Hemdes zeigten seine muskulösen Arme und Tattoos. Seit dem Tag, an dem er die Navy verlassen hatte, hatte Logan sein braunes Haar lang und wild wachsen lassen, und seine Wangen waren übersät mit Bartstoppeln. Er sah genau so aus, wie er auch wirklich war – gefährlich und ein wenig wild.

Sein Freund musterte Dec von oben bis unten und zog dann eine Augenbraue hoch. „Wie war der Job?"

„Das Übliche."

Eigentlich waren die Jobs nie gleich, und sie waren sich nie sicher, was alles passieren würde. Archäologische Ausgrabungen zu beschützen, gestohlene Artefakte wiederzubeschaffen, gelegentlich ein paar böse Jungs den Behörden zu übergeben, Museen zu bewachen oder Expeditionen für verrückte Schatzsucher zu sichern … das machte die Sache interessant.

„Hat jemand auf dich geschossen?"

Die weibliche Stimme kam von drüben bei den Computern. Morgan Kincaid saß mit gekreuzten Beinen auf einem der Tische. Sie war eine der wenigen Frauen, die die strenge BUD/S-Ausbildung der Navy SEALs bestanden hatte. Aber als die Navy sich geweigert hatte, sie in die aktiven Teams aufzunehmen, war sie einfach gegangen.

Der Verlust der Navy war der Gewinn für Dec. Morgan war zäh, skrupellos und äußerst gefährlich, wenn es zu einem Feuergefecht kam. Sie war hochgewachsen, trug ihr dunkles Haar kurz geschnitten und hatte eine Narbe auf der linken Seite ihres Gesichts von einem Messerkampf.

„Nicht auf dieser Reise", antwortete Dec.

„Schade", murmelte Morgan.

„Also gut, alle mal herhören." Darcys Stimme hallte in der Lagerhalle wider.

Sie gingen zu ihr hinüber, wo Darcy vor ihren Bildschirmen stand. Logan und Hale ließen sich auf einen Stuhl fallen, Morgan blieb auf dem Tisch sitzen, und Dec lehnte sich mit der Hüfte gegen einen Schreibtisch und nippte an seinem Kaffee.

„Wo ist Cal?", fragte er.

„Er ist vor ein paar Tagen wegen eines anderen Auftrags ausgeflogen. Ein Anthropologe wurde von einem einheimischen Stamm in Brasilien entführt."

„Ich hasse den Dschungel", murmelte Logan mit knurrender Stimme.

„Und Ronin?", fragte Dec.

Ronin Cooper war ein weiterer Vollzeitmitarbeiter von Treasure Hunter Security. Dec hatte ein kleines Vollzeitteam und stellte weiteres vertrauenswürdiges Personal ein, wenn er mehr Leute brauchte.

„Coop ist in Nordkanada auf einer Expedition."

Dec zog die Brauen hoch und versuchte, sich Ronin im Schnee vorzustellen.

Hale brüllte vor Lachen. „Scheiße, es gibt da nicht allzu viele Schatten, in denen man sich verstecken kann, wenn man im Schnee steckt."

Dec nippte wieder an seinem Kaffee. Ronin Cooper war extrem gut darin, wie ein Schatten zu verschwinden. Man sah ihn nie kommen, es sei denn, er wollte, dass man es tat. Ronin, ein weiterer ehemaliger SEAL, war schon vor Dec entlassen worden und hatte einige Zeit für die CIA gearbeitet. Schlank und diskret, war

Ronin eine unsichtbare Gefahr, die niemand kommen sah.

Dec lehnte sich gegen den Schreibtisch. „Was ist das für ein neuer Job?"

„Eine archäologische Ausgrabung in Ägypten wurde gestern angegriffen." Darcy richtete eine kleine Fernbedienung auf ihre Bildschirme. Es erschien eine Karte von Ägypten mit einem roten Punkt in der westlichen Wüste. „Sie wird von der Rhodes-Universität in Massachusetts geleitet."

Dec zog eine Augenbraue hoch. Rhodes hatte eine verdammt gute archäologische Abteilung. Sie hatten ihre Finger in Ausgrabungen auf der ganzen Welt und waren stolz darauf, einige der bedeutendsten Funde der letzten Zeit gemacht zu haben. Jedes Kind, das davon träumte, der nächste Indiana Jones zu werden, wollte auf dieser Universität studieren.

„Bei den Ausgrabungen wurde eine bisher unbekannte Grabstelle entdeckt und die Nekropole schon freigelegt", fuhr Darcy fort. „Sie haben erst kürzlich einige Artefakte gefunden." Sie zeigte wieder auf den Bildschirm und einige Fotos der Artefakte erschienen. „Alles aus Gold."

Hale pfiff anerkennend. „Sehr schön."

Decs Muskeln spannten sich an. Er ahnte, was als Nächstes kommen würde.

„Und jetzt sind die Artefakte weg." Darcy lehnte sich an ihrem Schreibtisch zurück. „Die Leiterin der Ausgrabungsstätte arbeitete zu dieser Zeit an den Artefakten und wurde persönlich angegriffen. Sie hat es überlebt. Und jetzt sind wir angeheuert worden. Erstens, um sicherzustellen, dass keine weiteren Artefakte gestohlen werden, zweitens, um die Sicherheit der Ausgrabung zu gewährleisten, und drittens", Darcys blaugrauer Blick traf den von Dec, „um die gestohlenen Artefakte wiederzubekommen."

Dec spürte, wie ein Muskel in seinem Kiefer kribbelte. „Das klingt nach Anders."

„Ach, verdammt." Logan warf den Kopf zurück. „Das klingt nicht gut."

Hale runzelte die Stirn. „Wer ist Anders?"

„Einer, den Dec nicht leiden kann", murmelte Morgan.

Dec ignorierte Logan und Morgan. „Ian Anders. Ein ehemaliger Soldat des britischen Special Air Service."

Hales Stirnrunzeln vertiefte sich. „Ich habe gehört, dass diese SAS-Typen knallhart sind."

„Das sind sie", bestätigt Dec.

Darcy meldete sich zu Wort. „Das SEAL-Team von Declan und Logan war in einer gemeinsamen Mission mit Anders' Team im Nahen Osten unterwegs."

„Ich habe diesen sadistischen Wichser dabei erwischt, wie er Einheimische gefoltert hat." Selbst jetzt verfolgten die Schreie und das Stöhnen dieser Menschen Dec noch immer. Ein Albtraum, dem er nicht entkommen konnte. „Er hielt sie in einem Versteck gefangen und kam alle paar Tage vorbei. Männer, Frauen ... Kinder." Dec atmete aus. „Keine Ahnung, wie lange er sie dort schon festgehalten hatte."

„Du hast sie gerettet?", fragte Hale.

„Nein." Dec stand auf und trug seine Tasse zur

Spüle. Er kippte den restlichen Kaffee, den er jetzt nicht mehr vertragen konnte, in den Abfluss.

„Du hattest das Richtige getan, Dec", knurrte Logan.

Stille trat ein. Dec hatte nicht vor, darüber zu sprechen.

Darcy räusperte sich. „Das britische Militär hat Anders lediglich einen Klaps auf die Finger gegeben."

„Scheiße", fluchte Hale. „Und was hat das mit gestohlenen Artefakten zu tun?"

„Als er den SAS verließ, begann er mit dem Schwarzhandel von Antiquitäten", erklärte Declan. „Wir sind ihm ein paarmal bei unserer Arbeit begegnet."

„Der Typ ist verrückt", fügte Logan noch hinzu. „Er liebt es, zu verletzen und zu töten. Und er liebt das schmutzige Geld, das er für den Verkauf von Artefakten bekommt."

„Und du glaubst, dass da ist sein Werk?" Hale deutete auf die Bildschirme.

Dec hatte gelernt, seinem Bauchgefühl zu vertrauen. Manchmal sogar trotz Fakten oder Beweisen, trotz der Tatsache, dass man nichts anderes zur Hand hatte. „Ja, das riecht nach Anders."

„Logan, Morgan und Hale, das ist euer Auftrag", sagte Darcy. „Ihr fliegt nach Ägypten, um euch dort mit Dr. Layne Rush zu treffen."

Ein weiterer Bildschirm zeigt das Foto einer Frau.

Dec blinzelte und spürte, wie sich sein Bauch zusammenzog, obwohl er diese Frau noch nie zuvor gesehen hatte.

Er war sich nicht einmal sicher, warum es zu dieser Reaktion gekommen war. Sie war attraktiv, aber nicht die schönste Frau, die er jemals gesehen hatte. Auf dem Foto hatte sie ihre Sonnenbrille hoch auf ihren Kopf geschoben. Ihr Haar war schokoladenbraun und glatt wie ein Lineal. Es reichte ihr bis zu den Schultern, abgesehen von dem Pony, der stumpf über ihre Augen geschnitten war. Ihre Haut war so unglaublich klar, ohne einen einzigen Makel, und ihre Augen waren haselnussbraun.

Und sie machte einen klugen Eindruck. *Verdammt.* Dec hatte eine Schwäche für kluge Frauen.

Aber normalerweise hielt er sich von so etwas fern. Er war nicht für Romantik und Valentinstage gemacht. Er hatte einfach zu viel gesehen und zu viel erlebt. Seine Beziehungen dauerten meist nur eine Nacht, und er mochte Frauen, die dasselbe wollten wie er – unkomplizierten, unverbindlichen Sex.

„Ich gehe mit." Decs Stimme hallte in der Lagerhalle wider.

Darcys schönes Gesicht bekam einen verkniffenen Ausdruck. „Declan ..."

„Keine Widerrede, Darcy. Ich komme mit."

„Es ist wegen Anders", meinte sie.

Dec warf einen Blick auf das Foto von Dr. Rush. „Ich gehe jetzt packen."

Seine Schwester seufzte und sah Dec an. „Bist du dir sicher, dass du deine Meinung nicht ändern wirst?"

„Ja."

Ein weiterer Seufzer. „Der Jet ist aufgetankt und steht bereit. Logan, bitte halte ihn von Ärger fern."

Logan schnaubte. „Ich bin zwar gut, aber so gut bin ich nun auch wieder nicht."

Darcy schüttelte den Kopf. „Ich wünsche euch allen eine gute Reise ... und seid vorsichtig. Bitte."

Dec lächelte und versuchte, die Anspannung zu lockern. „Du kennst mich doch."

Ein resignierter Blick huschte über ihr Gesicht. „Ja, leider. Wenn es also irgendwelchen Ärger gibt, ruft mich an."

BÜCHER VON ANNA

Hex

Also Available as Audiobooks!

Norcross Security

The Investigator

The Troubleshooter

The Specialist

The Bodyguard

The Hacker

The Powerbroker

The Detective

The Medic

The Protector

Also Available as Audiobooks!

Billionaire Heists

Stealing from Mr. Rich

Blackmailing Mr. Bossman

Hacking Mr. CEO

Also Available as Audiobooks!

Team 52

Mission: Her Protection

Mission: Her Rescue

Mission: Her Security

Mission: Her Defense

Mission: Her Safety

Mission: Her Freedom

Mission: Her Shield

Mission: Her Justice

Also Available as Audiobooks!

Treasure Hunter Security

Undiscovered

Uncharted

Unexplored

Unfathomed

Untraveled

Unmapped

Unidentified

Undetected

Also Available as Audiobooks!

Oronis Knights

Knightmaster

Knighthunter

Galactic Kings

Overlord

Emperor

Captain of the Guard

Conqueror

Also Available as Audiobooks!

Eon Warriors

Edge of Eon

Touch of Eon

Heart of Eon

Kiss of Eon

Mark of Eon

Claim of Eon

Storm of Eon

Soul of Eon

King of Eon

Also Available as Audiobooks!

Galactic Gladiators: House of Rone

Sentinel

Defender

Centurion

Paladin

Guard

Weapons Master

Also Available as Audiobooks!

Galactic Gladiators

Gladiator

Warrior

Hero

Protector

Champion

Barbarian

Beast

Rogue

Guardian

Cyborg

Imperator

Hunter

Also Available as Audiobooks!

Hell Squad

Marcus

Cruz

Gabe

Reed

Roth

Noah

Shaw

Holmes

Niko

Finn

Devlin

Theron

Hemi

Ash

Levi

Manu

Griff

Dom

Survivors

Tane

Also Available as Audiobooks!

The Anomaly Series

Time Thief

Mind Raider

Soul Stealer

Salvation

Anomaly Series Box Set

The Phoenix Adventures

Among Galactic Ruins

At Star's End

In the Devil's Nebula

On a Rogue Planet

Beneath a Trojan Moon

Beyond Galaxy's Edge

On a Cyborg Planet

Return to Dark Earth

On a Barbarian World

Lost in Barbarian Space

Through Uncharted Space

Crashed on an Ice World

Perma Series

Winter Fusion

A Galactic Holiday

Warriors of the Wind

Tempest

Storm & Seduction

Fury & Darkness

Standalone Titles

Savage Dragon

Hunter's Surrender

One Night with the Wolf

For more information visit www.annahackett.com

ÜBER DIE AUTORIN

Ich bin eine USA-Today-Bestsellerautorin für Liebesromane. Meine Leidenschaft sind Romane, in denen es an Action nicht mangelt, Science-Fiction Platz findet und auch die Liebe nicht zu kurz kommt. Ich liebe es, über Menschen zu schreiben, die entgegen allen Erwartungen die schwierigsten Situationen lösen und sich beim Erreichen ihrer Ziele selbst übertreffen.

Ich lebe mit meinem eigenen persönlichen Helden und zwei sehr aktiven Söhnen in Australien.

Für Erscheinungstermine, einen Blick hinter die Kulissen, kostenlose Bücher und andere tolle Goodies, melde dich hier an und verpasse nichts mehr: www.annahackett.com

www.ingramcontent.com/pod-product-compliance
Lightning Source LLC
Chambersburg PA
CBHW071058250626
47159CB00002B/515